本书谨为一支特别的战斗队伍及他们的家人而作

他们有情有感，有家有爱；

他们都是凡人，并非无所不能的神。

他们心系人民，守护平安，

为之离家舍爱，

奉献青春乃至生命！

经历、见证了无数次的战斗与灾难之后，才会这般刻骨铭心地领悟平安的意义。

姚斌 著

平安结

全国百佳图书出版单位
时代出版传媒股份有限公司
安徽人民出版社

图书在版编目(CIP)数据

平安结/姚斌著. —合肥:安徽人民出版社,2015.4
ISBN 978-7-212-07992-5
Ⅰ.①平… Ⅱ.①姚… Ⅲ.①长篇小说—中国—当代 Ⅳ.①I247.5
中国版本图书馆 CIP 数据核字(2015)第 060706 号

平安结

姚 斌 著

出 版 人:胡正义
责任编辑:蒋越林 郑世彦
装帧设计:宋文岚

出版发行:时代出版传媒股份有限公司 http://www.press-mart.com
安徽人民出版社 http://www.ahpeople.com
合肥市政务文化新区翡翠路 1118 号出版传媒广场八楼
邮编:230071
营销部电话:0551-63533258 0551-63533292(传真)
制 版:合肥市中旭制版有限责任公司
印 制:合肥芳翔印刷有限责任公司
(如发现印装质量问题,影响阅读,请与印刷厂商联系调换)

开本:710×1010 1/16 印张:16.5 字数:250 千
版次:2015 年 4 月第 1 版 2015 年 4 月第 1 次印刷

标准书号:ISBN 978-7-212-07992-5 定价:33.00 元

一

这是一座从里到外怎么看都有些怪异的建筑，偌大的圆形拱顶中间敞开着一方天井，下面既没有分隔出的房间，也没有做任何的装潢，只有若干条走道迷宫一般地蜿蜒分布着。秦帅一个人孑然无助地在四下里寻找着出口，此时此境，他觉得自己就像玻璃瓶内一只误打误撞的苍蝇，有劲儿无处使，有气儿撒不出，茫无目的不住地抗争却又注定是徒劳。几番下来，他发现这迷宫似乎还在慢慢地旋转着，站在原地不动也有几分伫立在大船甲板上的飘移感。

就在这一刻，离秦帅不远处的顶棚下方突然闪现放射状光亮，如同焊花般的耀眼。霎时，一团烈火裹着浓烟似开闸的洪水一样奔涌而来，秦帅预感劫难将至，转身就跑。由于走道弯折太多，无法像在室外那样疾步如飞，就这样辗转了许久，那团撵着他穷追的烟火仿佛着了魔，如影随形让他怎么也甩不掉、摆不脱，而且还像顺着高坡滚下的雪球在一个劲地加速、胀大。就这样也不知在迷宫中兜了多少圈，秦帅一头扎进了一个死胡同，再回首发现火球已汹涌逼至身后，几乎要充斥整个走道，秦帅的项背已经实实在在地感受到了它那燎人的热度。

天无绝人之路，隐约可见那死胡同的尽头并不是一堵实墙，而是一道锁闭着的门扇，情急之下别无退路的秦帅“嗨”地大吼一声，然后飞起一脚，朝着那扇门的腰间狠劲地踹了过去……

秦帅感觉脚都踢疼了，整个钢架子床也跟着摇晃起来。

“秦帅，你小子又发什么神经！”半夜里，睡在上铺的三班班长陶明放醒来探头朝下面喊道。

同舍的几个人都被吵醒了，但谁也没有接茬说话，都继续呼呼大睡，因为在他们看来这不过是个夜梦，再说了白天秦帅的表现也跟梦游差不了多少。

暮春的天气里并不稀缺明媚的阳光，但小个子新兵秦帅的心境却灰暗如故，这个“故”的端头还要追溯至去冬接到入伍通知的那一天。在山东那一片碧蓝色海湾里长大、自幼敬慕“海魂衫”的他，而今却违愿地迈进了这支营门、战车同国旗共一色的消防部队，当了一名头顶大盖帽、身披橄榄绿的消防兵，以往梦中铮亮的钢枪也被移换成了眼前冷漠无言的水枪。

且不说长淮是个内陆城市，远离秦帅已经习惯了的大海涛声与鸥鸣的交响；就说这警营生活，尽管没有一丝枪炮的火药味，却几乎天天都有仗打，即使没有仗打也要假戏真做，按照真打的套路去操练，官兵每日里都要舒展一番筋骨，战车每天一大早就要拉出去溜溜。战勤通信工具倒是很先进，有线无线俱全，还有现代化信息化的视频调度系统，指挥员对讲机随身带，战车上都有车载台。专线电话全天候畅通，尽管拨打免费，但明白着告诉你“无事别呼我，呼我没好事”，它的名号就是那无人不晓的“119”。

也许没有什么保密的必要，这部队一概没有番号，直呼其名武警长淮市消防支队、龙山大队和龙山中队，别看大队中有个“大”，支队是个分支的“支”，但支队与大队却是上下等级关系，支队是大队的婆婆。大队一般还下辖有一至两个中队，支队的婆婆是省总队。

还有一件事更让秦帅心中浮云挥之不去，就在自己刚上高中那年，市郊的一座大型石油库发生爆炸，大火映红了半边天，救火中死了十几个人，其中有两名消防队员当场牺牲。从此几乎整个半岛人人谈火色变，似乎每个神经元对火乃至对油库、对消防都有一种特别的敏感，至于武警消防部队，很多应征入伍的青年都选择了敬而远之。

秦帅等人正是在这个“反季节”里来到消防部队的，而把秦帅等带到部队的人，正是现任武警长淮市消防支队参谋长翟卫东。按照一些人的说法，秦帅一帮人是在对武警部队一知半解的时候被这个老翟连动员带“忽悠”过来的。得知曾有油库爆炸的背景后，翟参谋长确是动了一番脑筋的，为了保证兵源质量，不让“消防”两个字过于醒目而刺激别人的眼球和神经，翟卫东把笔记本印有“武警长淮市消防支队”的牛皮纸封面都撕掉了。翟卫东当时重点强调了我们这支部队是“中国人民武装警察部队”的一个序列，话里尽量回避消防一词，即便必须说时，也把重音放在前面“武警”两个字上。

秦帅当时一头劲只顾着兴奋了，认为自己即将从一名懵懂少年化蛹成蝶，变身为儿童眼里的“武警叔叔”了，不曾想武警部队的老前辈们还将队伍分得这般细致，同样是执行公共安全保卫任务，不仅各自的性质与分工不同，而且仿佛土地山神，各守一块净土，各保一方平安。

进入这个“围城”之前，秦帅与许多人一样，有一种军人崇拜意识，泱泱大国猎猎军旗之下有着陆海空天这么多兵种，即便穿不上海魂衫，上不了那出没深蓝、劈波斩浪的舰艇，那还有步兵、炮兵、装甲兵、侦察兵、特警，等等，个个英姿飒爽。电影电视里超酷超炫的镜头在脑海里都泛滥了：铁血雄师纵横驰骋，摧枯拉朽；单兵出击荷枪投弹，百步穿杨；更有那静若处子、猫在草窠里只露个迷彩脸的狙击手，就那么轻扣扳机便一弹制敌，取人性命于无声无息之中，好不神气过瘾。

怕什么，来什么，偏偏当上了这国庆阅兵方队里都找不到的消防兵。那些个酷炫的镜头无法亲身体验，只能继续当个观众，面对银幕荧屏黯然艳羡了。

海阔不能凭鱼跃，天高难以任鸟飞，理想与现实的落差在心底形成的湍流一时怎么也无法平复，那感觉就像是误入沙漠腹地，走不出，回不去，一下子成了离了水的鱼，连挣扎的精气神也不足了，根本不可能达到所谓“既来之则安之”的境界，以致现在秦帅连同几个同乡兵，私下里都一齐恨恨地有意把“老翟”错喊成“老贼”。

这队伍里同志之间当面一般都规范地称其职务，私底下在姓氏前面冠以“老”字是正常的称谓，如刚被授予中尉警衔的龙山中队长武刚早就被人称“老武”，就连秦帅也有小伙伴们直呼其“老秦”。这在军中似乎是个传统，当年在井冈山三十多岁的毛泽东就被比他还大一截的朱德称之老毛，这并非不敬，因为这里的“老”可不是年龄的标志，如果确是年岁已高也还称“老”，但就要将字序颠倒称“武老”、“秦老”了。还有人独创，把一些少年老成的人喊成小老某，比如长淮支队的火调工程师小崔才三十露头，不知从什么时候起别人都习惯地喊他“小老崔”。这些个叫法都是大家约定俗成的，但要是遇到外国人可能就被彻底弄糊涂了。长淮一所高校里就有位来自美国的外教，饭桌上在介绍他的夫人时，本想入乡随俗地称之为老婆，又觉得这“老”字实在与其年龄不符，就望文生义，别出心裁地加了个“小”字，说“这位是我的小老婆”，本想凸显年轻，却闹出笑话来。

“嘟——”一声长长的哨音过后，位居长淮市中心区秦帅所在的龙山消防大队全体集合完毕，食堂开饭了。不知从什么时候起大队有了个不成文的约定，哨音长响一声就是开饭，两声是开会，短促三声则是紧急集合。

“一身男儿血，满腔报国志，战士生来就为上战场，砺砺英雄胆，磨磨意志钢，一切只为明天打胜仗……”这首名为《有我在》的饭前歌唱了半截，就被中队长武刚从背后板着脸给叫停了。

武刚说，准确地讲应该是朝全体吼道：“你们唱的是军歌还是情歌？你们是消防兵还是林黛玉转世投胎？”虽然管理中向来严格不苟，而且嗓门大，被封为全支队的“四大男高音”之一，但平时武刚轻易不动火，除了下达口令，一般不用最高音调，这与他的成长经历有关。他自己就是从一个兵走过来的，他懂兵、爱兵，不仅一向与他们同吃同住，还与他们有共同的语言。来部队之前，父母就告诫他要踏踏实实地干，不要为小事与人计较。临行那天，母亲恋儿依依不舍，只是紧紧拉着武刚的手说不出话来；父亲一脸的沧桑，一字一句地叮嘱说："到了队上，少说话，多干事，特别要多听领导的话，这人为什么长两只耳朵只长一张嘴，那就是要多听少说。"

武刚来自革命老区大别山的一个村寨，父母亲都是地道的农民。在对武刚的教育中，父亲没有书本中那一条条梳成辫子似的育儿经，更多的是身教，如果说言传，武刚印象最深的就是两句话，一是"有毒的不吃，犯法的不做"，二是"做人要对得起自己的良心"。母亲则是一个非常通情达理的人，好讲一句"人求名誉树求荫"，做人的基本原则是"你敬我一尺，我敬你一丈"，而且这话没有反解，即当别人有不敬之举时，决不能得理不饶人，或者睚眦必报，比如你要板脸，我就瞪眼，你骂我一言，我还你一语。曾经有位乡邻认为武刚家的兔子吃了他家的豌豆苗，扔起一块石头当场将兔子打死。恰逢武刚的父亲不在家，母亲二话没说，就将兔子杀了，回头又交代武刚要统一口气说兔子病了才杀了的。后来武刚才渐渐明白，母亲这是息事宁人的防患未然之举，主要担心父亲知情后与人争吵，轻者伤了和气，重者闹出事儿来。因为老家那边有句由来已久关乎妇道的俚语，叫"家有贤妻，夫无横祸"，母亲一直将其作为终身恪守的箴言。

武刚最终选择当消防兵，还与他儿时经历的两起火灾有关，其中一起还是自己"亲力亲为"闯下的大祸，这件事只有父母亲还有家乡的长辈们知道，在队里武刚还从未对任何人说起过，这是他记忆线索里最远的一次伤痛，也是他对火灾认知的启蒙。

那年，六七岁的武刚跟玩伴小龙一块儿玩过家家游戏，小龙的妈妈是武刚的一年级语文老师。为了追求仿真效果，两人竟然从家里拿来火柴生火做饭，不小心引着了草垛，又延烧到了小龙家里的房子，结果小龙的奶奶一人在家，奋力救火，毕竟力不从心，不仅房子烧塌了，小龙的奶奶也没能逃离出来。火灾的记忆已经模糊,但灾后小龙奶奶躺在一扇门板上,脸上蒙着白布,众人围着恸哭的凄冷场景至今仍在武刚脑际留存,这场悲剧让两个稚嫩的心灵第一次品尝到了自责的滋味,也成了武刚心头永远的痛。

另一起火灾则让武刚失去了一位童年的小伙伴燕子。燕子上面还有两个哥哥小万和小林,小万大武刚两岁,燕子小武刚两岁,只有小林与武刚同龄。那时候夏天到了,孩子们放学后都要瞒着父母亲私自结伴到水塘里游泳。家里怕他们摸不清深浅出事故,一般都管得严,要是看到回家时头发湿了就要罚吃"条子",说是吃,其实是一顿细柳条鞭打。为了让头发能在回家之前早点儿变干,村里的男孩子清一色把头发剃成了特别短的"小板刷",武刚也是其中的一把。

一天晚上,武刚才上床还没有睡着,就听见村里大人们惊恐的叫喊声和急促的脚步声。父母亲见武刚醒着都说:"不要起来,睡你的觉!"也不晓得究竟发生了什么事。

不知喧嚣是什么时候平息的。第二天醒来,家里人说小万家昨晚失火了,是他外婆点蜡烛找东西引起的,其他人都还好,只有燕子被送到医院抢救去了。上午武刚上学时看到小万家的房子露出了漆黑的屋梁。下午放学回来就听人说燕子走了,燕子外婆一听就昏死了过去,那年燕子才八岁,还是虚岁。

武刚记得从那时候起,小林的妈妈再也没有打起精神来,脸上总刻着深深的忧郁,小林也再没有与大家一起去游泳。到了秋天头发长长了,武刚发现小林脑后扎起了一条辫子。开始小伙伴们觉得很好笑,因为小林看上去像个女娃,再细看还是个好生面熟的女娃,那便是燕子的影子。小林一直拖着这条短辫上完了小学。

长大后,武刚才领悟到,小林的妈妈是过分想念燕子,于是就把小林留了辫子当燕子养着,或许这样才能抚慰一下她心口那道重重的伤痕。小林的辫子上凝结着火灾炮制的不幸,也使全村人对"水火无情"有了再一次的深省。隐隐地,武刚心底便烙下了对恶火的仇怨。随着年龄的增长,当一名消防卫士的愿望也在他的心中渐渐长成，直至参军报名时还专门托熟人帮忙，把自己从其他兵种调整到了消防，实现了自己的夙愿。

进入部队的武刚找到了自己的用武之地，不仅体能好，能吃苦，而且精明好学，胆大心细，为人又谦逊，这样的素质在队伍里脱颖而出是理所当然的。从业务尖子到当上班长、入学、入党、提干再到今天在全市主战中队任职，一路走来既战功累累又顺理成章，对有些人而言可能要用求索、磨砺、打拼等听起来都累的字眼，而对武刚来说，这一切不过是顺其自然，随遇而安。

近十年来，武刚一直在基层作战中队服役，不知不觉中算下来他已历经大小千余次的战斗，如果都实况摄录下来，可能比几部冗长的韩剧加在一起还要长，多半记忆都已经被刷新，但其中的两次让他至今难以忘怀。

一次是他当战士的时候。一家大型酒厂的钢质酒罐起火，火焰高达十余米。武刚亲自操作泡沫管枪，冲在队伍的最前面，由于罐体出现了泄露，大白天里根本看不见脚底下白酒燃烧时那幽浅的火焰，大家着实都在"蹈火"却浑然不知，最后脚上的战斗靴都被烤化了。大火被彻底扑灭时，储备的和调运来的所有泡沫灭火液也正好用尽，相当于消灭掉最后一个敌人。一看子弹刚好全部打光，队长说，如果没有及时组织强攻和有效控制，一旦爆炸，后果不堪设想。厂长可能是被大火吓糊涂了，最后送别消防队员时，习惯地说了句"再见"。武刚清楚地记得，队长正有气没处出，当场就甩了脸子，劈头撂过去一句糙话："拉××倒吧，还再个鬼的见！"

另一次是他当副中队长后指挥的第一次较大事故处置。一个体生产烟花爆竹的厂子发生了爆炸事故，造成六人死亡，十几人受伤。当赶到十余公里外的现场之后，他们便惊呆了：近千平方米的厂房内硝烟未散，遍地是残火，尸体横陈，惨不忍睹。而此时，里面还有未疏散出来的人员和未引爆的炸药。武刚一边指挥疏散群众，一边调集兵力果断实施救人、灭火作战方案。很快现场两人被救出，当武刚带领大家返回火场继续搜寻时，他突然发现火势像燃烧的导火索一样正向一堆炸药迅疾蔓延过去。

"快撤！"武刚高声令下，大家一起转身向外跑去，就在他们跑出去十几米远时，背后"轰"的一声巨响，第二次爆炸发生了。所幸无人受伤，但有人发现顺着爆炸的方向，一台磅秤被高高抛起并挂在围墙外的一棵大树的枝杈上，一大片树叶被烤得焦黄……

这次安全撤离得益于他敏锐的现场观察力和处置经验。多年的战斗经历让他读懂了火的语言、脸色和体味，比如通过观察火焰的颜色，就能知道其燃烧的大致温度；闻到气味，基本能判别泄露气体的成分；根据生产设备容器的变形、抖动和燃烧时发出的声响，可以捕捉到爆炸的预兆信息；这些对火场指挥和保护官兵的自身安全极为重要。

带兵，武刚是公认的一把好手。他特别强调的是作风建设，他说，对于一支队伍而言，良好的队风能融洽官兵之间的关系，增强每个官兵的主人翁意识和自我约束、自我管理的能力，形成团结、奋斗、拼搏、进取的积极力量。他也是这样做的，身为基层一线带兵人，他从不摆出盛气凌人的架势，而是从队风建设抓起，严纪律，促养成，使全体官兵劲往一处使、力往一处发，形成抱拳、拧绳之势。他给自己定下的目标是内强素质，外树形象，两年内将龙山中队这个曾经有着光荣历史的队伍打造成一支"特种精英部队"。他心目中的消防精英必须具备四种精神：勇往直前的"战车"精神、攻无不克的"斧头"精神、勇攀新高的"梯子"精神和无私奉献的"碧水"精神。

在业务训练中，武刚总是示范教学，先是完整的动作，再是分镜头、慢动作，他带的兵业务学成都历经了从一开始看得眼花缭乱到慢慢找着要领，悟出窍门，再到驾轻就熟，最后做起来同样让人眼花缭乱的"三部曲"。武刚的口头禅是"艺高人胆大"，但在训练与战斗实践中，他更多强调的是热情与激情，干什么都要有一种饱满的精神状态。在他的眼皮底下，不允许有一个"熊兵"，而今天这饭前歌唱得离谱离调，让他觉得简直是"一窝熊兵"，他想如果被营区之外当过兵的人听见了，一准会嗤之以鼻，一下就把这支队伍看扁了，并从这激情低饱和度自然地推测出个中原因，即兵随将令草随风，"兵熊"源于"将熊"，这已经突破了他不让自己动火的底线。

"你们可晓得这男人的'男'字咋写的吗？那是断开的果字加上力量的

力，是男人就当果断有力。别忘了你们是军人，是男人中的男人！重唱！”这回武刚没有示范，因为他知道大家不是不会唱，而是在假唱，一打假便收效。

“呐喊一声有我在，这一腔热血报效疆场。呐喊一声有我在，战旗上续写我们的荣光……”整齐高亢的大合唱重又激荡在龙山的红门内外，而且从今往后都是忠实于原唱，再也没有出现过无精打采的变调或降调。

二

中队早操列队报数，二班班长郑小龙向指导员凌云深报告，本班少了一个人，一查原来是新兵杜海波不见了。杜海波是与秦帅一批去年才分到龙山中队，高中毕业后迫于家人的意见才怀着一百二十个不情愿来部队的，家人的想法是他还年轻到部队锻炼锻炼，没想到他根本就不安心，训练也不参加，整天优哉游哉。杜海波与秦帅两人可谓惺惺相惜，他曾对秦帅说这地方我一分钟都待不下去了，我要走人。秦帅知道他与自己还不一样，自己从军的大方向没错，只是走错了门，进错了营，而杜海波的骨子里根本就没有军人的基因，就像糨糊粘住的鞋跟，掉队是迟早的事，只是没想到他竟然这么快就付诸行动了。

“丢了人”放在哪里都不是件小事。早操被迫取消，改为分头寻人。最后还是秦帅带着指导员在火车站的候车厅里发现了杜海波，并在退票后将他带了回来。路上与车上，三个人均一言未发，凌云深与杜海波像两只斗气的刺猬，一旁看着的秦帅，则是面对刺猬的小学生，既说不上话，也插不上手。

走是走不掉了，但该来的都将到来。一回到队里，凌云深就让杜海波站在会议室的空旷处慢慢反省，自己则转过椅子，身体与办公桌呈平行状，看也不看杜海波一眼，然后掏出一根烟点着独自抽了起来。杜海波低头垂手地立着，像一株异地移栽过来看上去难以成活的苗木，蔫蔫地没有半点儿生气。过了片刻，凌云深转过身来，一连串问了几个问题，为什么不请假外出，买车票是要去什么地方，现在到底是怎么想的。杜海波一声不吭，一副油盐不进的样子。

突然间，杜海波发话了："指导员，求你们放我回去吧，说实话我不是当兵的料，我不想再这样耗下去了！"

"为什么，哪根神经短路了你？"

"我认为我在这里没有任何出路。"

"想来就来，想走就走，你认为这是你家的菜园吗！"

"我不跟你争辩，我知道你最近情绪不好。"

"别转移话题，现在说你的事，我情绪不好关你屁事！"凌云深确实情绪不好，加上今天这一出就更不好了，不然也不会口吐脏话。

"我觉得现在是金钱社会，当兵根本没前途，你看你都提干了，干的也不差，不还是…失恋了吗！"杜海波中间顿了一下，本来是要说不还是被人甩了吗。

就这一句话，凌云深像受了电击一样，霍地站起来，上前对着杜海波的肩头猛推了一把，杜海波向后踉跄了几步还是没能稳住，一屁股敦敦实实地坐到了地上。这或许就类似于有些辩护律师说的所谓激情犯罪，人完全被心魔掌控，大脑瞬间空白，不能正常支使自己的四肢，就连凌云深自己也没想到会这样冷不丁暴力出手。等回过神来看到杜海波没有大碍，他又接着骂道："你知道你这是什么性质吗，你就是一个可耻的逃兵！"

杜海波干脆摆起癞皮狗的姿态，坐在地上不起了，可能心想起来说不定还要挨剋。除了骂以外，凌云深也没有更好的办法，剩下的好几分钟二人又变回刺猬无声地对峙着。

武刚进来了，凌云深说："家鸡打得团团转，野鸡不打满天飞，人在心不在，留着也是个祸害，要飞就让他飞吧！"然后呼呼地直喘粗气走了。

凌云深天上一句地下一句的，武刚就没听明白。他先是让杜海波坐到椅子上去，然后说，我想听听你离队出走的真实想法。杜海波听从了，但可能怕说到不留恋部队又要落个不好的口实，只轻描淡写地说了四个字："我想家了。"

武刚问："家里人知道吗，你下一步怎么打算？"

杜海波见武刚没有动怒，于是直说："家里早知道我的想法，他们本来就让我来混两年，现在都快半年了，也不差这几个月了，这回我铁定要走。"

强扭的瓜不甜，强留的兵则是一滴坏血。最终按照部队的规定，杜海波被退回至入伍地的人武部，再由人武部负责遣送回家。这回走的是退兵程序，因为部队还未为他们这一批次的新兵统一授衔，授衔后就是另一种性质了，再有这种擅自离队行为，一律予以处分，经教育不改的按部队严厉的军人除名程序处理。古往今来，军规都不会容留三心二意者，一人开小差产生的蝴蝶效应，足以涣散整支队伍的军心。

对于凌云深把杜海波推倒在地的事，武刚只是跟他本人交流了自己的想法，郑重指出其行为的不当之处，并没有让此事从中队升级到大队，更没有再让杨安保亲自"关心"，因为武刚也知道凌云深失恋的情况，不想让内心受伤的他再添"外伤"。

凌云深处的对象是当地一个小剧团的演员，分手的原因很老调，就是嫌凌云深穷了些，属无钱、无房、无车族。按理，有恋爱就必有失恋，如同打仗必有胜负，失恋很多人都有经历，就像世上没有常胜的将军一样。对于战败，有人患上畏惧症，有人消沉一时，有人则愈挫愈勇，屡败屡战。时下电视婚介节目火爆，那都是众人共同推波助澜的结果，有位帅哥更是当庭宣布前面已处过八个女友，这次登台是他人生中的第十三次相亲了。别人是别人，对于感情一向顶格认真的凌云深，失恋却是一次痛心疾首的打击，表面不露声色，实则耿耿于怀。从此，大家发现指导员的性格也从内向变成"内向加”了。

下连队都几个月了，秦帅就始终没有找到这大家庭生活的节奏，更说不上跟大家合拍，一直就这么郁闷着，总有一种“独在异乡为异客”的感觉。人一郁闷，连精神似乎都恍惚起来，闹出笑话在所难免。这天，晚饭吃到一半，秦帅像是感到地震发生一样，突然撂下饭碗径直向消防车库跑去，他是按照规定动作要去打开车库大门，便于第一出动的战斗员登车出警。大家先是一愣，等反应过来发现秦帅自行在门口定住了。原来是与营区一墙之隔东升小学的下课铃声被他当作火警出动的警铃了，就这一下惹得大伙儿差点没把饭喷出来，那一刻他也觉得自己压根儿就是一菜鸟。

武刚给的是另一种说法，说秦帅是患了“电铃过敏症”，易感人群就是消防员中的新人。大队卫生员三期士官李长江听了说：“队长，他这病不好治，看症状类似于老人易患的阿尔茨海默症，超越了我的专业范围。”

“你骂我老年痴呆！”秦帅说。

“这个你也能听出来，说明病得不重，还有救。”李长江故意刺激他，还说这刺激有时就是一种疗法。

跟“狼来了”的故事如出一辙，相隔不到几天，一顿午饭刚端上碗，电铃骤然响起。说时迟，那时快，战友们连互相递眼色的功夫都没有，撂下饭碗就奔车库去了，唯有秦帅像慢半拍的阿甘一样还杵在那里，这回没人笑出来，只听到中队长助理徐辉回头朝他喝了一声“快出警！”

这一次是活生生的火警，而且是全市多个中队出动联合参战的山林火灾。

龙山中队到场时，虎头山的山林已是一片火海。火灾由于清明上坟烧纸引发，这是长淮一周内第三起山林火灾了。每年如此，清明时节只要不是雨纷纷，几处山林总有火熊熊。由于山上没有水源，只能从山下一口水塘中由消防车接力供水。远水终归难救近火，半天下来才将火灾控制。火灾过后，大家放眼望去，满山一片墨染，林业局有人粗略估计，山林过火面积在两公顷以上。

大队防火工程师刘鸣跟大家说，这才两公顷就烧了几座坡连几个洼，可以想见当年大兴安岭森林大火有多大了，那可是百万公顷以上，火势持续近一个月。

驾驶员马文军问："你说的这一公顷到底是多大?"

刘鸣说："一万平方米的面积，那就是一个长宽各一百米的操场大小。大兴安岭的森林过火面积相当于整整一个苏格兰的地理面积，估计如果申报上去，应该是吉尼斯火场面积的纪录了。"

马文军马上叹息着说："悲哀!"

徐辉说："节哀吧你，提辖，你说哪起火灾不悲哀?"

杨安保说："火灾天天有，多半是人为，依我看最大的悲哀是人们自己总在亲手复制着悲哀!"

秦帅闻警不动，那是因为他并不知情，自从他上次错把下课铃当警铃后，大队长杨安保就去跟东升小学领导商议，提出要彻底解决两家铃声打架的事。学校研究认为火警电铃由来已久理当优先，便主动将上下课打铃改成播放乐曲"让我们荡起双桨"了。

要不怎么大家都说杨大队长的反应快呢。人家本来就是地方高校法律系科班出身，虽说比同龄人晚吃几年军粮，但底子厚，起点高，在大学里就是党员和优秀学员，又在基层中队一步步走过来，经历集腋成裘，就成了厚实的阅历，他从学员到大队长，肩头的衔牌也从见习期的"光板儿"到了今天的"两毛二"。最重要的是要想工作顺首先气儿要顺，他就爱干这一行，毕业后就认准了消防执法这个法制里面的一个边缘专业。要问杨安保为啥这样执着地选择消防这条道，还有一个在全省消防界内广为传颂的"兄弟战警"的故事。

故事的主人公大安和小安是生在一个小城里、年龄层次分别为"70末"和"80初"的两兄弟。起初，他俩并不是什么公众人物，与战警二字毫不搭界。

大安光荣入伍成为一名消防战士那年，小安还在读初中。父亲的早逝，让他们母子三人不得不相依为命，也让母亲饱受了常人想象不到的艰辛苦涩。哥哥大安很懂事，少小当家，总想着为母亲分担生活的重压，学业自然受到不小冲击，毕业后他放弃了已经考取的“三本”，铁了心要出去打工以支持小安好好读书，却遭到母亲的极力反对。母亲说，一辈子的路还很长，十七八岁正是一个人学习和增长能力的时间。这期间适逢全国征兵，她坚持要让大安到部队去接受一番锻炼，从军营和社会大课堂中学到真本事，学会管理自己，学会在各种困厄与失败面前永不低头。

小安到省城一所重点大学上二年级时，大安已成为武警消防部队某大队的一名少尉警官。在部队他先后学了驾驶、入了党、立了功，他把每月工资的百分之九十都寄给了家里，其中一部分就是要定期汇给小安的生活费。母亲一人在家，三人继续着相互挂念、天各一方的生活。

还有不到一年时间小安就要毕业了，“不闻窗外事，只读圣贤书”的他继续节衣缩食、孜孜以求地完成着他的学业。虽说是“80 初”，但在同学眼里他的生活方式要落伍十年开外，那些奇装、异发、游戏、网络、同学酒会、恋人约会都与他无干。大安其时已是一名铮铮铁汉、消防特勤战警中的骁将，别看他瘦长身材，你若是同他握一下手，就会真切感知他超乎常人的力量，还有掌上那丝毫不逊工农的老茧。

小安跟母亲说寒假他不能回家陪她过春节了，因为他要在当地做一份家教，算是勤工俭学补贴来年的学费。小安问哥哥近况如何，大安电话里笑称他们正在抓“三只鸡”，实则是在进行一项名为打造“抓基层，打基础，苦练基本功”的练兵活动，就是要把消防队伍锤炼成一支攻无不克、战无不胜、所向披靡的新时代战警。大安春节也回不了家，他参加了部队抽调业务尖子组成的尖刀集训队，全队冬训期无假。

再有几个月小安就要毕业了。至今他还未考虑好自己的去向，“孔雀东南飞”已然成了一种潮流，很多人的方向都朝着沿海开放地区，有的同学已经被某些跨国公司来校提前“预订”,也不乏怀揣着支边之志者,主动要求到祖国的边陲扎根创业。对这两种情况,小安都不会去跟风,他的想法很单纯,由于哥哥在部队,母亲一人在家多年过着孤寂的生活,“母独在,不远游”对他来说更为现实,他不想再疏离故土和母亲。

晚间,室外春雨绵绵,小安在校舍的廊下给大安打电话,一直以来,哥哥都是他的骄傲,不仅有主见而且敢做敢当。现在他想征求一下哥哥的意见,但大安的手机一直说您拨打的电话暂时无人接听,令他不安的是无数个“暂时”在他的等待中过去,叠加起来已是分量实足的“多时”。

小安并不知情,大安带领他的队伍正在经历着一场前所未有的鏖战。

同是春晚,大安的驻地却是一个金色的黄昏,街区华灯初上。大队的会议室里,队员们正准备集体收看新闻联播,警铃骤然响起,靠近城郊的经济开发区内一座近万平方米的仓库不知怎么就烧起来了。由于发现晚,火势没有被及时控制,待他们驱车赶到现场时已是火海一片。

战斗讲究战略战术,灭火战术的第一要则是救人,具体战术方案则要根据现场火情侦察的情况而定。火起之后,人们蜂拥而出,大安清楚地听到最后面的人喊了一嗓子:“里面可能还有人!”库房里到底还有没有人,谁也说不清、道不明,消防官兵的原则是“宁信其有,不信其无”,在不确定有无人员被困的情况下,快速展开现场搜救是必需的。

战斗分两组展开,第一组是分别从两侧展开合攻的四个战斗班,他们正与从货垛上伸出、高达屋梁的烈火短兵相接。消防队员很英勇,但大火也并非一些剪辑过的报道中那么不堪一击,对峙中形成激烈而胶着之势,有时火魔还会咆哮着反扑过来,队员们必须选择迂回进攻。他们也是血肉之躯,此刻他们的心一样悬得老高,没有科幻战警的特异功能,没有神话故事里的魔法可施,必须依靠科学的方法、敏捷的身手和顽强的意志去搏击,一步步地向前征服。

另一组则借助强光手电继续向黑暗的纵深地带搜寻。训练有素的他们都有备而来,进入现场人人佩戴有空气呼吸器,身处已被大火炙热的浓烟密雾之中，他们不敢怠慢，因为此刻里面的工人就处在生与死的边缘。大安是副中队长，同时也是一名主力战将，虽已身经百战，但像今天这样的大面积火场对他而言也是首见。尽管现场险象环生，但他们毫不怯懦，水枪阵地稳步从两翼包夹、推进。那边传来好消息，先后有五名工人已被搜救队员发现并及时救出。

突发的大火打破了开发区井然的秩序，喧嚣取代了平静，道路被交通管制，市民的生活自然也免不了要受到惊扰，此刻本应是上班族一天中最闲适的时刻和恋人们花前月下的美妙时光。虽设有隔离线，许多人还是不断簇拥过来挤在火场四周围观，他们眼里既有对火情的畏惧和惊诧，也有对消防官兵的赞许与期待。消防车已经集结了二十余辆，火光下的仓库四周根本不用照明也一样如同白昼，库内可燃物资垛高量大，火场物资疏散困难，压下去的火势在不停地复燃，烟波仍在翻腾，火浪还在蔓卷，战斗并没有像一些人想象的那样快速接近尾声……

“嘭”的一声巨响，似乎早在远古前分开的天地在这一刹那应了分久必合的咒语，又仿佛一场超强大地震来临，顷刻间万物崩塌，而震中就在大安他们的脚下。由于建筑质量存在先天缺陷，加之燃烧时间过久，库房上方的钢结构屋梁局部訇然塌架，一切都那么突然和始料不及，没有先兆，没有庇护，没有撤离的时间……

大安被战友们从废墟中抬出来紧急送往医院救治，战斗并没有停息，直到两个小时之后，恶火才被彻底剿灭。

母亲与小安闻讯都专程赶到了医院。大安几天都在昏迷之中，全然不知自己从军后一家人的首次团聚竟然是在医院里，在一群白大褂们的见证中。

医生说大安由于腰椎严重受伤，可能要终身失去站立的能力。只此一句，小安觉得眼前主治医生的身影顿时模糊了起来，这是自父亲去世以来又一个最不敢相信和最不能接受的事实。母亲并没有像小安想象和担心的那样痛不欲生，母子连心，几天来，她一直强忍着剜心之痛在全力配合医生护理、照顾着大安，小安再一次感受到了母亲的坚强。

母亲推着轮椅缓行在医院的花园中，大安已恢复了神智，对他来说这一切就像噩梦一样。虽说消防官兵是一支特殊的战警，常年不避汤火抢险救生，危险乃至死亡的威胁在所难免，但自所在的大队建队以来，自己也是受伤最危重的一个，这个突如其来的打击还是令一向心强志坚的大安有些承受不住。母亲帮他擦去脸颊上的泪水，说："孩子，不要想太多，你没有做错，妈妈还有你逝去的爸爸为你骄傲！"

母亲还告诉大安一个他并不知晓的情节：父亲当年也是在扑救一起山林火灾中牺牲的，只因火灾是他们作业队自己引发的，父亲作为队长对此负有一定责任，争议之下，父亲最后并没有被定为烈士，这么多年来母亲带着他们从未要求上头给予关照。这时大安才想起当初为什么母亲鼓励他报名参军，而当得知自己当上消防兵的那天并没有显得多么开怀，反而紧锁眉头，欲言又止，似乎独自承受着一种不可名状的内心压力。此前大安只知道父亲是一名林业工人，是不慎失足坠崖而亡故的。

小安的毕业去向已经明朗。他顺利通过考试、面试、政审、心理与体能测试等程序，消防部队已和学校以及他本人签订协议，当一名消防警官成为他最后的抉择。部队上一位负责面试的领导说，学习法学专业的他将在工作中大有用武之地。

大安转至省城医院，继续接受专家会诊治疗。他康复的速度超出了专家们的估计，现在他们给出的结论是，照这样的情况发展下去，要不了半年，大安完全能够不借助任何工具自己独立行走。那位首席专家说了，这是他见过的唯一的甚至有些近乎神奇的康复病例，这关键在于大安自身练就的过人的身体素质和遭受重创之下难能可贵的积极心态。

这天晚上，心潮起伏的小安拿起笔，他把自己和哥哥、母亲的故事原原本本地记录下来，算是留给自己和将来的一次小结，因为他已经打好行装，明日便要去消防部队报到，开始他全新的军旅人生。也就在几个小时以前，他才从大安那里得知，母亲喜获全国公安消防部队十大"英雄母亲"殊荣。

小安将自己成长的经历写成了一篇纪实作品在某消防杂志发表，题目就叫《兄弟战警》。本想在最后注明大安、小安均为化名，临了小安忽然觉得自己已身为一名“准消防战警”，与大安相比似乎显得书卷气韵有余、磊落劲儿不足。又想到古人云“大丈夫行不更名坐不改姓”，于是在文末自揭谜底，写下最后的告白：“上文中的大安与小安二人是杨氏亲兄弟，大哥名叫杨安宁，小弟不是别人正是笔者小安，姓杨名安保。”

三

龙山大队是杨安保军旅历程中的第二站，但却是他主持工作的首站。三年前，这龙山还是一个房屋破落、设备破旧、在全省落后、全市综合排名垫底的队，是一个没人愿意去、去了不愿坚守的地方，因为这是个全省“知名”的后进单位，官兵不愿去，因为去了没奔头；上级领导不愿去，都知道看了准生气；连大队转业到地方的老队员都不愿回去瞅一眼，说是太奶奶的鞋老样子没看头。有一年参加全市业务比武，业务骨干凑不齐，当时的大队长邱文山无奈之下把炊事员也派上去挑大梁，结果十个项目无一斩获，别的大队一看对手是龙山就心中暗喜，仿佛是足球世界杯上分组抽签碰到了中国队。就连支队领导班子几个人的看法也是基本一致的，都认为龙山已走到了“军中无大将，廖化当先锋”的末路。

龙山大队不能再这样下去了，否则不仅要影响支队的总体业绩，可能还会在重大作战任务中出娄子，使得保一方平安的承诺变成连自己都没底的一厢情愿。为此，支队党委决意重新打造龙山。杨安保此次被支队党委派到龙山，主要源自长淮支队政委洪波的用人理念：好牙就该用来啃骨头。

政委洪波老家在皖南一个有着丰厚文化底蕴的桃花源般的山间小城，那里曾是史上有名的状元之乡。洪波则出生于军人世家，一个大家族中有好几个兵种，如果都着戎装聚齐了照张相，几乎可以作为慰问军烈属常用的挂历了。从军后，洪波系统地学习了法学、消防指挥学和古汉语等专业知识，所谓博观而约取，厚积而薄发，积淀让人睿智而淡泊，他看问题和破解问题常有犀利的见解与平和的手法。他常说的一句老家话是"屁股决定脑袋"，意思是凡事都应三思而行，但你坐的位置决定了你要思虑的内容。

对于消防工作，洪波有着自己的见解。他认为火灾发生并非什么恶火降祸于人，而是人的过错与不轨之为引火烧身，因为火是公平公正的，火场上绝不会有像前些年国足赛场上那么多的假球黑哨。火灾只是用一种过激的方式将你的过错公诸世人，就像要想人前显贵，就得背后遭罪的道理一样，要想好好的日子不被火灾糟践，就得明里暗里费些心思固守着安全。

他总说现在人的安全意识不抵古人，凭据是古人在同自然界种种磨难抗争的过程中，总结出了不少安全经验，可谓字字珠玑，称得上消灾弭患的警世恒言，有些对大家而言已是耳熟能详，譬如"居安思危"、"未雨绸缪"、"火，善用之则为福，不善用之则为祸"、"生于忧患，死于安乐"、"人无远虑，必有近忧"、"亡羊补牢"、"玩火自焚"，如此等等，句句振聋发聩，入木三分。洪波说史料记载，康熙大帝就十分重视防火，因此，在他执政的六十余年间，故宫只发生过一起火灾。而今天很多人的行止却背离了安全的基本准则，有的漠视安全乃至居危而不思安，有的不善用火用电却耽于冒险，有的只追逐眼前之利益而不计长远，更有甚者对勒令其改弦更张的消防法律文书也不当回事，最终使得火灾的偶然变成了必然，对安全的侥幸变成了不幸。

在对古汉语研习颇深的洪波看来，今天的社会是高度重视利用各类资源的社会，而古训是古人用无数经验和教训提炼、传承下来的安全告诫，无疑也是一种难得的资源，这是一个民族的共同财富，而且是一种可以全民共享的资源，古时便有一席话"胜读十年书"之说。而今，许多有识之士也逐渐领悟到这些资源的价值，自觉以其导引自己的决策和行为，并从中获得莫大收益，这属于“训诂学”的范畴。尽管大家较为陌生，但安全“训诂学”如今正得以不断发展和延伸，并形成了许多关于安全的现代认识与理论，诸如“水火无情”、“安全第一”、“责任重于泰山”，等等。

在最近撰写的《关于依托法治社会化提升公共消防保障水平的调研报告》中，洪波这样写道：消防综合治理必须法治与人治相结合，这里的“人治”是指以人为本，增强消防人本意识与人文素质。遗憾的是今天仍有相当一部分人有意无意地践踏着古人的教诲，对“灵验”了数千年的古训视而不见，充耳不闻，或财迷心窍，或愚钝无知，屡屡违反消防安全规则，玩忽职守，冒险蛮干，甚至以身试法，铤而走险，结果导致事故连连，悲剧层出不穷，应该说这是今人的不智与不幸，也是古人的未料与悲哀。

在支队党委宣布命令的当天下午，杨安保到任了。杨安保在心中暗暗下定掉一层皮、丢半条命也要让龙山脱胎换骨的誓言。他跟大队党委一班人说：“现在我们就站在谷底，只要是个活着的人都会有绝境求生的欲望，这个欲望就是动力，而且我们每迈出一步都是在上一个台阶。”也有人说收拾烂摊子更有成就感，但要知道烂摊子收拾起来也并非易事，要不然这么多年来，怎么就无人敢放言将中国足球队在几年内拾掇出个样子来呢？

没有芭蕉扇，过不了火焰山，杨安保决定首先从落实保障做起。充足的经费保障是部队建设和消防工作跨越式发展的凭借，反之则成了制约事业发展的瓶颈。在认识到问题的根源之后，杨安保在心中形成了大队建设的三年规划：业务经费保障到位，器材装备彻底改善，灭火救援水平实现整体提升，官兵工作生活与训练环境改善。杨安保深知在当今时代，一支现代化队伍的素养，主要来自于其内部严格而正规化的教育与管理，但也应辅之以拴心留人的环境。

然而问题的解决并没有道理这么简单。大队新班子刚组建不久，杨安保就带着专题调研报告到区政府汇报工作，争取对消防工作的支持。没想到，第一次就遭遇了“一家人偏说两家话”的尴尬。

时任区政府分管消防工作的副区长也姓杨，见到杨安保先笑称是“一家子”，可是一触及经费这个正题，这位仁兄的脸一下就晴转阴了，他说：“你们也清楚，区里这几年正在搞大建设，各部门经费预算都在缩减。我就不明白，为什么人家这么多年都过来了，你们一来怎么就不够了呢，如果区里每个部门都这样，财政预算这潭水还不被搅浑了吗？”

面对区长的责问，杨安保一时语塞，因为他想说又不能说的一句话是“能搅浑的水本来就不是什么清水”。

吃了这顿闭门羹，对杨安保的思想触动很大，思路决定出路，“当好参谋就得先想办法让领导深入了解消防，认识到当前工作滞后的现状和症结所在，否则本末倒置，不可能靠生硬的汇报争取到领导的重视和支持”。怎么争取？说行不通，他决定用行动去推动和牵引。

“喊破嗓子，不如甩开膀子；摆起架子，不如干出样子。我们首先要极力改变的，是自己的观念问题，当务之急是把自己的本职工作干好”。新任不久的杨安保倍感压力无形却重若磐石，有时竟然有火场中那种空气稀薄缺氧的感觉。一连几个月食无味、寝难眠，一下子就掉了十斤肉，熟人见了都说老杨最近在减肥吗，他总笑着说瘦身成功。古有大禹治水“三过家门而不入”，而这位并非无情的铁汉竟一连仨月都未回一次家。

带着支队党委的无限期望和重托，杨安保等大队一班人表现出了惊人的意志力和累可受、苦可吃而使命不可辱的男儿气概。开弓就没有回头箭，他们主动出击：盛情约请区人大、政协领导深入大队调研，参观消防基础设施建设和装备现状；联系、邀请区政府、财政部门领导到相邻的区县考察了解，对比分析本地消防工作和部队建设存在的差距；恳请支队领导到区里与政府及相关部门领导共同谋划消防工作，大队还将近期几起灭火救援现场视频组合制成短片，呈报给区委、政府领导；面向社会大张旗鼓地开展宣传活动，提高人民群众和社会单位对消防工作的认知关注度……

一系列举措像春风化雨，终于赢得了地方党委政府和社会各界的理解与支持，大队建设像一辆失油已久的重型战车给油后重新找回了前进的原动力。

一个阳光绵柔非常适合拍照的上午，龙山大队消防官兵纷纷用相机、手机在不停地拍摄、留影，一个个脸上写着兴奋，仿佛找回了失落已久的爱物。这天，一辆价值一百五十多万元的大功率水罐消防车隆隆地开进了大队的前院，大家围着新战车欢呼雀跃，争相上前摸一摸、看一看，似乎在欣赏一件稀世的珍宝。

“有范儿，提辖开出去遛遛保准拉风！”秦帅说出了大家的共同感受。的确，这辆消防车对他们来说太重要了。大队仅有的三辆消防车，就有两辆在超期服役。部队的战力始终在低水平徘徊，每次面对较大火灾和抢险救援的时候，车辆装备的软肋就成了官兵最头痛的问题。仿佛头雁飞过，紧随其后是一字雁阵，消防举高车、抢险救援车、化学洗消车、消防牵引车、照明车、宣传车以及喷有“消防监督”字样的监督执法车接踵驶入了大队早已虚位以待的车库。

都说过得去的是门，过不去的是槛儿，杨安保以及他带领的一班人凭着这种百折不挠的工作精神和干劲终于越过这个槛儿，打开了通向坦途的尘封之门。两年下来，大队先后争取消防保障经费千余万元，新建了附带车库的执勤综合楼，购买了一批消防车辆与特勤器材，一次性配齐了十几种个人防护装备。装备是消防员的武器，就是张飞的矛、关羽的刀，装备匮乏就像典韦丢了掌中的戟，一身武艺也难以施展。部队建设和装备配置取得了立竿见影效果，特别是强有力的器材和装备保障，让大队官兵在一次次灭火救援战斗中如虎添翼，底气与信心俱增。

创造良好工作和生活环境，是消防正规化建设的重大与务实之举。大队领导一班人积极开拓思路，两年投入资金近百万元，统一了床铺、衣柜、桌椅及其他各种营产营具，每个寝室都装上了空调，新建了标准化的电子阅览室、训练场、健身房、3D影院、浴室、电话间，改造了会议室、荣誉室、娱乐室、晾衣场等官兵工作、生活配套场所，安装了远程视频系统，新建了心理咨询室、宣泄室、多媒体教室，美化、绿化、亮化营区环境，支队政委洪波到场检查后给的评价是“春有花、秋有果、夏有阴、冬有青”，以冷色为主的警营如今暖意弥漫。营区的框架完成之后，大家又自主设计制作了脸盆架、衣物架、运动器材架、个人物品柜，方便了官兵生活，统一了个人内务。现在，龙山消防中队这一隅警营俨然就是官兵们“生活的家园、求知的校园、成长的乐园”。

新装备带来的是新战力，战力就是消防队员纵横沙场克敌制胜的法宝。世事常常就是那么机缘巧合，就在水罐车到来的第三天便奔袭十余公里显了一把它的神威。

“淮光县纸业集团仓库发生大火，快速增援！”夜里 23 时许，龙山消防大队接到了支队火警调度员令人揪心的电话。中队长武刚亲率大队官兵紧急驰援，待他们赶到时，现场已经浓烟滚滚，火光冲天，整个仓库就是一座岩浆喷涌的火山，山下的消防照明车相形见绌，仿佛一把电池过久而无法使用远光的手电。

火借风势，越烧越烈，战斗的号角刺破寒夜、响彻全城。先前到场的六十余名消防官兵正从仓库两侧强攻，阻止火势蔓延扩大。而与此同时，火情侦察小组已经深入火场内部，侦察火情，搜寻被困人员。四米多高成捆的纸垛，遇火即燃。浓烟和烈火，让扑救分外艰难。官兵冒着浓烟和烈火，与火魔展开近距离鏖战。火焰、浓烟与辐射热一浪高过一浪，让人靠不得前，喘不过气。在冰冷的寒夜里，官兵们全身湿透了，他们像被刚放进笼屉内的包子，外热内冷，火舌与热浪一波波地啮咬着他们每一块外露的肌肤，战斗服里的躯体却冻得瑟瑟发抖。

龙山区的大型水罐车抵达，与其他车辆相比，仿佛鸟群中来了一只鹰。它虽庞大但反应极快，瞬间超远距离水炮像一柄利剑直插火魔心腹，明显道高一丈。火场形势开始逆转，火魔渐渐收起不可一世的凶狂，露出渐战渐退的怯态。三个多小时的恶战之后，大火被成功控制，但仓库内成堆的纸品内部残余火源，还依然处于阴燃状态。战斗不算结束，官兵们全部转入仓库内部，将成捆的纸张一层一层地拨开，逐处、逐层消灭残火。从子夜到黎明再到正午，这一战就是十五个小时！当火灾被彻底扑灭后，早已是次日下午两点,整夜未眠的官兵都有一种时差没有倒过来的困顿。凯旋了,消防战车一路的颠簸以及交汇车辆的鸣笛,根本惊扰不了他们许久没有享受的深度睡眠。

省电视台"一线"栏目为这起火灾做了一期专题。节目最后,配着回放的火灾场景,主持人的画外音语调激昂:这就是消防兵,终日备战,百炼成钢,有人称他们是红门卫士,因为灾难袭来,他们赴汤蹈火,是火魔的终结者;有人赞他们是人民坚实的臂膀,因为他们以血肉之躯扛起了无数父老的期冀。他们的每一次征战都是一道淬火般的历练,更是爱的使然、忠诚的奉献。

人们常用"赴汤蹈火"形容消防兵的英勇无畏,这只是个传统说法,如果咬文嚼字的话,实则以偏概全,随便翻看一下他们的日常出警记录就略知一二。化工厂油料泄漏,地面流淌着气味浓烈的危险化学品,为了防止物料爆炸起火,他们必须"赴险蹈油"作业,及时清理现场;老人掉进了粪池里,救人要紧,别无他法时,消防员便带上保险绳跳入粪池"赴臭蹈粪"施救,上来后浑身粪水,用直流水枪冲洗十几分钟臭味尚存;有人坠下山谷,无路可寻,消防员只能悬绳"赴崖蹈石"而下,展开地毯式搜救;车辆连环相撞事故的公路上,现场多人伤亡,消防官兵则需"赴墟蹈血"奋战,与死神博弈,抢救奄奄一息的伤员。从以往无数的消防战例看来,用"赴危蹈险"来描述他们的战斗生活似乎更为贴切。每次行动未必都能如愿完成,但消防作战的一贯原则是哪怕只有百分之一的希望,也要作出百分之百的努力。

龙山区长办公会。还是那位杨副区长动情地说:"过去我们都对消防不甚了解,对消防工作重视不够,一直错误地认为消防投入是财政负担。是消防大队同志们的工作精神感动了我们,是他们改变了我们的观念,消防工作虽然不产生直接的经济效益,但社会效益巨大。过去我作为分管领导,对消防缺乏调查了解,没有想到你们任务这么重,困难这么多,现在这账我是算明白了,从现在起我要把过去少问少做的都补上。"

"加大投入,支持消防是政府的一项民生工程","消防大队火灾扑救、抢险救援任务繁重，既是为民解难，更是在为我们党委、政府分忧解愁”……其他几位副区长也都纷纷对逐年追加消防经费预算投了支持票。与此同时，消防建设与发展还引起了区人大、政协、政法委等有关部门的高度重视，无论在决策上、年度“两会”提案上还是在日常工作中，消防都是大家关注的焦点与热点议题之一。

自信源于实力，实力激扬斗志。当官兵们真切地感受到自己就是这支部队的主人时，蕴藏在他们心中的巨大能量就会像火山一样迸发出来，训练的积极性上去了，各项考核成绩大幅攀升。在全支队开展的大练兵活动中，大队走出了多年训练排在支队倒数第一的阴影，跨进了先进行列。过去支队举办什么比赛、开展什么活动，奖项都与龙山无缘，现在支队各项活动，龙山大队都是头奖的强有力争夺者。去年底，龙山大队首次被省消防总队评为全省“先进大队”，乾坤扭转，甩掉破帽子，更之以“桂冠”。每一个到过大队或经历、目睹了大队发展的人都说，龙山大队的发展是带着加速度的，变化可以说是颠覆性的，是一次完美的“蜕变”。公安部消防局韩副局长来到长淮视察指导，看到龙山大队的整洁有序的面貌和高扬的士气，将军在褒奖一番之后又欣然命笔，写下八个大字：“甘于奉献，敢为人先。”

四

“法”，永远是一个一身严酷、闪耀着寒光的字眼。多少次，它化身为利剑，无情地剔分着正义与邪恶、真理与谬误。火灾已成为灾害事故中的一项大概率事件，而人的违法是火患频发的主导因素。正如大城市的人感慨说要想彻底消除高峰拥堵，除非立法废除“拥堵”这个词一样，违法行为总是屡禁不绝。

尽管杨安保是法学出身，但他说对消防法学的接触也是走进消防部队以后才真正开始的。在为市委党校学员作消防法制培训时，他还专门做了一下这方面的功课。课上，他向大家介绍说，我国的消防法律和消防队伍发展至今已历经了数千年，最早的消防法条出自殷代的《殷王法》规定“弃灰于公道者断其手”；宋朝的“消防法”《大宋律令》更加严酷，胆敢违反消防规定的，轻则棍责，重则以抗旨论处，立斩不赦。而且当时走的是“防消结合”的路线，宋熙宁八年，宋神宗批准“上禁军数百人设铺守宿”、“以潜火为名，分地守宿”，这就是所谓的“潜火铺”，即驻扎军人的防火、灭火屋所。这支消防队伍在高处砌有望火楼，并派专人瞭望，一旦发现火警，当班的队员要拿上消防器材立马出发前往扑救。世界上第一支由国家正式建立的城市消防队就这样诞生了。

而对于今天的龙山消防人来说,“执法为民”这简简单单的四个字,则是一个永恒的剑法宝典。在这个没有硝烟的战场上,他们既以“严格执法”为诛灭火患的武器,又以“热情服务”的执掌方式赋予它更多的人性与温情。计划经济时代,消防工作多年不变的原则是“坚持专门机关与群众相结合”,一味地强调消防部门这个“专门机关”的作用,结果导致非常不利的局面,消防部门长期做的是保姆式的服务,社会单位形成了依赖性,对于消防安全上的问题,消防部门不指正很少自行改正。洪波政委说这叫“过犹不及”,同营养过剩、运动过度一样,好事过了头则可能是件坏事。消防安全专门机关的关注过多,社会单位难免意识滑坡,就像厨师的孩子烧不好饭、裁缝的孩子不会针线活一个道理。

因此,现在消防法针对这一不利的现实情况,作了全面升级,其中一个重大突破,就是把工作原则作了方向性的修订,从十二字调整为二十四字:“政府统一领导,部门依法监管,单位全面负责,公民积极参与。”其目的就是要明确消防的主体责任,就像刘鸣在一家单位检查中说的那样:单位的安全应该做到安全自查,隐患自除,责任自负。举例说,在家中你躺在床上吸烟,家人制止,你不会说等到消防人员来提出才加以改正,因为这是你的家,不是消防员的家。同样对任一单位集体来说,每一名员工都是这个家的主人,都有自主维护安全的一份岗位责任,这种安全思想意识便是所谓的责任主体意识。

执法岗位是消防工作的第一哨。龙山大队把消防执法视为队伍建设的“窗口”和“品牌”,实行实名负责制、首问负责制和终身负责制,因为再老再好的牌子如果不珍惜都会砸在手中。执法的全盘程序与所有环节都有据可查,经办、审核、审批等执法流水线各节点上的责任人均了然可循,形成了权责明确、行为规范、监督有效的执法阵地,以期强化火灾防控能力。执法中始终坚持关口前移,坚持热情服务、靠前服务、一站式服务,在打压不法行为的同时多方帮助单位排忧解难。

铲除重大火灾隐患是消防执法的第一要务。“重大火灾隐患”六个字其义自见，意即发生火灾的危险大，一旦火起可能有大的损失、大的影响甚至大的伤亡。两年来，龙山区数十家单位被调整升格为重点保卫对象，全区投入消防安全隐患整治资金逾千万元，三下五除二，六处老大难重大火灾隐患单位摘了帽子，十几家跟安全过不去的单位被强令关停或临时查封。现在那些绞尽脑汁想走捷径不成的经营娱乐场所的大佬们，一个个尽管脸上写着“恼”，但心里却揣着“服”。

这也不全怪杨安保，要怪就怪国家法令日益严格了，这么说似乎也还不能诠释得清，要讲得直白些，真的要怪全国的那些不按规定办事的其他一些个大佬们，要不是他们屡屡捅娄子生事端，弄得泱泱九州大地七处冒火、八处冒烟，法令的紧箍咒会如此这般越念越紧吗！这个绕着弯的逻辑还是大佬们自己总结出来的。杨安保说消防就是个良心活，可以不求有功，但是必须无过。

这不，按照大队计划，要力保五一“黄金周”不遭受烟熏火燎，节前一连几个晚上都有夜查安排，杨安保都要带着大队工程师刘鸣对全区人员密集场所进行一次所谓“地毯式”检查，主要查通道出口是否通畅、消防设施是否完整好用、消防值班人员是否在岗在位。官方的说法是“错时制检查”，就是根据一些场所的经营特点，把作息调整成“五加二、白加黑”，赶在这些场所营业时间内进行的检查。

尽管是免费帮他们当参谋找问题，但不管什么形式检查，那些场所的经营者们历来都不很欢迎，在他们看来，这提出防火意见就是蓄意揭短、找碴和过不去，这类误区由来已久。几年前东北有一家大型商场存有火灾隐患，消防监督人员查出后正色提出改正意见，许是忠言逆耳的缘故，被商家老板理解为“挑毛病”而置若罔闻。最终大火光顾，消防战士浴火奋战，才保住了大部分财产，大小老总们感激涕零，敲锣打鼓送锦旗慰问消防官兵。之后当地媒体在报道的结尾给了一条尖刻的评语：这不正是“曲突徙薪无恩泽，焦头烂额为上客”的现实版和活生生的演示吗！

全国一家大型商业名企就要在龙山开张了。下午临下班前市里紧急召集相关部门布置工作任务。一位招商局的领导按照领导通用的语气，提了“八股式”的几点要求：其一，务必引起高度重视，因为这是市领导亲自负责招商的项目；其二，积极做好服务，各部门都要给予相应的大力支持；其三，加强协调，服从大局，讲白了就是要确保明天早上九点钟开业的安全顺畅进行。然后请各部门挨个儿发表意见，说是发表意见，其实就是一种表态，因为明日开业的基调已定，各种阵势已经拉开，甚至参加剪彩的邀请函都已送至领导手中，言下之意只许点头不许摇头，只准开绿灯，不准亮红灯。几个部门的发言人似乎都很识时务，没有人唱反调，别说亮红灯，黄灯都没有闪一下。

最后，轮到杨安保说话了，他说：“我不能同意刚才这位领导的意见，所有支持配合都是责无旁贷的，但据我掌握的情况，该商业大厦的自动消防系统尚未竣工，消防许可手续也未办结，如果违规强行开张，谁也不能保证领导要求的四个字‘安全顺畅’。”听杨安保这样一说，那几个部门负责人也都在底下点头称是，有的说本部门归口管理的手续也未办理，就差说敢怒不敢言了。

一看杨安保挑了这样一个头，招商局长挺不住了，故意大声顺便震慑一下其他人说：“我认识你们支队长高中原，我亲自跟他讲。”说完，还真的拨通了高中原的电话，可能是也没有得到声援，气得呼呼地说：“好，好，我们不争论什么程序问题，开业计划是否取消，你我说了都不算，我会把你们的意见报告给市领导的！”

第二天，得知开业照常进行，杨安保为了保障现场的安全，只得向支队长高中原口头汇报后派出执勤车辆现场监护，高中原同意大队的做法，在关于后续处理的问题上，他只说了四个字“严惩不贷”！

安全许可先斩后奏挑衅的是国家法纪的权威，而非执法者一己的尊严，这向来是很多消防红线中的一条高压线，对于故意触碰者，没有下不为例，不施处罚便是执法者的渎职。

龙山大队是男人的世界，虽然部队不兴称花呼草，但在官兵心目中，工程师刘鸣就是一株引人注目的颇有几分帅气兼有几分儒雅的“队草”。刘鸣虽不是学院派，但向来是个积极要求进步的激进派，靠着自己的悟性和几年的岗位自学，咬牙跺脚硬是通过了专业岗位考试、计算机考试和外语笔试、面试以及论文答辩等多个难关，不仅拿到了岗位资格证书，还评上了中级职称。最近几年，年年都有论文获奖，还出版了专业书籍《消防安全管理指南》，发明的消防战斗棋获得国家实用新型专利证书。就在不久前，还令人羡慕地收到国家科协的邀请函，乘飞机专程到人民大会堂参加学术交流会，论文入选大部头的文集并在科技大会上交流。

有人说刘鸣最大的优点是办事认真，最大的缺点是太认真。消防监督检查是他的本职专业，安全敏感和严谨是他的基本素养，大到一栋大厦建筑结构与防火设计，小到防火墙上的一个洞眼、地上一个烟头乃至火灾现场的一颗金属熔珠都能明察。他自己则说这得益于他生来眼小，易聚焦，还自诩“大眼睛迷人，小眼睛迷死人”。一回在家中，他半躺在沙发上看电视，孩子过来喊他吃饭，竟以为他睡着了，拿小手在他眼前晃悠一下，刘鸣逗他有意不动声色，眼也不眨，谁知孩子一转身报告妈妈说：“爸爸睡着了。”

生活中的刘鸣同样也是一个很讲究的人，与人约会历来守时，大队很多分内分外大大小小的事，都事必躬亲从不嫌累。说话绝不带有脏字，美中不足的是普通话不够标准，每次拿起话筒说话，一张嘴总要坚持说普通话，但三两句之后就是长淮普通话，讲到实质性问题，也许为了找到共同语言，就回归纯正的长淮话了，有人觉得听着有些别扭，刘鸣似乎管不了这些，反正就这风格了，谁也不会为这吐字发音去较个什么真。

但还就有较真的。一次在对集贸市场的专项检查中，一位女老板对大队检查提出的整改意见不服，说：“你们为什么总要为难我呢？”

刘鸣解释说：“这怎么能叫为难你呢，还不都是为了你的安全着想？这里有几百家商户，一家有难，八方遭殃。再说了保障市场安全也是我们的责任，出了问题执法者也是被问责的对象，可以说在安全方面我们都是一个床（船）上的人。”

女老板怒斥道：“谁跟你一个床上！”

刘鸣无语了。

也许是一种职业病，大家都说他活得太细致了，甚至有一点轻度强迫症的症状。在队里他会要求消防车辆早上试车时开离营区，以免尾气进入办公区域；办公室书架上的书必须按照高矮顺序放置，甚至连钱夹里的百元纸币掏出来币面正反都是一致的；在家他会教小田和孩子们生活的小窍门，比如端碗行走时防止汤洒出来要看地不要看碗，避免衣服扣子扣偏了应从下面扣起，睡觉时鼻子不透气时侧过身子睡，等等。一次，家中双胞胎儿子中的老二被老大从床上挤掉到了地上，妻子小田心痛不已，生怕摔出问题来。为了确切掌握这一摔的“轻重缓急”，刘鸣竟然把火灾模拟试验的方法移植过来，自己亲身体验了一回，他像替身一般以差不多的姿势从床上滚落地上，站起后安慰妻子说：“看到了吧，水平着陆，而且他比我身子轻，保准没事。”

小田扑哧笑了，而后不以为然地瞥了他一眼说：“越活越傻了你，孩子能跟你比吗，摸爬滚打出身，皮糙肉厚的。”

晚上十点多钟，杨安保和刘鸣来到一家浴场检查，豪华间里几个大佬正在搓麻，神色有点尴尬，他们中有人立马认出杨安保，便起身相迎，接着便是有些言不由衷的问候：“辛苦了杨大，这么晚还出来检查！”“劳逸结合，等工作完了过来朗一把（长淮方言，意即洗澡）。”

杨安保全当没听到，说：“不要紧张，我不是来抓赌的”，径直出门继续检查。在门口，刘鸣停留了一下，想看看走道上应急照明灯的设置情况，忽听见刚才的房间里有人在说杨安保，索性凑近听个明白。

“我的飚歌城被杨安保停了。”

“凭什么？”

“说什么疏散走道是口袋形的不合格，原本合格，现在的标准不一样了，要求提高了，嗨，你说国家标准这玩意儿又不是打牌，怎么还带升级的。”

“你说这个杨安保还真是的，送礼不要，请客不到，标准一个不听头（意指不知变通），说这个停业改造是必需的。”

“要我说，他也是被上面逼的，闲着不好吗！”

“我同意大哥这话，要怪就怪那些个不按套路出牌的，去年那个什么歌王俱乐部火灾又死了四十多人。”

“谁摊上这事就完了。”

“唉，人生两大不幸，得不到最想要的和得到了最不想要的。”

“人家失火了，就来查我们，这不是别人生病，让我们跟着吃药吗？”

刘鸣听不下去了，走进去说：“你说的不错，就是要全体吃药，这是健康防疫的药！”

回来后刘鸣对杨安保说，别看这些个老板没文化，说起话来还一套一套的。谁知杨安保反而给他上了一课：“你以为他们成天只知道赚钱，没有文化不知道害怕？错！人心似铁，国法如炉，这《消防法》施行都十好几年了，你可以不学它，不懂它，但一旦出事它会来找你的，起码这一点他们都懂。”

认为大佬没文化不是刘鸣思想上存在什么偏见，这一印象是各种信息在脑中叠加后的立体成像，就像三D打印机输入信息后便可以造出各种物件一样。长淮有个人人皆知的三兄弟，三人分别是通过矿产资源开发、地产开发和家电批发起家的千万富翁，但这一致富典型却无法作为范例拿来教育孩子，因为三人加在一起文化还不超过六年级。还有件事刘鸣说起来大家都以为是讲笑话，实则毫无虚构和夸张。在几年前的一回检查中，刘鸣跟一个身家几千万的老板提出整改意见，老板记录时反复要求讲得慢一些、再慢些，刘鸣起初还以为他是眼力不济，后来听大堂经理私下解释说老板出身贫寒，字识得少，很多事都是通过类似速写的图画来记录的，比如你说少一只应急灯他就画上一个灯泡，需要加一道门便画一扇门，旁边打一个加号，他的笔记本别人乍看就是一本画册。

杨安保常挂在嘴边的一句话是“执法不能越位更不能缺位，给你的权力要用，是你的责任得扛”。在大队的执法例会上针对一起火灾事故调查承办人出于同情未依法履行处罚程序，杨安保就提出严肃批评，他说，“心慈手软”也是一种失职，并列举了消防执法中的常见病：这个火灾隐患是个老问题了，多年来也没出事，由它去吧；业主先斩后奏，投入了很多钱，但如果让其改正损失太大了；隐患曝光要三思而行，以免影响单位声誉；该单位是大队或支队警民共建单位，适当放他一马亦无妨；上面某领导有“指示”，招呼不好不听；这种违章现象到处都有，只好“罚不责众”了；虽是违法经营，现在做生意也不容易，下不为例吧；处罚不是目的，低头不见抬头见，口头批评教育一下行了；念其初犯，不知者不为过，处罚就免了；发生火灾了，只要不是蓄意为之，烧得够惨的了，再处罚是不是有点不近人情。

这些心态表面看来似乎尽在所谓情理之中，但杨安保不以为然，他认为这些都是同情心取代了责任心，合情理却不合法理，实质上是执法者站到了违法违章者的一边，自然也就站到了火灾或事故隐患的一边。如果都搞网开一面，法网岂不洞口大开。试想如果火灾是有生命的，一定会对你的这种思想和做法表示极大欢迎。近年来，各地消防专项治理接连不断，重特大火灾事故却层出不穷，虽然大批火灾隐患得以根除，但仍有很多隐患整改进展缓慢也是不争的事实。其中不乏类似以上执法失之过软、纵容隐患的教训。他告诫大家说：“过去两军对垒时，一方得到一条情报如获至宝，因为那是取得战事主动和保全自己有生力量的一大砝码；消防工作中发现的火灾隐患，就是取得防火主动权和保全自己的重要情报和线索，却被很多人无视并白白丢弃了。”

刘鸣表示认可，打趣地说：“确实如此。这‘消’和‘防’两个字就是很好的说明，灭火就是要‘削’除火灾，只是用水不用刀，而防火则不一样，‘防’字耳旁方，说明必须拧住耳朵方能奏效。”

杨安保接上说：“你这个说法有一定的道理，从武术的角度看，灭火是硬功夫，讲究一招制敌；而防火是太极，还常常要打组合拳。”

消防执法必须严字当头，实践中却是说起来容易做起来难。上回有一位领导电话里跟杨安保打招呼，让对某单位给予关照免除查封处理，杨安保坦陈利害，晓之以理，精诚已至，本以为金石为开，可以说服对方，谁知那位领导却说“道理我比你懂得多！”进退两难之下，杨安保竟“执迷不悟”地要求这位领导手写一个文字的批示过来，领导一听“啪”的一声将电话挂了。杨安保对刘鸣说：“知道泰坦尼克号是怎么沉没的吗？航向错了。他们跑偏了，我们作为执法者决不能再顺水推舟。”

这天，又一家装修告竣，准备开张的大浴场被杨安保六亲不认地给打住了，人家骆老板可是市人大代表，浴场的服务员都招齐了，每天工资一文不少要付，房租水电等税费也已开始计缴，这些林林总总都是看得见的、看不见的、直接的、间接的经济损失，那可都是哗哗流失的真金白银。这回好家伙还要强制拆除吊顶上几百平方米的精装修木结构造型，连刘鸣看了也有几分心痛，就这一点不起眼的吊顶连返工损失两万多。这次执法可能又是一场硬仗，弄不好要走顶头，一路上刘鸣暗自思忖着如何跟骆老板周旋。

刘鸣的顾虑不是没有道理。消防监督检查中常遇到一种人，他们似乎见多识广，一遇到消防检查就会说，谁谁谁的安全条件比我这里差多了。

骆老板未等他们开口就先发话了：“这一阵子，我不在家，浴场的事都是小孩子弄的，但账要记在我的身上，事先没有申报，现在问题出来了，解铃还须系铃人，违规了该加的加，该拆的拆，只要能花钱解决的事就不是大事，我本人是市人大代表，理所应当带头执行国家的法律规定。”

骆老板的一席话让刘鸣心头一块石头落了地，人大代表就是人大代表，骆老板的话不能说是违心的，他也在用实际行动证明，在今天加快法治建设的社会，“法之不行，自上犯之”已成为远去的历史。

五

凌晨五六点钟光景，武刚带领中队出警悄然归来，天色还是半透明的，车灯雪亮的光柱打过去，平时拥挤的马路此刻显得开阔了很多。为了不扰民，国家消防局早已发布新规，全国消防部队同时执行“禁鸣令”，所有战车出警返回途中一律关闭警报器。

“恶劣，出动两辆车跑了几里地灭个建筑垃圾火灾，损失还不够我的油钱，这不是标准的得不偿失吗？”大吨位水罐消防车驾驶员、二期士官马文军一边扭着头倒车入库，一边对着中队长武刚发着怪话牢骚。

这位来自黑龙江的马文军自身就是个大吨位，身高一米八八，体重论斤算数目超过身高，天生个急性子，做事用长淮话说那叫一个词“耍瓜”，就是动作麻溜“嘎嘣脆”的意思。说话态度上决不暧昧，向来爱憎分明，看着满意就说“不孬”，看不惯的一律定性为“恶劣”，从不知白守黑、人云亦云。

马文军说自己与部队有缘，不仅名字里带“军”，而且汉语拼音缩写就是“WJ”，注定还是当武警的料。全大队几十号人数他的饭量最大，一次去吃十几元一份的自助餐，有人算账说饭店铁定赔了老本。他自己坦白说来当兵前，早上在街上吃包子看人家都只吃三个两个，有时不好意思一下子坐倒吃七八个，就分开到两家店吃个连锁早餐。不知从什么时候起马文军得了个“提辖”的雅号，其块头以及风风火火的行为方式与水浒人物鲁智深还真有几分神形相似，就连最拿手的歌也是那首“该出手时就出手啊……”

马文军是打心里热爱这支部队的，而且除了体形偏胖造成某些训练项目费劲之外，基本能适应这里的战斗生活。战车在他精心保养下，不仅体格强健，而且脸面光洁，就连轮胎也是一尘不染，他承诺在车库里你随时可以戴白手套去擦拭检查。别看他长得粗犷，但粗中有细，比如喝茶前要有一道“洗茶”程序；牙膏不会连续用同一品牌，说是细菌也有适应力。看到影视中有些动人的情节，他也会潸然泪下。一次，他甚至朝一位新兵发火，说这么感人的事，你怎么都没有一滴眼泪！还是武刚解了围，说当今社会容易被感动的人和事不少，问题是有些人在关键时刻未必也能做出令别人和自己感动的选择。唱歌是马文军的一大爱好，唱的也都是些“粗歌”，他说现在很多歌子，如果不看人根本分不清是男声还是女声，听那些捏着嗓子无病呻吟的歌曲，还不如找一片林子去听鸟叫唤。

一次，大队卫生员李长江善意地提议马文军减肥，并吓唬他说：“我曾经看过一份权威资料，说人一生吃的食物总量是恒定的，每人大约只能吃九吨食物，谁先吃完谁先走，你已经吃了多少，你算过吗？”

马文军才不畏惧什么权威，一副满不在乎的样子，还学着小品中的口吻说：“我不想知道我已经吃了多少，我只想知道我还能吃多少！”

对于马文军刚才关于跑远路救小火的牢骚，有人赞同，有人反对。

“你要不叫提辖叫孔明就好了，神机妙算，出动前先算准那火会烧到多大。星星之火，可以燎原，你不懂吗？”板刷头、国字脸、将军眉、肤色有些接近土著印第安人的武刚队长说话向来这么一语中的。

“不是有消火栓吗，这些人难道除了报火警就不会点别的？”马文军据理力争道。

“还好意思说什么油钱，你整个儿消防队都是人家老百姓养活着，你天天闲着还叫什么养兵千日，用兵一时？少废话，车辆入库！”武刚连训斥带催促地下令。

“慢着，出警的电铃又响了……”武刚突然又自行中断了自己下达的指令。

“接市局110指挥中心电话，市明光苑小区十三号楼有人要跳楼，立即出警救援！”武刚手中对讲机里调度员的声音大家能听得到。

“走，明光苑小区救援，注意行车安全！”武刚作了重复和强调。

“不在乎这一会儿，如果真想跳楼或许早就跳下去了。”马文军的话既像同武刚交流又像在自我揣度。

马文军最怕的就是驾车进入小区，不仅车道七弯八绕，原本好几米宽的道路，无奈有路必有私家车，活生生地被像玩具般接龙停放的小车占去一半，要是遇到有不自觉的再停在另一边，这路就算走到头了。

费了好大的劲，战车终于抵达一栋十八层的住宅楼前。众多围观者都仰视着十一层上的一位妇女，据说是由于跟丈夫吵架伤心欲绝，她骑坐在阳台的护栏上，随时可以作出用几秒钟走完自己后半生的决断。虽然大家都一筹莫展，但现场的气氛并不像火场那么焦灼和令人窒息，许多事不关己的人是在看热闹。

“徐辉，你上，这是你的特长。进入室内试着劝其返回。”

“是！”

“楼下先升安全气垫以防不测。”

徐辉，龙山中队长助理，这位曾经当过火警调度室接警员、参加过汶川大地震现场救援的三期士官，在消防基本功上是全支队的佼佼者，至今他还保持着几项无人超越的独门功夫，就如单杠，别人一般只能做到四五练习，徐辉则可以完成单臂大回环的高难动作。说他身经百战那是打了大折扣，大小战斗已亲历四五百场，凭着自己的拼搏和过人表现先后荣立二等功一次、三等功两次。

汶川大地震牵动着亿万国人的心，更强烈地牵动着消防官兵的心。徐辉因素质过硬、救援经验丰富如愿成为长淮支队赴川抗震救灾的二十名主力队员之一。在一次救援中，一座坍塌的二层楼的水泥板下面，他接连救出两个老人和一个小孩，这时余震来了，废墟的框架摇摇欲坠，瓦砾四处飞落，但他发现废墟中还有个孩子的呻吟声，战友们拉住他的胳膊阻止他继续营救，他眼中噙泪愤怒地吼道："让我再救最后一个！"然而，就在此时一个重达数公斤的建筑物碎块"啪"地一下砸在他的头盔上，他顿时感到头晕目眩，一个踉跄倒了下去，几个战友赶紧过去扶起他，就在战友把他狠劲拖至安全区域的一瞬间，废墟崩塌了，顷刻淹没了刚才营救掘开的洞口，也深深淹没了孩子微弱的声音。

过了好一阵子，徐辉才逐渐清醒过来，当他明白眼前发生的一切时，他再也抑制不住自己的情绪，摘下头盔使劲儿摔在地上，这是他入伍以来第一次做出这样的举动。这个镜头恰巧被现场的一位记者拍到并在多家媒体报道，他在救援现场的那句话曾经令无数人潸然泪下。

在前后十几个昼夜的营救中，来不及多想，也没有时间伤悲，在余震不断的土地上，徐辉和现场一万多名消防战友们不停地往返转战于重灾点。他磨破了手指，砸伤了脚趾全然不顾，哪里有险情哪里就会看到他的身影。在整个救援过程中，徐辉和他的长淮战友们共搜救出八名被困者、十四名遇难者尸体，为灾区群众运送、赠送救灾物资上百次。

徐辉不仅体能好、业务精、作风顽强，而且口才不错，言语幽默，善于与人交流，是中队较有威信的编外调解员。一次在配合公安机关抓捕犯罪嫌疑人时，嫌疑人逃到六楼空调外机上以欲跳楼与警察对峙了两个多小时。徐辉给警察支了个招，然后自己上前几句话便让那家伙自动束手就擒。他的招数就是把嫌疑人的女儿喊到现场，事后有警察问他说了什么，回答是"你小子有福气，有个好女儿，你女儿就在下面，但她告诉我们她不能没爹，如果你死了，她就立马跳河去找你。"

可是这次完全出乎武刚的意料，徐辉出师未捷，不到半小时便无功而返。

“你这个谈判专家都拿不下，看来只有强攻了。徐辉不要再上了，由肖和平从十三楼人家阳台挂保险绳下去强行出击，切记注意安全。”跨越一层救援的目的在于保证处置的隐蔽性。

与马文军同期士官的肖和平是个来自大西北的小伙子，家在陕西米脂，你要是说不知道这个地方，他就会跟你解释“米脂的婆姨绥德的汉”这句话的来历，从金丝猴讲到猕猴桃，再从闭月美女貂蝉讲到一代英豪闯王李自成。大家眼里的肖和平是个文武全才，讷于言却敏于行，来队四年，年年都是优秀士兵。更为难得的是当兵之前已经院校培养，而且学的是机械制造专业，在中队他有个被大家叫得响亮的外号“肖百度”，在他的带领下大队先后搞了切割机定位器、无级转换消防泵等多项技术革新，而且自从肖和平来队后，一般的灭火救援装备维修不用出门。肖和平枕头下有个笔记本，里面扉页上题写着岳飞的名句“以身许国，何事不敢为”，看上去不像是他本人的笔迹，肖和平说本子是父亲送他的，父亲是当地一位小学老师。一次，马文军无意中看到了里面的一篇文字，写的都是些长者教诲的话：

曾经的一个风和日丽的下午，你的啼哭成为这个星球又一个生命跃动的音符。

从离开臂弯到蹒跚走步，从牙牙学语到高校求知，突破迷惘、孵化自信，教训积成理智，磨炼结出果敢。到今天你已经十八岁了，这是你人生新的起点和成人的开篇。

成人，意味着成熟、成长、成就，也意味着承载和承担。成人有成人的空间和权利，但更多的是责任和义务。成人之后当向着新的目标进发，要有出一屋而面天下的胸怀和准备。成人礼是人生的一道分水岭，回望青春年少，前瞻征尘漫漫。自己在长大，世界在变小，你会更加真切感受到时光的流逝与世人的行色匆匆，更多地领略人间冷暖和生命中苦痛与快乐的无尽轮回。

成人礼是人生的一次再认识，认识世界、认识别人，也认识自己。认识到这世界并不完美、困难并非想象的那么可怕；认识到追求成功必须先学会坦然面对失败,只有更好,没有最好,凡事尽力就好;认识到战胜重大困难须凭坚不可摧的必胜信念,切记个人的力量总是有限的,团队的力量大无穷。

成人礼历来被看作是人生的又一次洗礼,不仅施于体表,更应沁入心灵。成人前更多的是感受到被关爱,成人后则要有博爱的胸怀,成为爱的传人和爱心播撒的载体。进入高校只是人生无数次再锻造的一次,学习无止境,体魄当强健,更要有强大的内心。记住一句话,一个人只有足够强大才会在自己犯错后敢于面对,在更加强大时才会在别人犯错后懂得原谅和包容。

心有多大,舞台有多大,世界之大,无所不有,善恶无处不存,“勿以善小而不为,勿以恶小而为之”。见义需勇为更需智为,凡事应果断而慎重,既不能畏首畏尾,裹足不前,也不能盲目从事,贸然涉险。

远征在即,你准备好了吗?无以为赠,谨转以刘再复先生的一段话:“活生生的人,在坎坷与平坦的路上,都一样往前征服。在坎坷的路上防着跌倒,在平坦的路上防着漂浮。”

经再三追问,马文军方知那是肖和平父亲在他当年满十八岁入学时写给他的人生寄语,马文军心想自己是该好好学习了,否则将来回去恐怕当一名小学老师也不合格。

类似今天的这个高空作业对于肖和平来说已经不是第一次了,居民火灾从阳台上背下过残疾老人,电线杆上救下过精神病患,还从邻居家入户帮忘带钥匙的老太太开过门。特别是一次飞身救援的全程被电视台拍下作为专题节目播放后,肖和平竟然收到本市一名在校女大学生的来信,倾慕之余大胆示爱,一定要与肖和平私订终身,并上升至人权,说他们是两厢情愿,谁也无权干涉,还几次三番来大队找到杨安保,要求放宽政策成人之美。

杨安保解释说:“说实话,我特别感谢你对肖和平同志的这分真爱,但部队有部队的纪律,士兵不准在驻地谈对象!”

“人是死的,纪律是活的,可以修订,据我所知,你是学法律的,难道你们不认为这样的纪律与恋爱自由是对立的吗!”女大学生反过来给杨安保上课了。

“这在过去从来没有先例,我当这么多年兵,第一次从群众中听到要修订部队纪律的意见。”武刚见杨安保被问住了,立马发话圆场。

女大学生毫无惧色,说:“第一次怎么啦?你难道不是第一次来到人世间吗,你当兵、恋爱、结婚、生孩子哪样不是第一次!”尽管辩题是反方,但完全掌握了场上主动。

辩论胶着时,也偶有辩手站错立场的现象,这一刻,杨安保与武刚的脑子里都有一念闪过:“儿女情长无可厚非,这纪律是否真的不合时宜了?”

当然,最后还得主角之一的肖和平出面解决,尽管自己也有了朦胧的感情,但理智最终占了上风,他诚恳地说:“纪律不允许在驻地谈对象不是针对我一个人,大家都在遵守,我也不能例外,否则就要受到处分甚至退出现役,这也不是我愿意接受的,说实话,我已经离不开这支队伍。”

这场凰求凤的故事最终注定没有结果,这不是谁的错,而是谁也不敢乱当家,发乎情,止乎礼,军纪不可违,对此,杨安保至今想起来还自感有些棒打鸳鸯的冷酷无情。之后,细心的徐辉发现肖和平的衣柜里多了一个做工精致的平安结,那是一个中间嵌有“平安”二字的鲜红色中国结,肖和平说是那位女大学生送给他的唯一纪念物件。

徐辉已经回到车上,救人的任务最终落到了肖和平的身上。事不宜迟,只见肖和平娴熟地滑绳而下,就在这位妇女还没有弄清怎么回事的刹那,肖和平已敏捷地降至其头顶,但为保证万无一失,他没敢再靠近用身子去扑,而是就在二人接近的一瞬,脚尖轻轻一拨,两人便一起落在了阳台内。下面围观的人群没有忘记作为旁观者的使命,油然地送上一片喝彩。这时的肖和平站起身,一边扶住那个妇女,一边探头朝下看去,由于高高在上他想说“搞定”,估计下面的人也听不清,于是他干脆用肢体语言来个互动,伸手朝前打了个与大地平行的“V”字,既是给武刚传递救援成功的信息,也算是向群众发出战斗结束的信号。

此处无声胜有声，就这一个手势，便引爆了下面好一阵只有一出大戏谢幕时才有的掌声。

肖和平今天的表现很抢眼，晚间的战评会上，一向不服输的徐辉低调了许多："我今天救人成了丢人，差点误了大事，那个女人软硬不吃，就那一会儿工夫，她让我领教了什么叫岿然不动和宁死不屈。和平干得好，没说的，那就两个字：麻利。要说这姜啊，还真是老的辣呀！"

其实，论年龄肖和平比徐辉就长一岁。不得不承认中国话的哲理性，这哲理还在于正反说都是理。大几岁恭维话就说姜是老的辣，如果小几数就叫后生可畏；老有所为即大器晚成，少年有为便说有志不在年高；成功了谓之事在人为，功到自然成，失败了就说谋事在人，成事在天。类似地，祝愿人家做生意兴隆都送上口彩说财源广进，如做亏了则反劝说破财免灾。如果真的遭灾遇祸了，还能挂靠到吉祥上去，美其名曰"大难不死，必有后福"。

武刚接着徐辉的话题说："孙子兵法讲究不战而屈人之兵，今天的救援，虽然成功处置，但我们最后用的还是硬战的办法，并非善之善策。这临场谈判看来还是我们的弱项，这一课以后一定得补上。学无止境，当代消防员就应该是具备全方位技能的复合型人才。"

杨安保参加会议，就这个话题没有再发挥什么，因为他知道武刚队长说的话最终都是要兑现的。

现场，杨安保又布置了另外一项重大任务：最近由于持续降雨，河水已逼近十年来最高水位，根据市政府的统一部署，支队紧急组织一支抗洪抢险队，要从各大队抽调五人。长淮地区水系发达，大小河流六七条，因而有史以来这里的人民便常遭受洪涝之患，水火无情，人类生命不息，防火抗洪就不会休止。

人们总将水与火联系在一起，因为水与火是相似的，都是"五行"说中构成宇宙万物的要素，洪水犹如猛兽，会在顷刻间突破人们思想的警戒线，火患胜过恶魔，也常在不经意间把人们的一丝侥幸转换成灾难。值得庆幸的是，我们的先人学会了在利用水力资源的同时如何有效防治水患，这便是

“水利”的概念，可遗憾的是这一字千金的“利”字，几千年来竟一直未能与“火”结缘，“火利”成了中华词典中疏漏的词条。

淮水奔流，裹挟着时光，积淀着历史。近期的考古发现已证实，这一带正是传说中的大禹治水的区域范围，大禹长久以来一直是长淮人心中高度敬仰的圣人。进入新世纪之后，以德治国成为依法治国的补充，长淮市政府专门斥资为大禹立了一座高大的雕像，并号召全市人民重塑禹风禹德，要一代一代地继承学习禹王易堵为疏的科学工作方法，三过家门而不入勤勉的工作作风和首吃螃蟹的开拓精神。长淮市委俞书记还在一次干部任职大会上说：禹的成就也得益于当时的用人机制，任人唯贤，能上能下，传位者与继位者相互间并无血缘或裙带关系，卖官鬻爵更不消说了。

大家一讨论，还真是那么回事，要说这古人在这方面或许要令今天的许多人汗颜，当年首领的位置由尧传舜再传禹，完完全全从个人的德能勤绩和社稷前途考虑，他们无愧王者，因为他们最为看重的不是自己的王位，而是能否为百姓带来福祉，所以才能够“视弃天下，犹弃敝屣也”。

消防部队已经成为各地水域救援的主战队伍。抗洪抢险对他们来说不是什么新鲜科目，各大队都配有皮划艇和多种常备抗洪器材，只要战斗一打响，抗洪大军里总能够找到消防官兵那一片橘红色的身影。

但这一次的救援行动还是让他们又一次深切地感受了什么叫作惊心动魄。龙山大队抵达现场时，整个村庄已浸没在汪洋一般的洪水中，其中地势较高处有一栋两层小楼，一家三代五口人都被迫爬到了楼顶上，在焦急地等待营救。门前的一条沟渠这一刻却像被放大镜放大了一样，成了咆哮不息的河流。楼底的基础被激流一片片地刨开并裹挟而去，冲击的力量使得整个小楼都在不停地战栗。由于上楼顶的楼梯在室内，楼顶还设有一圈挑檐，徐辉与战友小夏驾着大队的充气救生艇虽然靠近了楼的墙边，但楼顶的人员怎么也没法下到艇中，官兵们围着半个楼转了几圈，也没有找到可以救生的途径。洪水还在上涨，水流更加湍急，形势岌岌可危。

“使用安全绳索！”武刚下了最后的行动命令。艇上的小夏先将绳索扔向楼顶，让上面的人把绳子固定，然后自己沿绳子攀援上楼，再将另一根安全绳拴在中年男子的腰间，扣上安全钩，徐辉利用救生艇将绳索的另一端带到岸边，由官兵和现场的群众拉住，两根绳索形成空中索道，中年男子顺安全绳缓缓滑下，半个身子在水中，在绝处求生的惊恐与期待中晃悠着到达了彼岸。接着是他的妻子和两位老人，最后是小夏抱着孩子，全体抵达岸边时，所有人都长吁了一口气，救援宣告圆满完成。就在大家一片欢欣时，突然“哗”的一声巨响，顺着人们目光投递的方向，刚才还承载着救人使命的两层楼房瞬间崩塌了。

一家人获救了，又伤痛又庆幸，悲喜交加。房子没了，人都还在，家什没了，希望还在，因为他们相信只要人在就能重建家园，在政府即时即地的关注与支持下，美好的生活都会重来，他们既不孤立，也不会无援。

受灾的居民被迫转移至一处安全地带，几百人集中住在连片的帐篷里，水患暂时没了威胁，但火灾隐患却增加了许多，住所、用火、用电、用气都是临时的，一旦一户发生火灾，难免火烧连营。大队从防火安全出发，仔细检查了物资的摆放、电线的敷设，刘鸣专门编印了《棚户防火须知》，一五一十地交代了防火的注意事项，挨家挨户地发放资料。昔日禹王治水有方而流芳百世，如今龙山消防兵则因与火患、与各类灾难险情奋力抗争而屡建功勋、知名遐迩。不同的是一位王，一群兵，前者缔造万民福祉，后者力保社会祥和。

六

龙山大队院子里的石榴树开花了，有人把它比喻成燃烧的火。这在龙山消防人看来并不怎么贴切，因为他们最常见的火不仅体形庞大，而且是时刻变幻着形态的，还总被烟雾簇拥着。其实，这红艳的榴花更像是一颗颗红宝石镶嵌在大片的绿叶之中，如同消防规划文本中、城市版图上一个个红亮醒目的消防力量分布点。

转眼便到了午收季节。长淮这里说的午收季节，大约就是每年从小麦开镰、打场脱粒、晾晒一直到颗粒归仓的时节。支队专门下了文件，上说为了促进新农村建设，确保小麦丰产丰收，要把消防工作做到田间地头。因为如果安全上出问题，火灾来袭，眼看丰产了却不能丰收。长淮麦田火灾的记录上有一把火致六百多亩绝收，按照支队长高中原的话说，那感觉就像眼睁睁地看着一只煮熟的鸭子，虽然飞不了，但却煮过了，糊在了锅里。

连续几天，长淮的空气质量明显下降，天空不再是一碧如洗，就连呼吸都能感受到浓重的雾霾，龙山大队的院子里还不时飘来黑色的草灰。官兵们清楚，他们一年中最紧锣密鼓的战斗就要打响了。

由于城市规模的一再扩展，区划也跟着反反复复地调整，城区的地图一两年就要来一次推陈出新。如今的龙山区有几个乡镇名为城区，实地仍是一派与城市钢筋混凝土世界格格不入的乡村景象，微风中无垠的田野现已是麦浪滚滚。焚烧麦茬是个多年来牢不可破的农家套路，随之而来的就是赶不尽杀不绝的麦田火灾，这多数是上风方向农户收割之后随手撂下一把火焚烧麦茬引起的。由于收割的时间相对集中，麦田火灾也就相当密集。

火魔就像赶着点儿赴会一样，一波未平一波又起，白天消防车根本回不了车库，就在田野里辗转奔波，大队开饭没有准点，有时兵力吃紧就得倾巢上阵，文书、炊事员、卫生员都被编入战斗班，中队长武刚调兵遣将，最后一个电话将自己放假在家休息的媳妇梅艳也抓差充作了编外队员。

梅艳嫁给武刚，谁也不能说那不是一种缘分。当年，武刚还是一名略显青涩的战士，一日在长淮的公交车上，梅艳和她的妹妹梅芳遇到一个流氓，坐姿不正，总要斜身靠到梅芳的身上，结果发生争执。流氓见两位女子无人帮腔，于是得寸进尺，气势咄咄逼人，还挽起袖子拉出要动手的架势。就在这时，坐在后排的武刚看不下去了，上前阻止。这次见义勇为说起来也很简单，流氓见武刚生的高大威猛，自感不是对手，只好作罢，说了句“这次就饶你们一回”，自己找台阶下了。

这边，武刚这边一下车，梅艳姐妹二人就跟着下来了。武刚还以为姐俩是害怕流氓报复才这样做的，不想她俩并未到站，是专门下来表示感谢的，并一定要知道武刚是哪个部队的，说是要写感谢信。那时的武刚单纯得很，被“纠缠”得面红耳赤的，最终还是拗不过姐俩，只好告诉了她们自己的真名实姓。结果感谢信没有收到，但似乎比感谢信还要盛情，他收到的是一个到家里吃饭的口头邀请。关于吃饭，长淮这边有个心照不宣的规则，那就是来客人了一般都下馆子，只有家里亲戚或知心知己者才有幸能到家里吃饭。为什么会所一度盛行，或许就是因为它的陈设布置让人有那么一点到家的感觉，走的是宾至如归的接待路线。

经队领导批准，武刚还真就不当一回事地赴宴去了。虽是家常菜却较为丰盛，就是米饭准备有些不足，武刚两大碗的饭量，结果梅艳姐妹俩都只吃了半饱。武刚傻傻地以为这事就此告一段落，谁知梅艳以及她的父母都相中了他，后来托人说事，被武刚以士兵不能谈对象为由拒绝了。直到再后来武刚上学毕业提干了，又有人来说事，介绍的对象还是梅艳，原来她们家一直在关注着武刚的“动向”，这期间梅艳坚持不处对象，就在等待着武刚和政策许可的这一天。

两人相恋了。尽管一个高大，一个柔弱，一个土，一个洋，一个是军中的“武行”，一个是公司里的文秘，但二人的感情生活不说风光旖旎，也算风平浪静。不想到最后的最后还是起了波澜。有一天本是二人定好的约会时间，这是次实质性的“约谈”了，议题是要敲定梅艳回武刚老家见未来公婆的时间。谁知梅艳左等右等，就是不见武刚的影子，这么紧要的时候也要爽约？人不来，电话不接，完全是“既没图像，也没声音”，梅艳这边就只剩下干着急。直到四十多分钟后，武刚来电解释说先前恰巧遇到火警，没来得及打电话，现在战斗刚刚结束，兄弟们还在现场收拾整理器材。真相虽已清白，但梅艳却有些纠结和犹豫了，出警是这支部队的家常便饭，将来婚后都是这样一种节奏的生活，扪心自问，不是自己想要的。

在一次家庭的饭桌上，梅艳闷头吃饭，怎么都不说话，父母都不知是哪里出了问题。要说姊妹同心，真是不假，妹妹梅芳看出了姐姐的心思，知道硬劝不会起效，就机灵地先来了个投石问路法，当着父母的面提高嗓门说：“姐姐，你是嫌人家工作时间没规律，顾不上家，想打退堂鼓了吧？”父母二人诧异了，由于没有思想准备，一时没了主张。就在这时，妹妹又发话了：“姐姐，你们都谈婚论嫁了，缘分是要珍惜的，你可要想清楚了再做决定，如果你退出了，我可就当仁不让了，到时候别怪我跟你抢啊！”这其实是妹妹的第二招，用的是激将法。女人的心思最难以捉摸，对于感情方面，最大的压力不是表面看重的金钱，而是来自于同性的竞争。比如要考验一下男友的忠诚度，在一万种策略中，女人绝对不会选择利用身边闺蜜去佯追自己男友的方法，这是她们与闺蜜间保持和谐的底线。现在竞争对手来了，别说是连心姊妹，曾经连体也不行。知姐莫若妹，梅芳这一招管用，梅艳没了退路，不久就乖乖地披上了婚纱。

平时的梅艳不太追求时尚，也不精心打扮，似乎要刻意掩盖自己的光泽。婚礼上，梅艳仿佛一颗脱去皮衣的翡翠，让来宾们近距离领略了什么才叫做美艳，有位消防前辈一家子的阿姨更是在现场大加赞赏，说这是她活到今天见过的最美新娘。而武刚最怕别人当面夸他娶得貌美的老婆，似乎认可了就在不经意之中玷污了他的追求，自己一下子倒逆袭变质成了一个重色轻友之人。所以婚后再有人提及此事，他总是淡淡地说，女人都是化妆出来的，就像房子装不装修大不一样。

麦场火救起来没完没了，那是无节奏的天昏地暗交响曲，官兵们全员上阵，吃了上顿顾不上下顿，有文为证，肖和平的那首小诗《麦收时节的一顿晚餐》就是一则写实的记录：

眼前分明是一片金色的海洋
站在地头就可以掬一把
黄澄澄的麦浪
喜悦在人们的心里澎湃着
试问距离丰收还有多远
收获者说已不过一柄弯镰

也许这金子让人眼馋
也许是麦香令人垂涎
火魔攫起的欲望顷刻膨胀
海洋里充斥着烟波和恐慌

整个下午警铃没有断响
炊事员小黄也上了火线
凯旋的兴奋说服不了饥肠
大家这才想起小黄也在车上
齐问这晚餐咋办
小黄说了该咋办咋办

厨房上演空城计
哪来饭菜扑鼻香
小黄正怀疑自己饿出幻觉
猛听队长下口令
开——饭
原来是嫂子带着小铁蛋
奉命乘虚占领了后方

对此，尽管大家概无怨言，跟大家并肩奋战的武刚还是给出了他的战地动员辞："力气是浮财，用了自然来。再忙再累你能赶得上那些战乱国家的消防员吗，那炮弹落到哪里，队伍就要拉到哪里，还随时有生命危险。"

徐辉听了，又用山东快书的形式把这句话发挥了一下："哎，队长教导我们说：苦不苦，想想红军长征那两万五；这累不累，去问问伊拉克的消防队。"

武刚回应说："徐（长淮话，兼有贫和絮叨之意），你不愧姓徐！"

午收还未终结，但麦田火灾的警报却像被解除了，官兵们一上午未出动，反而都迷惑了。这感觉就像出门后变天了，忽然想起在外面晒了被子，只好无助地等待大雨的到来，可是又不希望它真的到来，但令你不敢相信的是始终只见乌云不见雨点，尽管有些迷惑，但你也许还是会情不自禁地要谢天谢地了。

还是队长武刚向大家公布了谜底。原来杨安保在全市安全工作大会上通报了当前火灾的严峻形势，市政府下了禁令，公安、消防、安监多个部门联合执法。烧麦茬的现象明显减少，难道村民们都能那么自觉遵守禁令吗？安监部门的一位领导告诉杨安保说，也还有极少数不听劝阻的，但都一律按照禁令规定送上虎头山（长淮拘留所所在地）了。

知道谜底后，大家有种等待着风暴的到来，最终风暴未至的心理卸载感，但似乎少了那么一点总与午收火灾共进退的存在感。有人说和平年代体现不出军人的价值，一位军事专家就批评说，其实和平才是对军人最高的奖赏。“武”的终极作用是“止戈”，天下太平了，刀枪入库，马放南山，但你能说静静停放在武库里的核弹没有价值吗？同一个道理，平安对消防官兵是最大的慰藉。

消防力量的捉襟见肘，这是编制不足的历史问题。在如重山叠嶂的困难面前，有人无可奈何而裹足不前，有人选择退避绕行，但杨安保却偏要像愚公般地去撼动、去苦凿、去挪移！在他看来，部队战斗力的提高并不只是添置几件高端消防装备就能够达到，同样，提升全社会抗御火灾能力的重任不能仅仅依靠大队独自担当。他意识到，必须从基础抓起，壮大社会消防力量。于是，创造性地建设多种形式专职消防队伍作为一项长期工程被写进了龙山大队的年度重点工作文本。杨安保的工作创造性并非心血来潮，而是被农村乡镇火灾频发的严峻形势倒逼出来的。

就在农历本年度大年初一那天，龙山区陶集镇一村民吴奶奶家发生火灾，尽管消防队接警后迅速出动，一路飞奔，待赶到现场时三间民房内的全部家什已荡然无存，房顶垮塌，剩下的是没有任何争议的家徒四壁。一家人似乎被这突如其来的飞灾打蒙了，眼睛里充盈着无助的茫然，村民们望火兴叹，参战消防官兵面对一片废墟，心里也有种无法言表的隐痛。

武刚最后一个离开，登车前他将自己身上仅有的六百块钱拿出，默默地交到了那位吴奶奶手里。

调查进展很快，火灾真相得以还原，吴奶奶的过失是火起的直接原因。

吴奶奶笃信鬼神，而且数十年如一。信仰是人赖以生存的精神支柱，吴奶奶是旧社会过来的人，属于党团之外的群众，对共产主义没有什么概念，至于基督教、伊斯兰教，在她看来都是些弄不清来龙去脉的洋教，心里唯一的“救世主”就是那主宰一切的菩萨。

那年，抱孙子心切的吴奶奶在堂屋里供了个观音菩萨，结果如愿以偿。从此，吴奶奶对菩萨更加顶礼膜拜，甚至连小鬼也不敢得罪，初一十五也要烧些纸钱免其滋扰，似乎不这样做就有破财遭灾的厄运。

这些年村里不少人家都富了起来，吴奶奶琢磨了一段日子就在堂屋里又加供了尊金灿灿的财神菩萨，而且逢年过节都要摆酒置菜供奉一番。

遗憾的是对吴奶奶的一片虔诚之心，菩萨并没有回以善报。新年头一天，吴奶奶照例买来厚厚两沓黄纸，在堂屋里烧得呼呼直响，两沓纸钱表明吴奶奶的心思，她没有厚此薄彼。一旁的吴奶奶被熏得睁不开眼，恍惚间她觉得就在这灰飞烟灭的特别氛围中，黄纸像黄金一片片地融化、升华，最终重组成了菩萨笑纳的元宝。然而，就在她使劲睁开眼的一刹，她惊呆了，堂屋上方堆放杂物的搁架上也泛起了火光，还没明白是怎么回事，火舌就上了房顶。

火灾中一并焚毁的还有那两尊吴奶奶心中的活菩萨。真是大水有时能冲掉龙王庙，烈火面前菩萨也自身难保。

这起火灾的教训之一就是没有及时跟进的灭火力量，由于距离消防队站过远，这边装备齐全的官兵无法及时抵达，那边及时抵达的村民们却只能手提水盆、水桶围聚着长吁短叹。

人类社会经历了从神治到人治、法治的不同历史阶段，如今护佑人民生命财产的消防安全之任，不能再寄希望于神佛了，它已在法典上成为消防部队的忠诚使命。为了破解消防综合力量薄弱的难题，杨安保决心在全市率先建立首支合同制消防队，彻底摆脱边远乡镇的消防安全保障不力的困境。过去，消防工作没有得到政府的足够重视，现役消防部队的保障都很难到位，更何况建设专职消防队伍？如今这头落实了，又在全市开先河提出更高要求，是否有得陇望蜀之嫌？杨安保的设想还是遭到了大队其他党委成员的质疑。如何寻求更多的支持和论证，成为杨安保心头一时解不开的疙瘩。

为了争取更多的支持，早在去年底，杨安保经过认真调研、反复论证，从当前消防工作现状出发，找准存在的主要问题，依据政策和大队党委的建议、意见，亲笔撰写了关于组建乡镇专职消防队和加强市政消防设施建设两件提案，并提交到区"两会"审议。在会议讨论期间，杨安保详尽介绍了消防工作性质、任务、队伍编制、经费来源以及当前火灾形势、火灾隐患、消防基础设施建设等情况，对提案的起草背景进行了说明。一石激起千层浪，这份关注现实民生、关注基础设施建设的提案获得了代表们的一致认可，一致认为消防工作关系千家万户，涉及老百姓切身利益，是民生工程、德政工程，代表们纷纷签名支持。

"两会"结束，杨安保与全体龙山官兵终于等来了好消息，他们的消防建设提案获评优秀提案。两件提案均按程序呈交政府和相关单位予以落实。区委周书记的指示掷地有声："过去的消防欠账在我们这一届必须彻底还清！"

有了党委、政府的高度重视与支持，龙山大队迅速协调有关部门，立即行动。杨安保亲自带领官兵们，憋足干劲，在充分调研的基础上形成组建首支专职消防队的完整方案，利用区消防大队淘汰的一部消防车，面向社会招收十名合同制消防员，全市首支乡镇专职消防队伍正式挂牌成立。省消防总队的领导在验收工作总结会上说："你们的探索为全省多种形式消防队伍建设点亮了一盏明灯"。在随后的半年时间内，龙山另外两支乡镇专职消防队相继建成，成为保卫乡镇及周边地区消防安全力量的重要补充，及时化解了边远乡镇的灭火难题。

凭借高屋建瓴、言之有据的两个提案，杨安保的设想不仅得到了政府的高度认可，而且还出现了强烈的衍生效应。区政府决定尽快弥补消防欠账，大力加强全区消防基础建设。全区在短短一年半的时间内改造消防道路十余条，增建市政消火栓七十具，拆除违章搭建近百处，全面完成了全区五个重点镇的消防规划编制任务。这对于一个经济不算发达的城区来说，实属不易，杨安保把区领导的大局意识与务实之举作为激励官兵的教育实例，希望大家牢记使命，以勇于担当的姿态和骄人业绩作为对党委、政府关注消防、心系民生无声的回报。

七

凌晨，大雨倾盆，这是长淮地区的梅雨季节。大队突然接到事故报警：在辖区一座高速公路桥上发生一起十余辆客货车连环相撞特大交通事故。

天黑、路滑、坡陡、时间紧迫，是这次救援对官兵们又一次高难的考验。险情就是命令，接到报警的消防官兵闻警出动，急速抵达事故现场。由于受阻车辆延绵较长，未到事故现场，消防车就已无法前进。官兵们只好冒着大雨，抬着救援工具，奔赴现场，迅速对被困伤员展开抢救。现场有多人死伤，伤者大都被困在极度变形的车体中。更为惊险的是，其中一辆事故大货车撞开护栏，半悬在空中，岌岌可危，大家的心也一下子悬了起来。官兵们简单侦查现场后，迅速利用各种破拆工具对变形车体逐一进行拆解营救。近两个小时紧张而谨慎的奋战后，十多名伤员被成功一一救出并送医救治。

桥下是否还有幸存者？夜幕未开，无人知晓。消防官兵站在桥上向下大声喊话，意外地传来了微弱的回应。惊喜之余，救援官兵立即投入救援。他们在一名医护人员的陪同下，抬着担架摸索着穿过杂草丛生的树林，蹚水来到桥底。通过医护人员确认，桥下的四人，其中三人已经死亡，尚有一人幸存。消防官兵迅速将其抬上担架，从原路返回至桥面，从上往下看似乎直线距离并不遥远，但视觉误差只有步测之后才能感受得到，这上下一个来回的奔波耗时就近一个小时。之后，官兵们又利用绳索将其余三名遇难者拉至桥面。经过连续三个多小时的战斗，最终从死亡的边缘上累计成功救出十六名幸存者。

终于可以收队了，马文军感叹说："就是放一只猛虎过来，这一会儿工夫也吃不了这么多人。"

"所以说车祸猛于虎呀！"徐辉接上说。

"准确地说，应该是人祸猛于虎。"肖和平的意思大家都明白，因为交警的初步判断这又是一起疲劳驾驶酿成的恶果。

由于地理位置特殊，龙山区内有两条高速公路纵横而过，这一现状让高速公路车祸抢险救援成了消防大队的家常便饭，每年处置高速公路车祸上百起，救助被困人员数百人。凭着过硬的业务与心理素质和快速的经验积累，他们在惨烈而复杂的环境中，干净利落地完成再完成一次又一次的艰巨战斗任务。

关于加强消防安全保障，杨安保有着"中西医结合"的理念。他认为用强制执法去消除既有的隐患属于治标，是西医的外科手术，而中医看重的是治本，是免疫力的改善，重在消除隐患滋生的土壤，就像扁鹊说的最高的医术是"治人于未病"。他说这个医学道理很朴素，腐烂的树根上长了蘑菇，你摘了它还会再长。同理，一个人身体代谢机能出问题导致一个肾坏了，不问根底就拿掉，另一个还可能坏死，最佳的医治方案是根据病因选用合适的调理方法，不让另一个重蹈覆辙。

消防重在防，宣传系一半。为提高全社会的防御火灾的综合能力，修补安全意识欠缺短板，实现标本兼治，消防大队的执法者一手拿起整治隐患的手术刀，一手打起消防宣传的锣鼓，把消防社会化宣传提到了前所未有的高度与密度，让更多的人了解消防、认识消防、关心消防。

为了提升大众消防安全意识，他们在消防宣传进企业、进学校、进社区、进家庭、进农村的“五进”上下足了功夫。就拿进社区为例，考虑很多人白天上班在外，他们就利用晚饭后的黄金时段，在各居民集中的小区办起了“消防夜校”，由刘鸣为大家现场传授家庭防火知识。居民普遍反映受益良多，懂得了很多防火常识，学到了不少实用的防火妙招，比如：火柴、打火机用气乃至花露水、灭害灵、指甲油、空气清新剂等都是易燃易爆危险品，不可让孩子随便拿去玩，更不能用火去接触；家用燃气渗漏不能用明火检查，而要用在管道上涂抹肥皂水，然后观察哪里出气泡的方法；燃气大量泄漏时应尽快关闭总阀，不要在室内打电话，不能开启排气扇排气，而要打开门窗自然通风换气；不能将孩子、起居不便的老人独自反锁在屋内，以免遇到突发情况不能及时脱险。

宣传是可以无孔不入的。在一次超市购物中，刘鸣偶然发现，超市不再提供免费的塑料购物袋，他想，如果市面上流行的纸制购物袋上能印上消防知识，这样的宣传力度将会有多大啊！对，就这样干，为了扩大宣传效果，大队找到了一家正在大张旗鼓做宣传的房产开发商，提出了自己想法，如果大家能联合宣传，这样既节约了成本，又追求了效益最大化。没想到他们的想法与这家开发商一拍即合，于是五万个手提袋在短短一星期内印制完成，全部向市民免费发放。一时间，消防手提袋，成为长淮街头一道别有的风景。

在一次去总队出差的路上，杨安保发现辖区内高速公路入口处尚有一处闲置的棱面“高炮”广告牌。多么好的宣传平台，他顿时灵机一动，能否在此设置消防公益广告？他立即按照上面的联系电话打了过去，原来这个广告牌隶属外市的一家高速公路管理处。换作别人，也许就此罢休了，可是他认准的事一般不轻易松手。在出差回来的路上，他抱着试试看的心理找到了这家高速公路管理处，说明了自己的想法，没想到未费多大周折，管理处竟然爽快答应了。原来，管理处经常配合官兵参加辖段路面车辆事故现场救援，也目睹了消防大队官兵一次次无私无畏的付出，并同样被深深感染着，于是非常爽快地便答应了将此广告牌免费用于设施消防公益宣传。

一发难收，大队反复论证，并向区政府作了专题汇报。报告经区政府研究同意，充分利用穿越境内的各条公路，在辖区四面几个显要位置设置大型消防公益广告，同时，在高速路桥旁的山下依山设置了一幅总面积四百平方米的巨幅消防公益广告，成为迄今为止全省面积最大的公益消防广告牌，仅广告制作费就达三十万元。全市上下都对大队的消防职业敏感予以了肯定，因为大家都相信，安全的效益是无形的，宣传所产生的公益效果却远非广告制作费所能及。

消防站开放历来是消防宣传的一个经典模式。“开放的形式单一，仅限于观摩消防装备与训练，如果能在大队建一个永久性的消防教育基地，搞成全方位的宣传，那效果不是更好吗？”杨安保在一次内部关于宣传工作的会议上提出想法。说干就干，大队一次性投资在营区建成了功能齐全的消防科普教育基地，基地内设置了仿真人工火灾报警、灭火、逃生模拟烟热训练室、火警自动报警、自动灭火模拟装置等一批实践型消防教育设施，并制作了大量的日常防火、灭火以及社会抢险救援等宣传图板，设置水枪、水带接口、空气呼吸器、消防服、消防头盔、安全绳等常用消防器材展柜，参观者在这里不仅可以了解火的科学常识和消防知识、法规及火灾案例，还可以亲历“火灾”，体验紧急情况下的疏散逃生方法。

龙山大队消防科普教育基地以其为载体，辅之开展形式多样、生动活泼的社会化科普活动，吸引了广大市民以及中小学生前来参观学习体验。参观人员登记册显示，自科普教育基地建立两年来，大队举行各类消防观摩表演三百余次，接待来访群众十万余人次。因科普教育基地功能齐全、宣传活动丰富、效果明显，还在全省独享了国家级“消防科普教育基地”这份殊荣。

宣传不能空转，一切宣传都必须围绕以人为本、为民服务这一根本点。以人为本看似简单，却最容易被忽略和取代，甚至出现本末倒置的情况；为民服务说来轻巧，但在许多单位难以成为恒久的金字招牌。龙山大队在多渠道、多方位拓展宣传工作中，始终以捍卫人民的生命财产安全作为一朝确立、终身无悔的青云之志，将服务人民、保障民生的宣传理念化作点点滴滴而又真真切切的行动。他们设法开创或者借助各类平台，甚至通过借题发挥、借鸡下蛋的方式拓展阵地，延伸触角，不求华丽的形式，但求让更多的人知晓更多的消防安全防护知识与技能，最大限度地减轻人们在火灾中付出的代价和遭受的痛苦。

春华秋实，扎实的宣传最终带来丰硕的收获，半个年度的火灾统计资料显示，全区火灾起数、亡人数、伤人数、直接财产损失额四项指数全线下降，尤其是火灾起数降幅百分之四十以上。

依照惯例，进了六月，午收一结束，夏季防火就正式开场，重点是监管易燃易爆危险化学品，包括石油库、燃气储配站、加油站和所有危险化学品生产、储存、经营场所。

下午一上班，长淮市副市长刘建雄来到龙山区最大的集贸市场经纬大市场专题检查消防安全，作为支队主管消防监督业务的一号首长，支队长高中原自然要全程陪同。

高中原老家河南，是从小吃着铁棍山药长大的，全身流淌着一股子输了也绝不认输而认定下回一定能赢的热血。是否山药的功效不得而知，但当今世界飞人博尔特的父亲就说儿子是吃山药造就的。高中原虽然是初中毕业就到了部队，但他在学习上孜孜以求的精神是过去支队人所共知的，他的成长历程完全可以写一部中篇小说。当兵三年没舍得吃一根冰棒，微薄的津贴都用来买书了，房间的墙上也贴满了学习的笔记和摘抄的资料，高中部分文化课以及大量的政治军事理论和计算机知识都靠自学获得。高中原曾坦言，那时候的兵思想都很单纯，甚至还有几分傻气，自己当年来部队才第一次吃到菠萝，十八岁了还不知道比尔·盖茨是干什么的。有一回更是闹出大笑话，去商场老队长让他代买一包卫生纸，他竟然带回来一包卫生巾，老队长好气又好笑地说："说你是个傻小子，你还真是个傻小子。"

傻归傻，当战士的他就在全省小有名气，那时年轻气盛，一日竟头脑一热给省消防总队长上书一封，还大大方方地拟了个题目"假如我是一队之长”，也许是初生牛犊不怕虎的缘故，他竟然班门弄斧，草堂赋诗，无视总队长也是一队之长，在全省资历最老的带兵人面前洋洋洒洒地谈起带兵之道：

尊敬的总队首长：

您好！

我叫高中原，是消防基层作战中队的普通一兵，以下是我个人的工作认知与思想汇报，我汇报的主题是“假如我是一队之长”。

假如我是一队之长，在当前的部队建设与管理中我会这样去履职尽责：

第一，认真谋划，合理制定部队建设的远近目标。部队的建设与社会发展一样都是动态的，如同逆水行舟，只能超前，不能滞后。因此应制订明确而细致的远景与短期规划，大的方面应始终与国家的大政方针以及部队政策保持一致，小的方面要根据中队自身的现状、消防保障需求适时调整规划，争取地方政府支持，尽可能抓住机遇为部队建设和发展拓展空间。

第二，以人为本，着力调动官兵的主观能动性。一方面要真诚地关心士兵，多为他们排忧解难，极力为他们提供一个宽松而舒心的工作环境；另一方面严格要求，严格管理，绝不拿原则做交易。任人唯贤，人尽其用。集体的力量是无限的，每个人各有所长，这就要求中队领导层在用人方面要不拘一格，彻底打破条条框框，好钢要用在刀刃上，关键人要放在关键岗位上，发挥其应有的带动作用。

第三，牢记宗旨，切实提高服务大局意识。保障地方经济建设与社会稳定是消防部队的使命，任何时候都不能迷失方向。作为中队主管的首要任务是要抓好部队的经常性教育与经常性管理，增强官兵的职业认同感与责任感，对群众盼望的事毫不懈怠，对侵害群众利益的事绝不容忍，不仅要能在危难关头大显身手，更要学会在平凡的岗位上默默坚守。

第四，赏罚分明，充分激发官兵工作热情。部队有公正严明的纪律，必须令行禁止，否则部队建设正规化就是一句空话。作为管理人，要注重用活鼓励加鞭策的双重机制，做到能者上，平者让，庸者下，奖优罚劣，惩前毖后，促进官兵树立荣辱与共的主人翁意识，变“管着干”为“抢着干”，进而在全部队形成崇尚荣誉、创优争先的良好氛围。

此致

崇高的敬礼！

或许是所述确有几分见地，总队长不仅在信上点了赞，还批示在总队简报上全文刊发，这算是高中原的铅字处女作，也是他在全省被公认为首例以文字理论形式“兵教官”的“成名作”。

高中原的业务素质很好，参加、指挥大小战斗无数，曾多次在各类比武竞赛中拔得头筹，并荣立二等功，提前晋职为大队长，消防报刊以“金牌队长”为题在“红门精英”栏目中对其事迹作过专题报道。军功章是汗水的结晶，盛名之下是成长的磨砺与伤痛。一次在训练中他不慎摔伤了左胳膊，内固定用了钢丝，后来又在一次灭火作战中不幸伤了右腿，又把钢板植入了体内，成了钢筋铁骨人。尽管外表看不出来，但一遇天气变化，总会隐隐作痛，他自嘲说“天气预报不一定有我的预报灵”，政委洪波也曾拿他开玩笑说：“老高，你才是名副其实的正义化身钢铁侠！”

高中原与洪波搭班子，仿佛两个齿轮，各自有型，各有各的方向却能互补并严丝合缝。二人性格也是两种类型，一刚一柔，相得益彰。一个雷厉风行，一个和风细雨；一个习惯于大胆推理，直来直往，一个则致力于小心求证，迂回前进。支队文书对此体会最深，因为对文字材料的看法二人就有不同的风格，高中原总要求“我只要干货”，拧掉可有可无的水分；而洪波的讲话稿必须讲究对象、场合与措辞。二人分工不分家，但总能求同存异，对于重大问题的处理最终都能达成共识，思路不同又殊途同归。

陪同刘副市长检查尽管已经多次，但高中原还是要做些功课，因为与刘副市长在检查现场的对话原则是有问必答，而且要求快问快答，否则可能落个“底数不清”的口实。

刘副市长是个从基层乡镇干起来的务实主义者，性情中人，做事不喜欢拖泥带水。说他务实,主要是他处理问题的方式是从实际出发,遇事总要先摸底,弄清原委,从调查中取得发言权,然后再排兵布阵,定向打靶。对于消防安全,刘副市长有一句名言:忙活忙活,与其出事后愁死,不如出事前忙活。向他汇报工作最好少讲空话套话,否则他可能不留情面地打断你,并提示你说“你直接讲还存在什么问题”、“你有什么具体的解决办法”、“你还有什么诉求”,如此等等。

在一家生产氯化苯的化工单位检查中,该单位保卫科长自恃连续几年无事故,忙不迭地要表功,陪同检查成了他们的工作业绩介绍,不想刘副市长一连三问:“氯苯的闪点和比重分别是多少?”“万一出现泄漏,你们有几套具体可行的应急处置方案?”“你们的灭火泡沫液储量多少,备用量有多少?”连珠炮下那位保卫科长哑火了,但事后却心服口服地说:“刘市长跟其他人不一样,很实在,没有一句套话。”一次,有个县里某部门领导在工作不力被点名批评时强调了一堆客观,刘副市长打住他说:“好了,你受委屈了,改日到政府交一份文字汇报材料,如果是错怪你了,那么我个人请你吃饭。”此后,“请你吃饭”在长淮成了人所共知的将要“上门请罪”的代名词。

杨安保最清楚,上面千条线,下面一根针,大队是消防监督的最前沿,是个必须镇得住、把得牢的关隘,领导带队检查只是一种形式,主要是体现政府的重视、引领和激励,存在的问题关键还是要靠辖区大队扎实地去排查,各重点单位、要害部位的水源、道路、疏散状况、消防设备、人员值守等都要有一本账,做到底数清、情况明,防控必先掌控。面对繁杂多变而责任重大的防火监管基础工作应持以什么样的心态和姿态,杨安保说那就是两本书的名字:“没有任何借口”和“细节决定成败”。

“在这样的市场内经营油漆可以吗?”刘副市长对着高中原劈头就问。

“肯定不行。”高中原没有犹豫地回答。

“那为什么不查处呢!”这是很多人都知道的刘氏追问。

高中原一时也疑惑了,用目光将这个问题答复的权利和义务转给了一旁的杨安保。

“报告市长，这里摆放的油漆都是空桶，商家拿它作为样品，没有火灾危险性，如果客户需要提货，一律到市场外专用的仓库中提取。”

“这个办法不错，既为百姓着想，又能保证安全，消防工作就应该这样与时俱进。”在安全问题上一向批评多表扬少的刘副市长这回算是给杨安保打了一次高分。

“这一次性打火机也能经营？”刘副市长又发问了。

“这个作为小商品，暂时国家还没有限制。”这回杨安保直接抢答了。

“虽然没有限制，但打火机也是易燃易爆性的，夏季来临一定要注意防止火灾发生。”刘副市长转身对一旁的经营户说。

“你‘也熊’吧，别一张嘴就火灾不火灾的，少说些不吉利的话不行吗！”尽管“也熊”是“拉倒”的意思，但终归是一句粗话，女店主显然也是个易燃易爆脾气。

“不要这样说话，领导这是关心你！”杨安保试着劝解道。

“少来，关心管什么用，是安全重要还是吃饭重要！”

“两者都很重要，好了，今天只检查不讨论。”刘副市长主动止住了争议。

消防安全工作近年来备受社会各界关注，原因很简单，往小里说，“水火无情”的道理妇孺皆知，往大里说，消防事业关乎社会稳定的大局，可以说是涉及国计民生的一件大事。按理这样一支全社会共同咏唱的主旋律，应该整齐、激昂而热烈，然而近些年来却屡屡出现一些不和谐音，其种种表现堪称“消防之怪现状”。在最近一次全市多个部门参加的消防工作联席会上，高中原就当着刘副市长的面，历数了当下消防工作最为常见的“五大怪”：

“欠账可以不还”。小到一个单位，为了生存所需起码的消防安全器材可以是空白，大到一个地区，保一方平安所需最低消防保障设施可以长期欠账。有人说了，现在都讲依法治国，难道没有这方面的规定吗？答案是有的，但在一些单位、一些地方，欠账就可以长期赖着不还。殊不知这是一笔安全账，为此有时要付出昂贵的甚至是生命的代价。

“知错可以不改”。一个单位存在的火灾隐患就像是一个人躯体上的毒瘤，随时可能发作，取人性命，然而近年来由于一些人讳疾忌医，知错不改，各地有大批火灾隐患久拖不决，最终养痈遗患，正所谓“依靠火灾去整改隐患”。资料显示，全国上下每年消防检查中发现的隐患有数十万起不能得到及时有效整改。

“有法可以不依”。事实上类似以上种种怪现状还很多，诸如禁烟区域内有人喷云吐雾，禁火区域内有人擅自动火，“禁放”区域鞭炮齐鸣；有水的场所无泵，有泵的场所无水；消防投入通俗地说叫“有钱买棺材，无钱买药材”（隐患整改无资金，事故善后处理不差钱）。

“有门不是想出就能出”。对营业时间的公共场所而言，门的功能只有两个，一是让人进来，二是让人出去，但有很多怪房子的门只有前一项功能，让人进得来出不去，要么上锁，要么不够宽敞，要么开的方向不对，以致祝融光顾，许多人连望门兴叹的时间都没有，许多歌厅舞厅如此，酒吧网吧如此，酒店饭店也是如此。

“有路不是想走就能走”。消防车道及人员疏散通道是灭火救援和紧急逃生的重要途径甚至是唯一途径，然而不少地点或场所，由于乱搭乱建乱装修、乱停车、乱摆摊乱设点，人为设置障碍，使得广场变通道，通道变胡同，胡同变口袋，火灾发生后车辆进不去，人员出不来，只好望火兴叹。这种情况在一些老城区、集贸市场以及居民小区等场所尤为突出。

在最后的总结发言中，刘副市长接着高中原的话分析说，怪事多多的原因，根源在于有法不依。当前关于消防安全的法律法规及各种技术规范、规定已日臻完善，累计有数十种之多。然而对于有些人来说，法律似乎是无效的，因为他可以我行我素，将安全与法律一并置之度外，直至引发事故，让他人也遭受无妄之灾。“怪象”不除，安全难固。铲除异形要依靠全社会长期不懈的努力，关键还要看你敢不敢直面它，有没有铲除的决心。刘副市长当然不忘告诫与会的消防管理者当时时自省，切莫见怪不怪，否则待到火灾发生后站到审判席上、责任追究“对号入座”之时，法条将不再是保护你的武器，而是制裁你的桎梏。

就在回去的路上，刘副市长的车又被市场外的临时摊位堵住，只好绕道而行。这道路本是合乎要求的，很多摊主为招揽生意扩大营业面积，纷纷将货台延伸至室外出店经营，被蚕食挤占的多了，车道便瘦身成了人行道，这种跨着道路的市场被老百姓形象地称之为骑路市场。正如一个人莫名的消瘦与浮肿往往都是病态的，瘦削的消防车道与肿胀的市场已是路人皆知的消防隐患。

“这占用消防车道的问题是该整治了。几年来我市火灾形势相对平稳，但不能一俊遮百丑，很多隐性的问题就像休眠的火山，随时都有爆发的危险，我自分管这项工作以来一直有一种坐在火山口上的感觉，安全方面很多事推进起来牵涉面宽、阻力大，尤其是老百姓的安全素质还有待提高，这消防工作我看也必须以人为本。”在车上刘副市长少有地在下属面前直接表露出自己的忧患意识。

高中原接上说：“重视效益，漠视安全，制度落实不下去，措施严格不起来，这正是我们国家目前火灾多发的主要原因。”

“发展是硬道理，但安全绝不是可有可无的。消防工作说是政府领导，全民参与，目前看来主要还是倚仗你们职能部门去做大量的工作。安全工作重点就在于管理，管理管理，你不管他就不理！”

“请市长放心，我们会守住这最后的防线，全力做好消防监督和灭火救灾两手准备。”连带上“救灾”两个字无疑就是间接认可社会防范上的不力与失败，高中原的“中国式表态”既代表一支队伍表明工作态度和决心，也多多少少透着对当今这种效益与安全轻重失衡现状的些许无奈。

这地球本身就是一架精准的平衡器，时空交替平衡、自然生态平衡、新陈代谢平衡，火灾乃至火山、地震、飓风、极寒极热等都是局部地域平衡被打破的结果。一般情况下平衡可以修复，如果有一天全球性的平衡被打破且不能修复，世界末日恐怕就在那天。平衡是世间万物稳定存在的基础，就人体而言，健康需要平衡的营养与恒定的体温，营养不良或者营养过剩，两者都会对人体构成伤害，重者可以致命，而人的心理平衡则是所有平衡中最为紧要的一种。平衡不一定是静止，走钢丝的杂技演员在高空中如履平地，就是因为他们用娴熟的技巧始终保持着身体的平衡。平衡有时需要被打破，建立新的平衡，不破不立，但凡被打破的往往都是一种假象的平衡。旧中国被推翻、新中国建立就是恢宏的一破一立，因为积贫积弱的旧中国已自失平衡。

关于安全与平衡的道理并不晦涩，事故发生的根本原因就在于平衡得不到及时修复。消防要求越来越严格，火灾却高居不下，因为私利多了；正如道路越修越宽，车子却越来越堵，因为私车多了；反腐的制度越来越完善，腐败的案子仍时有发生，因为私心多了。当下，很多人在消防投入上能减就减，能省就省，消防建设严重滞后，有的“魄力”之大令人咂舌，一夜之间就将安保部门撤了，用一个看门的老人甚至拴一条狗取而代之。消防安全不平衡，就会有欠账，欠账终归是要还的，有的要用财富抵上，有时则可能付出血的代价。

八

七月初的一天，新来的心理学专业研究生常媛来到龙山大队报到，与杨安保搭班子，就任大队教导员，并在大队会议室与全体官兵见面。

“我姓常，平常的常，入伍一年，在大家面前我是个新兵。”

常媛是龙山消防史上的首位女警，加上她全支队正好五朵金花，她的到来为铁打的警营平添了一抹婀娜的风采。之前这龙山大队是纯粹的男人帮，唯一的女卫生间一开始是长期封闭的净土与禁区，后来干脆被改作了洗衣房。现在的楼道里除了逆耳的警铃外还不时传来银铃般悦耳的笑声，大队联欢会节目单上开始有了女声独唱曲目，训练场上的气氛也轻松了很多。一个训练间隙，常媛正在自行做双杠练习，刚一上杠，不知在一旁休息的哪一个冷不丁一嗓子“兄弟们请看，杠上花”，大家一乐，常媛差点没从杠上掉下来。

最让大家受益的还是精神与斗志上的鼓舞，榜样的力量是无穷的，何况是异性榜样，任务与困难面前，许多人虽然嘴里不说心里都会寻思“看人家常教导员一个柔弱女子都能做得到，我们还有什么可怕的”，多少有一点自觉捍卫男子汉、老爷门尊严的成分，也许这就是人所共知的“男女搭配，干活不累”的玄机所在。

三声哨响，消防兵起床动作的速度绝对可以创造吉尼斯纪录，几乎和哨音同步终结。天还没有亮透，出操的队伍在薄雾中缓缓前行，“一、二、三、四——一二三四”，呼号声是城市凌晨时段的最强音，各大队周边不少人已经习惯于将其作为晨练的起床号。

“立正！”“向右看齐！”“向前看！”队伍原地解散后大家都在扯着嗓子喊口令，雾气里相互看不见面孔，你只管把底气使出来，这是武刚针对有些新兵在喊口令时放不开采取的模糊训练方法。你还别说，这个办法好使，很多人一下子就能进入角色，就如同有些腼腆的人，让他在众人面前跳舞会横竖放不开，但参加化装舞会弄个面具戴上就能找到感觉一样。

警营生活的节拍与“文明其精神，野蛮其体魄”不谋而合，小小训练场则堪称一方铸造合格消防员的模具。入场，每个人必须站如松、行如风、坐如钟，快速找准自己的位置，时刻规范自己的行动，像输入电脑程序和程序运行一样，训练场上除了号令与执行号令，没有多余的声音和拖泥带水的动作，因此有人说这令行禁止的军事文明永远是高度集中的、团结向上的、严肃活泼的、最具战斗力的文明。

体能训练项目是消防基本业务训练的前奏，仅跑步一个项目就分百米短跑、越野式长跑、折返跑、变速跑、负重跑、上楼跑、队列齐步跑数种招式，还有俯卧撑、仰卧起坐、立定跳远、攀岩、越障、擒敌拳，辅之以多种器械练习，日久天长，最终有朝一日，你的体魄必然会被倒逼成强壮。

消防技能才是消防员的看家本领。就像水流冲击力大小决定于落差高低积蓄的超强势能，技能训练必须讲究高难度、高强度和高精度，以应对火场和抢险救援中可能出现的各种无法预估的局面。训练要掌握基本的旗语、灯语、绳语，利用挂钩梯、拉梯上楼，翻越障碍板，持械过独木桥，徒手攀岩，负重登高，穿越火障，破拆救人，娴熟使用绳索、气垫、充气艇、剪切钳、扩张仪、生命探测仪等救人于烟、火、水、崖壁、井下以及各种塌方掩埋的险境之中，同时也要学会使用空气呼吸器、滑绳、导向绳、呼救器等实施应急自救与紧急呼救。

最后便是队伍的整体合练，因为所有事故都具有突发性，现场只有相似没有雷同，临场把握战机和技战术的运用都是决定战斗成败的关键，更是一名消防战斗员必备的素养。冷兵器时代的战争往往“杀敌三千，自损八百”，而在消防战场上既要最大限度地抢救生命财产，还一定要避免无谓的伤害和牺牲。对此，支队政委洪波就曾在一次基层带兵人大会上严肃地指出，一个优秀的指挥员必须摒弃两种错误的作战理念：一是“人在阵地在”的“英雄主义”，因为阵地有时可以在进退迂回中转移；二是“不惜一切代价”的“牺牲精神”，战斗历来都必须有代价的考量。

超强的体能技能是“形”，过硬的思想作风是“神”，“形神”兼备，再辅之以科学现代的集体行动技战术，三位一体共同铸就了消防这支以迅捷与顽强著称、攻防兼备的特色队伍，他们就这样日复一日、年复一年，一路心无旁骛地践行着“铁肩担道义，携手保平安”的光荣使命，在他们眼里消防岗位着实平凡，消防事业却是无限崇高。

队列是龙山大队每天早操的必练课目。训练场上，作为指挥员的武刚不仅腰板挺直精气神十足，而且要不断地讲解动作要领，并把连贯动作一一拆开，然后像孙悟空的定身法一样把每个人都定住，再前后左右横平竖直转着圈儿地检查，嘴里还不时地数落着，以下都是队员们给他总结的经典语录：“让你挺胸不是挺肚子，像个孕妇似的，上公交别叫人给你让座！”“立正时手指并拢，不要张开五指跟在水里捞钱儿似的！”“裆不紧，立不稳！转体时两腿夹紧，看你露个洞狗都能钻过去。”“说几遍了，正步踢腿要直，你没得老寒腿吧！”“行进中要用余光看齐，注意是余光，就是你们掼蛋时(扑克牌玩法之一)左右偷看别人手里牌用的眼光。”“人要精神点，谁要是拉个倒霉脸，倒霉的事儿都会上门来找你！”为了让大家理解得透彻，武刚总是把抽象的问题说得通俗到触底。何谓触底，就是让你感觉如若过了这个底线再往下，可能就有触碰到庸俗的上沿了，这“通俗”而不“庸俗”是一门学问，就像按摩的力道一样关键在于拿捏。

“报告！”是文书小冯的声音，小冯是龙山大队从地方招聘的消防文员。经济社会发展使得消防任务日益加重，编制受限导致警力告急，急则思变，适量招聘地方青年作为消防执勤、后勤保障以及内勤业务的力量补充，不失为一种行之有效的应急之策。同小冯一起来龙山大队的还有合同制消防队员小唐、小汪等六人。

“进来！”小冯文件夹里携来的是两封来信。

信息化时代，部队内部都实现了办公系统自动化、信息传递网络化、公文收发无纸化，上传下达都在网上流转，纸质文件信函大都是系统外单位寄发过来的，除节日期间频寄的贺年卡以外，其他时间以人民来信居多。而对于举报投诉历来都是以快处为准则，因为上级规定很明确，特别是对于涉及安全疏散一类的紧要问题必须今日事今日毕，一律做到当日查处。

果不其然，第一封就矛头直指龙山区规模最大的大东方夜总会，信并不长，寥寥两行字，但问题的性质却扎人眼球：“夜总会内部消防喷淋系统损坏瘫痪，一旦发生火灾完全无法正常使用。”而且是实名举报，举报人胡若兰。

看了第一，就不能不看第二。不看不知道，一看吓一跳。信里有人反映“龙山区消防支队”强行推销消防书籍，每套一千多元，而且推销者态度极为恶劣，是一位自称王队长的人，不仅在电话里骂人，还声称如果拒绝购买就会被课以重罚。

“这根本不是军人的作风，难道是恐怖组织不成？”杨安保由此初步判定这事虚多实少。但让杨安保纳闷的这投诉支队的信怎么到了大队，更让人莫名其妙的是举报的对象是王队长，子虚乌有。好在信虽是匿名举报却还留有联系电话。“筛子当锅盖，气不打一处来”，杨安保将信往桌上一扔，立即拿起电话拨了过去。

“请问你们究竟要投诉谁，卖书的人是消防大队还是消防支队的？有没有留下联系电话?”

对方电话里说:“支队的,说是上面大队布置的任务,只留了个账号,没留电话,是用手机打的。”

“你们这还看不出来,很显然他们连支队和大队的上下级关系也没整明白,明显是江湖骗子盗用部队名义在推销低劣印刷品,你们切不要上当。”

“就是,我也被他们弄糊涂了,难怪总是打来电话联系却不见个人影。”

“下次再打电话,你们就让留个地址和固定电话。”

“我们要了,对方不给,还训斥说你们是要查户口吗?”

刘鸣气愤地说:“太可恶了,只留个账号,地址与电话号码都不敢留,这一点还不如恐怖组织,有点对行动放言负责的胆识。”

这边总算尘埃落定。但杨安保一刻也没敢怠慢,丢下电话又拿起了手机:“刘鸣,通知驾驶员备车,我们一起去大东方!”

大东方夜总会是龙山区娱乐业的头牌,集桑拿洗浴、飚歌城、健身娱乐、电玩于一体,老板胡本耀是个长淮实业界的“老江湖”,旗下有几个实体企业,总资产过亿不是虚传。据说他当过破烂王,到南方干过保镖,最后靠地下老虎机发迹,胡老板也从不否认他的第一桶金是有些不太干净的。不知从何时起,他得了个“老道”的绰号,或源于人们说他是个黑白两道畅通,社会经验老到。胡老板的专用的坐骑是一辆白马——白色宝马,挂的车牌号是“PK365”。据说意为每天都在拼搏,是要以一种“天行健,君子以自强不息”的风范昭示世人。

个性化车照已成为马路上一道道有着各自寓意的招牌,如杨安保的车牌号为“AB119”,“AB”是“安保”的拼音缩写,刘鸣的车牌号则是“XF316”,他说“XF”既是表示消防,又表示幸福,后面数字是自己的生日。武刚说不对,你那应该是“媳妇”,因为车钱大头都是媳妇家资助的。一天,刘鸣还在路上遇到一辆“XF315”,心想难道这车子也结拜兄弟了吗,还好奇地跟了一截,抵近了才看清人家是消费者协会。艺术来源于生活这话不假,你要是搜罗一下会发现这车牌后面还藏有一堆故事,杨安保一次在别人聊起头后就说，一辆车牌号是“0544”（动我试试）的主儿，开车霸气，从不主动相让，终于有一天被人给撞了，原来对方车号是“44944”（试试就试试）。

举报的情况具体明了，仿佛线人提供的暗信，应该是真实的。

大东方三楼，胡董事长办公室。地毯松软得踩上去有一种过草地的感觉，墙上一副牦牛头骨架，旁边镜框中是一副书法横匾，没有一定功底的人认不出那惊蛇入草的四个字是“星耀东方”。坐在有些伊斯兰情调的沙发上，面对一袭银灰色类似睡袍装束的胡本耀，杨安保恍惚间觉得是与西亚某位元首的一次会晤。

“有人反映你们这里的消防系统都不能正常使用了，请问情况是否属实？”因为不陌生，杨安保开门见山。

“杨大不出门，也知天下事。”胡本耀投石问路的话里有话。

“我们是干执法的，也是服务的，整别的没用，就说正常不正常吧。”杨安保直接挡了回去。

“这就叫木秀于林，风必摧之，行高于人，众必非之。这话可不是我说的，我是从企业家培训会上听来的。商场如战场，他们有些人看我做得好，同行不同心，有抵触性也是正常的。”语言确是一门艺术，就像战斗者都要极力抢占制高点一样，在不经意中胡本耀已自封为家。

“胡总还没有回答我的问题，难道这很复杂吗？”杨安保有些不耐烦地直问。

“实话不瞒你，瞒你也瞒不住，那些个设施都陈旧了，不是小修小补的事，需要更新换代，我们最近就准备自行停业然后重新装修，一并将消防系统升级改造。若兰，快上茶！”

茶还没上，香味先过来了，是上等级的铁观音，随着茶香一起飘过来的是一位冰肌玉骨、双瞳剪水的送茶人。

“这是我的侄女，叫胡若兰，暂且没有事干，在这儿帮我打理打理。”

“胡若兰！”杨安保下意识地念叨了一声。

“怎么，你们认识？”胡本耀的神经很敏感。

“不认识。”杨安保和胡若兰几乎同声回答。

“那一回生，二回熟，若兰，这位是咱们龙山消防大队杨大队长。若兰这孩子年轻，这边以后还需要杨大多多关照！”

“胡总，你改造我不反对，但是开一天，消防设施就得好用一天，在执法上我们的原则历来是对事不对人！”

“请放心，我以人格担保一个礼拜内停下来。”

“好吧，我相信胡总的话绝不是胡说，否则我的处罚可不是扬言。”

杨安保是要把丑话说到前头，处罚终究不是目的，本地企业本地人，低头不见抬头见，等到真罚时你胡老板勿谓言之不预，但对胡本耀这样的姿态，杨安保虽心存芥蒂却也不好再揪住不放。

胡本耀没有食言，五天后大东方就用店门外的停业告示牌和门上粗壮的链子锁打消了杨安保的疑虑。

九

随着那些夜间仍在跑工地的重型渣土车的停歇，白日里喧嚣的闹市慢慢恢复了宁静。

深夜，火警铃声骤然响起，响得有些歇斯底里，仿佛就从每个人的耳蜗里发出，零距离地锥刺着龙山中队每个人的神经。都说新兵怕哨，老兵怕号，但对于消防兵来说，无论新老，“午夜凶铃”才是最为恐怖的集结号。

“龙山消防大队，新湖区湖滨幼儿园发生大火，速速增援！”虽然声音从武刚的手台里发出，但秦帅这一回听得十分真切。灾情就是命令，一分钟不到，龙山两辆消防车像离弦之箭径直向相邻的新湖区呼啸而去。

生活在长淮的人没有不知道湖滨幼儿园的，因为这是一所被冠以贵族头衔的高档幼儿园，宣传广告语是“让孩子领先在起跑线上”，仅入园门槛费就得缴纳数千元，所有孩子全都寄宿，无论是师资力量还是管理与设施都是一流的。“这样一个地方怎么会发生火灾，而且还是需要跨区增援的大火呢？”不只是秦帅一个人感到意外。

队长武刚清楚，要说上世纪九十年代以前，夜间的火灾一般都会烧得很大，因为发现晚，而且报警不及时，很多小火往往因没有在初期阶段得到有效控制而一发不可收拾。现在很多企业都改制了，属于民营性质，家当都姓“私”了，自家的篱笆扎得更牢，值班看守的责任心似乎也更上层楼了。最为紧要的是通信便捷了，手机与电话的普及使快速报警变得空前方便。还有就是这城市的夜生活不仅越来越丰富而且普遍延时了，半夜仍未归寝的大有人在，无形中给防火配置了“夜巡员”，发现火情凭着道德良知一般人都会拿起手机报警，队长高中原就曾开玩笑地说：如果国家颁发防控重大火灾成就勋章，于情于理都应有一枚归属这些及早发现火情的“夜猫子”。

虽是夜间，龙山大队驰援的车辆抵达时，透过火光仍可见笼罩在整个幼儿园上空的浓浓烟云。数十名幼儿被困室内，大火仍在肆虐，新湖大队官兵已进入纵深地带展开灭火救援，战斗异常激烈，紧张的空气令人窒息，女人们的呼叫声更是撕心裂肺，残酷的现实，像一场无法中止的噩梦一般真实地上演着。

救护车抵达，有人在车旁对救出的孩子实施人工呼吸，有人在协助消防灭火，更多的人在稍远处满眼惊悸地掩面眺望。

救人总要摆在战斗任务第一位，参战的三个大队四十余名官兵从来没有像今夜这样紧迫而壮烈地与死神抢夺生命。秦帅第一次感受到自己的无能为力，无能为力驾驭时间，因为时间在这里似乎成了烈焰疯长壮大和终结生命的帮凶，而自己却无法将其冻结，更无法让孱若游丝般的生命沿着时光通道倒回而得以拯救，此时此刻，时间完全等同于生命。面对抱在怀里孩子们被灼伤的稚嫩脸庞，秦帅抽泣了，当兵以来经历了彷徨，也吃了不少苦和累，遭受过训责，但流泪对他来说还是第一次。

恶火彻底覆灭是在黎明，但没人有一丝胜利的愉悦和成就感。火患猛于虎，好端端的幼儿园一夜间怎就成了万劫不复之地，幼儿两死三伤的代价让整个城市都变得沉重起来，“患”字穿心，孩子的亲人们无一不在承受着锥心之痛。

也就在这一天，秦帅对火和消防职业之重都有了全新的认识。喜欢读三国的他这回明白了当年诸葛孔明为什么最善用火攻，因为这火的杀伤力太大了。秦帅个头不高，似乎与山东大汉不沾边，但心并不矮，他认准的事就必须铆足劲儿，非干出点名堂来。这一条倒是让他身上折射出了几分大汉的气质来。

火因很快查明，系在幼儿寝室内使用蚊香不慎引燃掉落的被子所致。得知一盘小小的蚊香就是夺人性命的杀手后，许多人都唏嘘不已，似乎不相信那豆大的火点能成为光焰万丈的罪恶之源。

救火无数的徐辉也说："长这么大，点蚊香点死人还是头回见到。"

马文军扭头瞪了徐辉一眼，说："那是点蚊香点死的吗？你也不问问这帮人怎么照看的孩子！"

孩子是不幸的，更是无辜的，他们是安全沦陷时的弱势群体。弱势不可怕，可怕的是再被人漠视和歧视。关于弱势人员活动场所的安全保障，龙山每年都有专门检查部署，在一次工作推进会上，杨安保就通报说，本省一家敬老院的火灾案例简直骇人听闻，失火后院里的服务管理人员都逃之夭夭了，而老人大多躺在床上未动，似乎想就此了结余生。消防官兵现场救出五十余位老人，大家并没有被凶险的火灾吓着，却对养老院产生了恐惧之心，原来救人中发现很多老人都被绳索绑在了床上，给施救造成加倍的困难。事后大家都议论，这究竟是敬老院还是疯人院，是那些个管理者都疯了。这起火灾之后，龙山大队对全区所有敬老养老场所进行了细致排查，并对违反安全的恶劣行为一律严惩，所幸龙山没有发现类似的做法出格的疯子。

亡羊补牢，见兔顾犬。市政府办公室下发通知，召开消防工作紧急会议，在全市范围内部署开展被称之为"结网行动"的消防安全大检查，刘建雄副市长作中心发言。

长淮一共六个副市长，秘书连同正副秘书长十四人，有人说没有必要每位市长都配一个秘书，就是从刘副市长这儿说起头的，因为他下去调研一贯亲历亲为，回来的文字报告也不劳别人，会议发言多半是对秘书劳动成果的浪费，一般性讲话他根本就不看稿。

会上，刘副市长先跟大家讲了一个他亲历的故事。说他年轻时一次在进山时迷了方向，一位挑着山货的妇女领他下山，在经过一段叫做“十八弯”的险峻山路时，妇女要他扛上一根沉沉的木条，他不解，说这么危险的地方再负重前行，不是更危险吗。妇女解释说：只有你晓得危险了，才会更加集中精力，那样反而会更安全。并说那段路上曾经发生过好几起坠崖事件，都是赶路的人在有些大意的情况下一不小心掉下去的，而她们每天挑东西来来去去，从没有出过事，所以，挑点或扛点什么东西已成为当地村民经过“十八弯”时的一个习惯。

刘副市长说：这则故事诠释了一个道理，那就是危险虽然可怕，但比危险更可怕的是人的麻痹大意；危险不等于灾难，但人的麻痹往往是引来灾难的祸首。一位心理学家曾说过，高空表演杂技的人一般不会在最高最险处摔下来，出事往往都是在相对较为安全的高度。

不管你信与不信，事物的辩证法则就在那里，正如欲速不达、月盈则亏、谦受益、满招损。而安全与否的一般轨迹是生于忧患，死于安乐。全国每年有那么多的事故发生，每起事故都有着不一样的教训，但除了自行破坏的以外，没有哪一起事故发生前，当事人会认为灾难不久将会降临到自己头上，这种不能意识到危险的状况其实便是最大的危险，他们肩上少了那根“木条”的分量，自然也就不能产生压力效应，麻痹的思想让他们不会居安思危，让他们疏忽懈怠，懈怠到失去面对险情应有的小心谨慎，于是成了最容易坠入山谷的人。

刘副市长还特别地给那些排在消防重点单位名册之外的小单位打一剂预防针，他郑重指出：近些年来，我国一些大型企业特别是易燃易爆危险化学品生产、储存、经营企业火灾事故发生率相对较低，反倒是那些小门店、小作坊、小舞厅、小网吧、小游戏厅等所谓“五小场所”屡屡酿出大的祸端。探究其中原因，一些大型企业尤其是火灾危险性较大的单位，多年来逐渐对“事故危害性”与“安全工作的重要性”均有了较为深刻的认识和理解，这就仿佛走“十八弯”的人扛上了木条，安全思想这根弦始终绷得较紧，平日对安全工作大多能做到与生产经营同部署、同落实、同检查，从而实现了防患于未然的目的，这正是危险与安全之间的辩证关系带来的所谓“压力效应”。这样的例子现实中很多，譬如被称为“世界上最危险机场”的香港启德机场就是其中之一，这个机场虽然位于市中心，危险得按照乘客的话说就是在机上不仅能看清居民阳台上的人，就连晾晒的衣服都能看出是男式还是女式的，却数十年直至关闭都未出现大的事故，成为世界上最安全的机场之一。

“我看了消防部门的分析报告，去年全市大大小小一千多起火灾事故，极少天灾，多是人祸…… 古人说治而不忘乱，安而不忘危，甚至连动物都知道把巢穴筑在安全的地方，而我们有些单位可谓‘居危而不求安’，对存在的安全问题熟视无睹，甚至对消防整改意见也置若罔闻，麻木得就像瞎子不怕鬼，聋子不怕雷。如果说过去许多大火教训的警钟总是由别的地方传过来，传到这里就不怎么响亮了，那么现在湖滨幼儿园的教训还不能让你们醒过来吗！……”说到湖滨幼儿园时，刘副市长显露出少有的激动。

“火灾是我们共同的大敌，那么我们为什么不能主动进攻或者预先筑起设防的工事，非要等到被敌人一顿猛揍之后再去总结战败教训，哭丧着去做补救工作呢？有人总是心存侥幸，认为火灾不会那么巧合落到我头上，我要告诉你，哪怕是千分之一、万分之一的概率，一旦你赶上了，你再美好的人生蓝图就此被搅个稀烂，你承受痛苦的概率也就是千分之千、万分之万。什么叫做安全第一，别小看这个‘一’，它就是个领头的数字，后面的效益、财富、幸福等等都是后面的零，如果没有前面的一，你拥有再多的零还是零……”

刘副市长最后对与会者提出要求：“为了安全，为了自己，也为别人，希望各位管理者特别是各单位承担安全管理责任的主要负责人都能把安全隐患当险情，像过‘十八弯’的人那样按‘规矩’办事，排除杂念，负重而行。”

会后，刘建雄副市长还与全市六家存在重大火灾隐患的单位负责人逐一签订《消防安全责任书》，对隐患整改采取确定责任人、锁定整改期限和制定整改方案的“三定”强制性举措，并自即日起一律披挂上落款为长淮市人民政府的督办警示牌。提笔签订责任状时，刘副市长对几家单位负责人说：

“一个重大隐患就好比是头上的一个虱子，让我们坐卧不宁，六大隐患就是一把虱子，你们说我作为政府分管领导是一种什么感受？重大隐患不除，我们就永无宁日！”

督办警示牌为统一制式的铜牌，膨胀螺丝固定在各家单位门旁的墙上，“重大火灾隐患单位”几个大字，红色黑体赫然在目，这就好比在单位脸上刺了字，有点儿安全自尊的单位都会在知耻后勇的“节奏”里努力争取提前摘牌。

高中原在向市领导报告时说，国家推行这种隐患挂牌督办机制，都是被消防形势倒逼出来的。如果说一处火灾隐患就是一枚定时炸弹，那么过去曾经有无数枚炸弹被引爆，哪个城市不是弹痕累累，有的单位甚至连发事故，那就相当于在一个弹坑里炸响了两次，甚至都炸出了帽子戏法。

“提辖，喊几个弟兄过来帮忙卸一下货！”炊事员小黄在楼下扯着嗓子求助。

“嗯，不孬。徐班长，你的‘两蛋一腥’来了。”马文军一边带人卸货一边叫好。

原来是龙山区政府到大队来慰问消防官兵，给食堂送来了鸡蛋、松花蛋和几条足有十斤重的大青鱼。区政府下属有个养鸡场和一口鱼塘，真正的自产自销。连续三年了区政府慰问大队的都是这三件套，被徐辉戏称为“两蛋一腥”。

小黄说了，这些都是好东西，是绿色放心食品，这年头吃东西不讲究一点真的不行了。他还郑重其事地报料说：“我劝大家尽量少在外吃饭，否则一不小心就成了吸毒，网上和媒体都有报道，有些黑心饭店里炒菜用油是地沟油，大米是霉变经抛光处理的，馒头包子里加有增白剂，大豆是转基因的，猪喂的是四月肥，连鸡蛋里也检测出了苏丹红。”

小黄讲话一贯慢条斯理，说这番话时神情凝重，完全是一位老饮食专家的姿态。他确实也算得上是半个专家，不仅参加了支队统一组织的厨师培训班，拿到二级厨师证，还自行报名学习并取得了国家颁发的营养师资格证书。他有个关于合理膳食的小提议，就是吃饭要坚持做到“五食”，即“少食、素食、杂食、淡食、慢食”。说起来容易做起来难，尽管道理大家都明白，但快食者总难以慢下来，好食肉者不喜素食，这几条对于习惯了重口味的马文军来说，一条都遵守不上。

小黄今天似乎特意要语惊四座，尽管这些个食品安全问题之前大家都有耳闻，但像这样把问题罗织在一起说的还属少有。大家闻听后隐约有一种喝完了汤才发现碗底有只绿头苍蝇的感觉，但都没有吭声，反正这事儿不归消防管，更不是自个儿想管就能管得了的事。唯有马文军反应激烈，说：“恶劣，你这个黄老邪，光屁股坐板凳讲得有板有眼，我看你就是危言耸听，鸡蛋里挑骨头，那你说兄弟们还剩下什么可以吃？”

徐辉一旁故意打岔说：“哎，提辖你也不要一棍子打死，鸡蛋里并不是挑不出骨头来，孵化成小鸡不就有骨头了吗。”

马文军顶嘴说：“世上总共五个和稀泥的，你算一个！”

对小黄与马文军相互间的异见，肖和平不置可否，只是把一位真正的专家的话推荐给大家：“要尽量吃‘神’造的，少吃人造的。”

大队对面就是饮食一条街，不管小黄的话是否都有案可稽，但信不信由你，倒是自从他的一番阔论之后，很少再有人到外面去“下馆子、打牙祭”了。

食品安全危机带火了排毒产品，其实人体有一定的排毒解毒机能，一个健康的人通过不间断的自我排毒就可以保证肌体安全。食品安全是安全的一类，在安全工作者的眼里其他安全也一样，消除隐患就是一种排毒，安全管理跟不上就是排毒机能的丧失，长此以往深度中毒，就像一个人病入膏肓，即使妙手神医也无以回春。

十

昨天似箭而来，今日又如梭而去，时光像一个只会一套技法的拙劣魔术师，千万年来，总在一岁一枯荣地重复变幻着地球的外衣。才觉阶前芳草绿，又见荷花别样红，太阳像日渐烧旺的炉子变得强悍起来，晨间还很温和的暖风一顿早饭的工夫就被烤成了阵阵热浪。龙山热闹的街区已是行人寥落，只有树上的鸣蝉不知疲倦地向人们群发着夏的声息。

八一建军节的上午，一声发令枪响，龙山大队训练场上就沸腾起来了。支队特勤中队向龙山大队下了战书，整队开到龙山开展业务对抗赛。特勤队是支队的精英，而龙山大队是后起之秀，二者华山论剑，自然是一番激烈碰撞，胜负是次要的，重要的是练兵，切磋技艺，增进情谊。对抗赛的方式是捉对厮杀，你方唱罢我登场，结果经过紧张角逐，八个项目各自胜出四项，杨安保说“这叫高手对高手打个平手”。但特勤队员们不这么想，过去很多项目他们都是独占鳌头，在他们看来，打平就是输了，所以特勤队长并不服气地对武刚说了四个字“来日再战”。

就在比赛接近尾声时，市政府刘建雄副市长闻讯专门来到现场看望参赛官兵。他勉励大家习文尚武，练好真功，当合格的人民卫士。比武结束，杨安保挽留他在食堂就餐，说今天节日会餐，刘副市长执意要走，并说："我就不多吃多占了，还是给工作强度比我大的战士们加加餐吧！"

下午，大队临时调整政治学习计划，由常媛给大队全体官兵上一堂关于"正确看待从警得与失"的政治教育课。她列举了几位感动中国人物，作为课件的开场白。

"鞍钢工人郭明义帮助别人，快乐自己，无偿献血相当于自身血量的十多倍；杨善洲退休不退志，造福百姓，绿了荒山，白了头发；胡军夫妇远离家乡，从支教到扎根，成为高原上绚丽的并蒂雪莲。支撑他们完成这些壮举的是崇高的人生信仰。信仰是一个人的魂，没有信仰的人就是没有魂魄的躯壳。一支军队，政治信仰就是军魂，军事不过硬一打就败，政治不过硬不打自败！"

最后，她总结说："'舍得'这个词告诉我们，要得到必须先有舍弃，而且有些时候，得到容易，放弃却很困难。我们都在为社会作奉献，牺牲了很多眼前利益，但同时也获得了十分宝贵的东西，那就是部队培养了我们明辨是非的能力，锻造了我们战胜困难的信念和钢铁般的意志，让我们始终保持着进取的朝气、锐气和正气，这是无法用钱去衡量的、会让你终身受益的财富。"

别看常教导员是位女性，但说话办事却是柔中带刚，还不乏亲和力。"有素质的人一听讲话就知道，合格的军人一听脚步就知道，有战斗力的队伍一听号子就知道。"课后，秦帅把常教导员的这段话原原本本地摘录在了笔记本的扉页上。

训练场上，常媛也不甘人后，无论是军姿、体能、器械训练还是着装、登车、出警，处处不让须眉。"战斗让女人走开"这句话无法套用在常媛身上，火场上她一顶头盔，一身指挥服，一脚泥，一身水，不近了看不会轻易发现这男人堆中雪藏着的"红门女将"，用杨安保的话说这叫"上得沙场，下得厨房"。

其实，常媛的外公就是长淮一名出色的老消防员。从民国时期一直干到后来离休，到离休也没有个衔儿，因为那时还都是红五星配红领章，戏词中叫作“一颗红星头上戴，革命红旗挂两边”。新中国成立后要填写个人档案，外公说自己都不知道哪年哪月哪日生的，于是就按共和国的生日填上十月一日，说是共和国给了他新的人生。那时的消防条件很差，龙山的高处建有一座瞭望塔，执勤人员要像花果山的猴子观察敌情一样，眼观六路为全城放哨。全市只有一辆水罐车，加水靠的是天然水源。外公说自己只有一双袜子，救火回来潮湿了又没有换洗的，就用干布放在袜子上一起使劲拧，直至袜子半干将就着穿。当年的消防队还只是连级建制，常媛的外公干了一辈子消防，卸任时仅为副连长，还不及常媛现在的级别。

虽然队伍的级别低，消防业务水准可不低，老龙山消防在全省是挂上号的，每年都会有外地的考察团来观摩学习。训练都是真刀真枪的，高空滑绳自救与救人，徒手攀缘上训练塔，再从第三层不带保险空翻跳入沙池，练体能玩的是石锁铁杠铃，单杠上的大回环，双杠上的倒立和令人眼花缭乱的上下法，随便拎一根竹竿两人配合撑杆蹬墙上楼如履平地。当时圈子里有个不成文的规矩，就是杂耍团队来到长淮都要先去拜望消防队，请求表演那几天队里停止训练，否则可能要被非直接故意性地踢了馆子，砸了场子。

常媛听外公说有一次，一个远道来的杂耍班子不知就里，就在消防队旁边的公园广场上搭起棚子卖票，头一天就赶上消防队业务训练，那时的营区是不封闭的，场子一拉开，自然就有群众围观，结果训练场边的人越聚越多，杂耍那边一下子便冷了场，票几乎卖不出去，后来探子回报说是消防队抢了人气，无奈连夜派人去队里送票，送票是次要的，主要是商议看看能否让训练场清静几天。想来都是混口饭吃的，也不容易，只要有求，消防队一般都会人性化地补台，成全他们。不想此后送票倒成了一个“不须有”的惯例，这事很快在街头巷尾传开，也由此成为长淮人多年来关于消防的谈资。

常媛从小在外婆家长大，住的是平房，小院子的一墙之隔就是消防队的训练场，所以她对消防队的生活一点都不陌生。在家里，外婆算得上是个

"保守派",思想比较守旧,比如那次家里将煤炉换成液化气灶,人们都认为是件大好事,外婆却不以为然,说不如煤炉子安全,还说那个钢瓶子做的像个炸弹,看着都有些瘆人。外婆还是个容易生忌讳的人,假如小孩子把碗打碎了,外婆马上会说"碎碎(岁岁)平安",似乎这样就将坏事化作了好事,于是也就心安理得了。

终于被外婆不幸言中,有一天同住在院子里的李叔家里液化气泄漏起火,差点把厨房烧了。事后,外婆就以预言家的口吻教导大家,说怎么样,我说它危险你们不信,这叫"不听老人言,吃亏在眼前"。有了李叔家的这次教训,外公也提高了警惕,专门到消防门市部买了一只"熊猫"(一种内充干粉的简易灭火弹),外婆问那是个啥,外公想说是干粉,是灭火器,最后大概突然间想到了外婆的忌讳,于是干脆说这东西名字就叫"碎碎平安",并交代说平时用不着放在橱柜上,用时只要一摔碎就能灭火。

后来这只熊猫还真的救了急,关键时刻派上了用场。那天外公要出去参加一场婚礼,就找出一件稍微像样点的衣服,就是放久了有些褶皱,看外婆在忙着烧饭,就自己动手熨了起来。衣服熨好了,拿到外屋里穿试,结果电熨斗忘记断电,下面用棉布包裹制成的烫衣板竟被烤着了,还呼呼地冒起了火苗。闻到煳味的外公方知是自己大意惹了祸,赶紧拿起脸盆跑到院外的一个水龙头处接水去了,等接好水回来,只见外婆正猛地向熨衣板上使劲地砸碎了一个什么物件,"嘭"的一声,一片白粉散了开来,火苗像变戏法一样地在白粉下消失了,外公问那是什么,外婆揉了揉眼说:"你忘了,你自己拿回来的,碎碎平安。"这件事也使全家人改变了一个看法,原来外婆的家庭防火观念并不保守。

有一天,看到小常媛在摆弄消防器材,外婆便笑着说,等哪天消防队招收娘子军了,就把你第一个送去当个女子消防员。不想这句话今天还真的成了现实,可惜外婆已经过世了,不能亲眼目睹长淮第一代消防女警的风采了。

经历了湖滨幼儿园的那场火难，秦帅渐渐走出了已比别人长了很多的磨合期。意识造就性格，性格决定行为，责任意识会产生强大的免疫力，像巨噬细胞无情地吞噬令人萎靡的菌群，秦帅变得越来越像个兵了。

就连秦帅自己也有一种病愈后的轻松感，先是精神上明显振奋起来，他不再排斥眼前的景致，忽然间发现长淮其实也是个秀美的城市，一条大河如同玉带蜿蜒着穿城而过，三山两湖尽显山色湖光，鲜花装点着游园，绿树簇拥着高楼，大街干净整洁，小巷民风淳朴。而且由于长淮的地理位置居于全国南北分界线上，四季分明，气候宜人；饮食上荤素米面俱全，大街小巷荟萃南北风味小吃。他越来越有到家的感觉了。

先前对那些冷硬消防装备的排异感完全消失了，接下来的一个时段，秦帅在训练场上给大家的感觉像是变了一个人，各个业务科目成绩如同插进热水中的温度计直线飙升。大家发现，他不仅外出参加灭火救援实战总是一马当先，即使是分外的工作也都会主动请缨，一向寡言的他在各类讨论会上开始积极发言，而且很有见地。

值得一提的是，过去秦帅的业余时间几乎都在闲散中虚度，现在的他已经基本没有什么闲暇。时间去哪儿了，战友们最清楚，因为他迷上了消防宣传和消防题材文艺创作，把别人聚会、娱乐、上网、上街的时间都用在了写作上。几家省市级新闻单位相继为他发了聘书，聘他为特约通讯员，这大半年下来已经有几十篇稿件被各级新闻媒体采用了，可谓报刊有文，电视有影，电台有声。他的作品既有采自一线的消防现场新闻报道，也有防火减灾的消防科普知识，还有消防题材的散文、诗歌、相声、小品等。据说“安全为天”这个词还是他的首创，一次他在关于一家粮食仓库火灾的报道中，他联想到古人说的民以食为天，于是总结说安全在今天已取代温饱成为民意民生的新焦点，平安与和谐压倒一切，“安全为天”就是安全第一。他的这一新提法被其他媒体纷纷转载、引用，也被社会广泛认同，因为不管是风月无边的胜景还是温馨恬适的家园，如果安全失守，都无异于天塌地陷。宣传是公益的，但宣传作品既产生社会效益，还伴生出可观的经济效益，半年多下来秦帅名下的稿费加上支队、大队按照宣传奖励规定发给的奖金就领了好几千块,令其他战友好生羡慕。

在秦帅的一篇题为“消防三咏”的作品中,有这样一组精彩的叙述:

“消防车大概是世上见证灾难最多的车,如果说油是它的血,水是它的汗,那么,它毕生都在用自己的血和汗为救人于水火之中而默默地奉献着,直到退役的最后一刻。”

“消防训练塔一面是窗口,一面是供人攀援的岩壁,一面是连接上下的结绳。别看它自己只有几层,如果要是按照佛家的说法,救人一命胜造七级浮屠,它造就的浮屠早已耸入云端了。为什么?因为它应该算是这个星球上救人最多的塔了,它训练了几代消防员,所救之人难以胜数。”

“消防水源,没有选择在江海之中惊涛拍岸,也没有化作无声润物的细雨,它总是把一腔碧血凝成千钧之力,似一架引而待发的强弩,只等一声令下慨然出击,扑灭嚣张的气焰,冲垮罪孽滋长的温床。恶火的淫威,抵不住它如虹的气势;它从无豪言壮语,只有不辱使命的信念和一往无前的凛然正义。”

秦帅的大幅进步是自己幡然醒悟后的爆发,同时也得益于全体官兵对他的信任,特别是大队、中队干部的管理、培养和关心,他脱颖而出的过程就像玉石成器那样,经过切、磋、琢、磨的工序,从定型材、磨棱角、去瑕疵到精雕刻最后显现光彩。当初了解到秦帅的真实想法后,大队长杨安保首先对他的情绪化表现表示理解,又充分肯定了他的潜能,鼓励他乘年轻俯下身子安下心,在消防这块营地上扎下根来,同样能够干出一番事业来。当然,也不忘给他打一剂预防针,告诫他后面的路还长,还会有很多的障碍和困难,但从目前的情况分析,最大的阻碍不是前行路上的荆棘,而是他自己内心的藩篱。

根据消防社会化宣传工作的需要和作为对秦帅热爱宣传创作的支持,大队专门设置了相关规定里没有硬性要求的消防宣传工作室,先后花费五万余元购置了先进的照相、录像、录音器材和传真机、打印机,连专业宣传机构的媒体人看后都发出羡慕和称道之辞。大队还设法为大家创造良好的学习条件，让每个人都有充电提高的平台和展示才能的舞台，每年大队都有人在理论考试中脱颖而出重圆大学梦，而且业务尖子和立功受奖者还会得到额外的加分，如果有二等功以上的突出表现者，就可以免试直接保送入学深造。

杨安保还在私下里跟武刚说，秦帅是个难得的好苗子，要多信任，多培养，卸包袱，加担子。关于增强官兵间的相互信任，根据杨安保的提议，教导员常媛曾给大家专门上过一课“信任的力量”。

她说：信任可以激活人的潜能与信心而爆发出力量，有时还会产生奇迹。她举例说当年的开国大典中，驾机受检的飞行员大都是刚刚从国民党军投诚过来的，而且所有飞机均为挂实弹飞行，最终他们出色地完成了任务，这源自党和人民对其莫大的信任。一支队伍管理中如果缺乏信任，那是要我做，信任的心门打开后就成了我要做。

信任不分地域、国界和人种，当年中朝两国军民尽管语言不通，但他们并肩战斗，生死与共，最终取得了抗美援朝的伟大胜利；国际友人白求恩大夫不远万里来到中国，救死扶伤，在中国革命史册上书写下可歌可泣的一页。推而广之，我们有理由相信，如果“UFO”与外星人真实存在的话，那定是一个文明程度高于地球的星球，只要人类向其伸出橄榄枝，发出和平的信号，对方恐不一定像美国大片中描述的那样大肆掠夺、杀戒大开，前提是我们不能怀有以邻为患的不信任意识。

信任是有一定的基础和前提的，无条件就是相信过当，非但不能收得功效，反而引出意外。看三国，评信任，“三顾茅庐”是尊才重贤，是单方面信任，“桃园结义”是一种相互信任，他们志趣相投；“失街亭”则暴露出孔明对马谡的过度信任。

怎样才能获得别人的信任，不是靠自己的言语争取来的，要依赖一贯诚信作为支撑，信誉是信任的孪生兄弟。一个两面三刀、背信弃义的人难获知己；一个企业，信誉如同生命，先前全国几家名企之所以受到重创，甚至销声匿迹，都是由于自身管理不严格而自毁信誉，失信于人最终必遭人唾弃。

一个人对自己也更应充满信任，那便是自信。自信是一种人格的魅力，唯有自信者方可取得别人信任。自信者当时常自律、自省，盲目自信同样害人害己，酒后驾驶就是酒精麻醉后的一种盲目自信的例证。

最后，常媛希望全体官兵都能做一个以信誉为本、信任别人而又充满自信的人！

这些或许是现今消防部队不为人知的一面，应该说不仅是消防部队，现在各部队各兵种都推行正规化建设，讲究的是人性化管理和以情带兵，军队培养出的人才不计其数。就说全国知名企业的老总，其中就有相当一部分是从军营走出去的，体能与技术只是一个方面，果敢智慧、百折不挠的意志品质更让他们受用一生。相比之下，过去的队伍一般都是重管理，轻教育，条条框框多，沟通疏导少，批评惩罚多，扶持帮教少，是否成才成器，修行在各人。常媛的外公说旧时消防队伍管理主要靠的是“罚活儿”和近乎训斥的管教，比如罚你扫地、打开水一星期，推杠铃多少下等，至于训斥比推杠铃还难以招架。一次队里一把椅子损坏了，大队长见没人承认便罚每人做一百个俯卧撑，还发威说：“你们这帮败家子，用什么坏什么，我看你们将来娶老婆非得娶个铁的不成！”

多年的基层生活让杨安保习惯了对吃喝拉撒都亲自安排。八一的前一天，他就对炊事班说：“明天过节，中午大队按照惯例集体会餐，每桌按照四凉四炒两烧十个菜准备。”现在部队生活条件比过去改善很多，不仅要吃饱吃好还要注重营养搭配。同样是“半斤加四两”的伙食标准却塑造了不同的体型，驾驶员马文军和战斗员徐辉就是两个极端的代表。

饭桌上，素菜很快被消灭，盘中剩下的尽是鸡鸭鱼肉类。有人说：“奇怪，现在的肉都没人吃了。”“那是因为现在的肉不如过去的肉香了！”

武刚打住他们的话，说：“主要是你们没过过苦日子。”

来自贫困地区的武刚说这话是发自肺腑的。他说在他小时候，不仅平时吃不上肉，连油水都难以见到，那时人们的原则是吃肉就要吃肥肉。他给大家讲了一个自己买肉的经历，就在来部队之前，家里来客人，母亲让武刚去买点肉回来。到镇上排着队，等轮到自己了，他一看正好是一刀精瘦肉，他赶紧闪身客气地对排在后面的人说“您先来”，接连让了三次，终于买到满意的肥多瘦少的那一份。

大快朵颐的马文军仿佛是个另类，他一边吃着牛肉一边说：“嗯，过节就是好，有好几个硬菜。”

虽然天气晴好但疾风阵阵，一股强风从窗外吹来，一边的塑料桌布被掀起，差点将马文军的脸蒙住。

“今天这风是不是有点大，天干物燥的，但愿不会发生火灾，也让我们过一个消停的节日。”马文军忧心忡忡地叨咕着。

在马文军的老家，像这样的大风天气，当地政府都会安排专人四下巡视制止所有动火，甚至劝阻居民不要生火烧饭，因为曾经有个林区的小镇由于一把大火一夜之间消失殆尽。不光是马文军，其实所有消防员对大风天都有着一致的职业敏感。

“哎，别说你今天的行为正好推翻了一个结论，马文军大风天吃牛肉，谁说风马牛不相及？”徐辉其实并不知这里的“风”为何意，纯属现场发挥，但在马文军眼里这就是当场“发难”。

“我平生最讨厌以貌取人，但我还是比较烦看像你这么瘦的人，像是从贫困国家偷渡过来的一样。”马文军转守为攻。

徐辉很快有了过敏反应：“哎，提辖你讲谁呢？”

“讲别人能对得起你吗！”马文军的姿态升格成了蓄意挑衅。

徐辉说：“告诉你，长淮马上要建高尔夫球场了，估计建好了你也打不了。”他并没有选择以暴制暴。

“为啥？”马文军显然中了套。

“还用问吗，就你这肚子，球放在能打着的地方你看不到，放在能看见的地方，你又打不到。”

“太恶劣了，没有最恶劣，只有更恶劣！给你一双翅膀，你就是个鸟人。”

打这以后，队里许多人见到马文军打招呼不再问“吃了吗？”而改说“打高尔夫了吗？”

“晚上大队举办文艺晚会，每班至少出两个节目。”杨安保让中队各班全面准备的同时，还对几个文艺骨干作了重点圈定。节目单出来了，有常媛的独唱《为了谁》、徐辉的吉他弹唱《兄弟无数》，当然少不了麦霸级人物马文军，还有肖和平的互动魔术、江南俊领衔的三人组合街舞《青春》以及秦帅与文书小冯合说的相声“火缘”。秦帅的父亲恰逢出差路过，顺便来大队看看，他是一名油田工作者，亲眼目睹大队一派青春勃发的士气和儿子前所未有的状态，他说还真有点后悔这辈子没进过部队。听说大队搞聚会，他主动要求献唱歌曲《我为祖国献石油》，虽然是老歌子，但高亢浑厚的旋律让人一听就是经典，处处透着石油工人的豪迈。

压轴戏是那个相声小段，由秦帅自创自演，一个“火”字贯穿始终，恰是他入伍以来对火与消防的真切感悟，说得活灵活现，气场爆棚。

冯（着便服）：哎，一年没见，原来你去当兵了，你这是啥兵种，配的什么枪啊？

秦（着警服）：我当的是光荣的消防兵，使的是银色水枪。

冯：哦，你直接说是救火的不就得了。我说你当兵不摆弄枪杆子，整天跟火过不去，前世与火结怨成仇了吗？

秦：不是结怨，而是结缘。这个缘不是我今天才结的，而是从我们共同的老祖宗那儿就开始了。你也许不信，我们人类与火向来就是一对密不可分的伴侣，问你一个问题，知道那“伙伴”的“伙”字咋写的吗？

冯：这个难不倒我，谁都知道，“人”字旁加一个“火”呗。

秦：这就对了，火才是人与自然万物间最亲密的伙伴，人人与火都有不可分割的联系，这就是“缘”。你看生意好了都说红红火火，对时机的把握讲究一个火候，消防车出动有多快那就得说是火速。你再往大里看，那茫茫宇宙之中有火星，地球之上有火山，四大发明中有火药，嫦娥奔月也得靠火箭扶上马送一程，要不是燧人氏他老人家钻木取火，你能茹毛饮血之后跑到这里来说相声吗?

冯:我来自野人艺术团!

秦:不仅我与火有缘,你也一样,一个火字,会伴你度过一生。

冯:越说越玄了,我还没有打算跟它厮守一辈子。

秦:不信就在这里当着大伙儿的面,说一说你的成长历程吧。时光倒退到二十年前的一天,突然,在你老爸老妈之间就迸发出了火花……

冯:不像话,我爸我妈合着伙开铁匠铺怎么的?

秦:什么铁匠铺,那叫爱的火花,有花才有果,你能是无花果吗?

冯:不像话,童言无忌!

秦:终于有一天火候到了,你要蹦跶到人世间了。

冯:我又成孙猴子了。

秦:这天,眼看你妈就要生了,那可是十万火急呀,你爸赶忙带着你妈风风火火奔了医院,接生的医生好一阵忙活,你爸只能待在外面隔岸观火、火急火燎、着急上火……

冯:你就别煽风点火了。从现在起我的事我做主,你呢,要是有功夫就给大伙儿来个现炒现卖,怎么样?

秦:现炒现卖也离不开"火",这样跟您说吧,只要你有一口气,我决不会让你"熄火"。

冯:最近我有点郁闷,准备到外面转转,散散心。

秦:我建议您乘火车,都提速了,既快捷,又安全。

冯:我觉得天气太热了,想凉快凉快。

秦:你需要败败火,享用一杯降火的清茶吧。

冯:我又有点冷了。

秦:你有冷热病怎么的!好办,砌道火墙,生个火炉,再冷就猫到火炕上。

冯:我饿了,想吃点东西。

秦:可以呀,夏天就来一只秘制的火腿,冬天就来个滋补的火锅,怎么样？

冯：我要发扬奥林匹克精神，到奥运会拿金牌为国争光。

秦：你可以先报名参加奥运圣火传递活动，再到现场观看精彩的点火仪式。提醒你万一到时候比赛中受伤了，别忘了，让我用传统的方法给你弄个火灸、拔拔火罐疗伤。

冯：我想挑战极限，到无人的荒原去探险！

秦：小心别让狼给吃了。为安全起见，临行我送你两件礼物，左手一只火把，右手一把火枪，不过当心别太紧张而致枪械走火。

冯：假如我失踪了怎么办？

秦：那我就在你失踪的地方燃起篝火，为你唱一曲火火的歌谣。

冯：万一我"光荣"了你能为我做点什么？

秦：我会为你写一部传记，塑一座雕像，让您的音容笑貌永存于世，人们会永远记住你、缅怀你。

冯：这也没"火"？

秦：遗体火化。

冯：我这就没了！您别说这火与我们的关系还真是够亲密的。说了半天我了，还是说说你在部队上的情况吧。

秦：我们消防部队就像是一座炼钢的火炉。

冯：那叫熔炉。

秦：都一样。在这里，我们消防兵百炼成钢。要讲我们消防部队的光荣历史，说来有点话长。在那州官可以放火、百姓不能点灯的黑暗旧社会，人民生活在水深火热之中……

冯：这都是从他爷爷那里听来的。

秦：革命的星星之火最终燃成燎原之势，一切明火执仗的反动派如同飞蛾投火，人民成了历史的主宰，他们从烽火硝烟中走来，开始了热火朝天的新生活……

冯：从他爸爸那里听来的。

秦：为了驱除邪恶之火，守护那温馨祥和的万家灯火，我们消防部队赴汤蹈火，在所不辞；防火监督员则时时提醒你“小心火烛”，以免引火烧身。

冯：这是自己琢磨出来的。还确实是这样，现在日子红火了，可是许多人只知道用火，却忽视了防火，常常因火生灾，辛辛苦苦几十年，一把火又回到“解放前”。多亏有了消防队，为人民安居乐业增添了保障。

秦：人民军队是祖国的铜墙铁壁，我们消防部队就是一道坚不可摧的防火墙。

冯：真金不怕火炼，消防卫士无愧于“火凤凰”的美称。

秦：那当然。当兵不习武，不算尽义务；武艺练不精，不算合格兵。我们消防兵怀着一颗火热的心，跨进火红的营门，就是要把火一样的青春献给祖国与人民。总之，我们消防兵与火有不解之缘，我们生火、用火、爱火、恨火、写火、颂火、防火、管火、查火、扑火、救火、灭火、点火、放火……

冯：等等，怎么还“点火、放火”？

秦：点火是准备进行灭火实战演习，放火是火灾调查人员为查清火灾原因在做模拟试验。

冯：烈火无情人有情，人民卫士为人民。听你这么一说，我也想报名当一名消防兵了。（张开双臂）你看我像不像一只火凤凰在蓝天展翅翱翔？

秦：凤凰翱翔你不像。

冯：那像……

秦：火鸡下蛋。

虽然晚会上露脸的都是业余一族，但演的用心，唱的有情，跳的热烈，说的贴切。可能是因为“源于生活，高于生活”，相声段子出人意料地激起了全场共鸣。唯独马文军一曲高八度的《从头再来》，虽说费了大力气，但似乎从头就没有着调，卫生员李长江一点也不照顾他的情绪，说：“你这似说非唱的，标准一个提辖式说唱。”

马文军自然不接受，说："你懂个啥，这叫原生态唱法，不服你也整一个。"

李长江说："我虽不会唱，但我会听，你会吃蛋，你能下蛋吗？"

"我看你不光会吃蛋，还会扯淡！"马文军到底也没服。

兴许是天公助兴，社会捧场，整个晚会近三个小时，会议室欢声一片，灭火救援调度中心却风平浪静，大队没有一次接警出动。

十一

幸逢和平盛世，军人的价值不可能像战时炮火硝烟中那样得以淋漓尽致地展现，但军营还是以它独特的魅力日渐成为很多年轻人向往的地方，以保障公共安全为己任的消防部队尤受莘莘学子的青睐。

八一节刚过，又一批地方大学生在参加完全国集训后来长淮支队报到，一个个脸上荡漾着阳光而俊秀的青春，他们将要在这绿色警营中分步完成由学子到基层指挥员的人生蜕变，先是身形与思想的塑造，从一名地方青年转变为一名合格军人，再经消防专业学习训练，进而成为一名合格的消防卫士。

尤其是这消防业务学习，是入门后的必修课。不管你是什么专业出身，到了消防部队还得从头学起，直至你取得全国统考合格颁发的消防岗位资格证，才具有基本的执法权限。消防之所以被称之为边缘学科，因为它跟很多专业门类搭界，其覆盖面宽，知识容量大，没有三五年时间的学习钻研，不可能成为以纠正别人违规为己任的行家里手。另外，特设的技术岗位，从助理工程师到工程师再到高级工程师，最快的也需十年以上。

刘鸣就曾跟大家说:“消防是活到老、学到老的一门差事,博士干消防也不屈才。”

秦帅问:“消防专业涉及面那么广,我如果选择技术岗位,如何才能成为一名消防专家呢?”

刘鸣说:“这没什么诀窍,就是一个积累。不是有这样一说吗,一件事重复做就成了专家,有人一辈子潜心做一件事最后达到人所不及的顶点成为大家。”

肖和平疑惑地问:“照这么说,现在消防部队很多人干到四十出头就转离岗位,那不是人才资源的流失吗?”

刘鸣说:“当然。你知道李昌钰吧,大师级的人物,靠的是什么,就是一辈子都在做一件事。如果让他搞几年缉毒,干几年政工,再去管管打拐,他还能有今天的成就吗?”

刘鸣还向他们讲述了两起与物理学和化学相关的典型案例。一起是长淮某化工厂几年前发生的一起事故,足以说明不懂得消防知识,有时连死了都不知是怎么死的。那家化工厂两名电焊工在切割浓硫酸钢罐时爆炸身亡,原因就在于他们不了解稀硫酸与金属反应会生出氢气,在切割前对罐内浓硫酸进行了画蛇添足的稀释处理。

另一起则是物理现象引发的火灾事故。长淮市淮光县一居民家中午发生火灾,一家人均在吃午饭,火灾就在阳台上毫无预兆地起来了,而阳台上既无火又无电,难道火从天降吗,全家人甚是纳闷。事后经现场勘查得知,火源来自热源,热源来自光照,光照来自阳台上一只靠墙放置的不锈钢盆,阳光聚焦点燃了不远处堆放的废纸盒。

事故多出于麻痹与无知,除了类似压黄线、闯红灯之类的“无畏”生事之外,还有些灾难则源于对安全知识的未知或一知半解。就说家庭燃气泄漏了如何处置,消防讲座上都要求不要生火,不能开灯,但有起事故的发生就让人无语,一位老人在家发现漏气了,正好灯是开的,于是他赶紧关灯,结果关出爆燃事故来。

为了满足对各类工矿企业的消防监督执法、建筑工程审核以及部队办公与后勤保障需要，招进来的学生官也对应有建筑、化工、中文、新闻、法律、医疗、财会等多个专业，经过层层遴选来到警营都有其用武之地。尤其是消防监督干部，对各科专业知识都应有所了解掌握，不求精但求通，正由于此，支队长高中原在全市防火人员培训班上说："消防工作重心在防，过去重在人防，现在要全面转向技防，而各门专业都那么博大精深，我们不可能成为某一方面的行家里手，但应面面俱到，不知其所以然起码也要知其然，消防专家说白了其实应该是一名百科杂家。"

"为什么现在你们越来越多的地方大学生选择到部队来？"得知又有大学生即将下队，武刚连带上杨安保以"你们"发问，是想从杨安保那里找寻最直接的答案。

当初杨安保到部队，是他深思熟虑的选择，就业对他而言不存在任何问题，他唯一的担心是这专业是否对口，部队的领导给他的回答耐人寻味："你们都错把消防与灭火画等号，其实消防部队有很多不同岗位，灭火的任务占不到三成，最为重要的工作是防火监督和执法，就看你是否学好了，学好了就对口，学不好就不对口。"

"依我看，情况不尽相同，有的是向往部队生活，在生命中嵌入一段当兵的光荣历史；有的是崇尚公共安全事业，对消防安全保卫工作情有独钟；还有的像常媛一样，家族上与消防有着历史渊源，但客观地说也不乏地方就业压力大先选择到部队过渡的，你看有的来部队怎么都不适应几年就转业走人了，他们虽然人到了部队，心始终没到。"杨安保毫不掩饰自己的忧虑之心。

科技兴盛了这个世界，但也让它落下个浮躁的毛病。世人都习惯于过着发短信、睡短觉、走快步、吃快餐的生活，更多的人追求的是找到感觉、进入角色，"靡不有初，鲜克有终"，没有苦心何来孤诣？干着自己不情愿的事最多是一门职业，干着自己想干又对社会有益的事才叫事业。一路走来，杨安保与武刚有着共同的体会，那就是对于志在献身消防事业的消防人来说，更应守得住清贫，耐得住寂寞。

武刚点头称是：“还有，前些年有些高校盲目扩招。我们毕业时全校只考了几个大学生，那时的高考被称之百万大军过独木桥。现在这桥是否有些太宽了，我的母校据说去年一二三本考取了五百多人，大学生就业压力能不大吗！”

一大早，队员们正在试车和清扫营区卫生。武刚跟大家发布了一个好消息和一个坏消息，好消息是龙山大队在省级“青年文明号”的综合评比中独拔头筹，成为长淮消防史上第一个获此殊荣的集体。坏消息是昨晚邻近的山阳区将军山上的那座观景览胜的瞰翠楼烧了。龙山中队并没有前往参战，武刚是从支队内网的火灾信息快报中得知的。

火灾原因很快初步查明，有一个外地的草台班子来山前广场搭台唱戏，为了演出方便，演员被临时安排住宿在瞰翠楼里，观光的塔楼成了他们下榻的旅馆，结果由于用火不慎惹了祸，塔楼成了“塌楼”。支队专门负责火灾调查的工程师小崔到场看到还在冒着余烟的半截子塔楼，不禁心生痛惜，一边进行现场拍照一边摇头苦笑着说：“不错不错，还剩个底座。”

这瞰翠楼说是楼，其实就是一座塔，因仿古效果做得好，看上去是个明清时代建筑，实际上建成于上世纪六十年代，很多登上过塔的人都被迷惑了，误判它的“生辰”，以为是座古塔。多年以来，这座塔都是山阳区乃至长淮的一个标志性的建筑，不算巍峨但十分俊秀，又位于开放的游园内和将军山巅，从仰视到平视，方圆几十里都能观瞻得到，不仅是人们眼中的一道风景线，甚至已上升为市民心中的一个不可或缺的吉祥之物，在长淮的很多城市形象宣传图画中都有她的风姿。

一夜间，这好端端的塔楼怎会无翼而飞，长淮人心中都有种莫名的失落和不自在。然而，比他们所有人更感觉不自在的是市委俞书记，那几日恰好有个全国河道治理系统的大会在将军山麓的五星级朝晖大酒店召开，俞书记很盛情地邀请与会人员游园并登瞰翠楼一览长淮风貌。由于参加会议的人数多，为了避免拥挤，办会经验老到的组织者特地将游园的人分成两拨，分别于两个下午的会议后半程在落日的余晖中悠然登山。

就在失火的当日，前一拨人已经登塔览翠，回来后的评价很高，说长准确是一座宜居的山水城市，后一拨人听了都在饶有兴致的倒计时等待之中。不想计划还是没有赶上变化，变化赶不上电话，会务组接电话通知让转告大家下午的参观取消，宣布者委婉地说是塔里边“出了点小事”，实际上不说大家也都已经知道了个中缘由，这酒店与那瞰翠楼近在咫尺，昨天还屹立在视线中的塔影一夜间矮了大半截，而且换了黑色外衣，再者夜里消防车的警笛声早已让所有的掩饰不攻自破。

世上竟然还有这么巧的事，之后一位没能登塔的与会者感慨地调侃道：“今后再有机会到哪个名胜景点参观考察，大家记住还得争着点尽量赶头拨。”

事故原因查明之后，就自动进入责任追究程序。很多人第一次见俞书记发那么大的火，中间有人提醒他说，责任人当中有个人在省里有靠山，谁知这老俞根本不买账，他对事故调查组的一班人说：“必须坚决一查到底，并把最终处理情况报给我，我才不管责任人是谁，也不管他有什么靠山。我看谁的靠山比我更强，我的靠山就是全市人民。”

相关管理人员难辞其咎，市政府组织召开的事故处理通报会上，乔副秘书长完整地发布了火灾直接与间接原因、损失、八条具体教训和对四名责任者的撤职与行政记过处理意见，一并发布的还有瞰翠楼的修复计划。

汲取火灾教训，从本源上防范火灾事故的重要举措之一就是消防宣传。宣传的方式方法五花八门，不拘一格，有的是直接的宣教式，向受众灌输消防安全的知识与防灾理念，有的是间接的潜移默化式，即借助多种媒介将消防安全的各类信息传递给群众，达到润物细无声的效果。

对青少年儿童的消防教育历来都是消防宣传的重要环节，因为为儿童青少年创造良好的成长环境是我们任何时候都不能漠视的一件大事，他们是国家的未来，民族的希望，让孩子们健康、快乐地成长，是普天下父母的共同心愿。

然而，每年都有大量的事故夺走儿童的生命。长淮近年来就有多例儿童因安全不保而受到伤害的事故发生，有的不慎落入井下，有的从家长骑行的电瓶车上摔下，有的游泳溺亡，有的被狼狗咬伤。还有一位粗心母亲给孩子洗澡，先打来一盆热水，就在转身去打凉水的工夫，一旁的孩子跳进水盆被严重烫伤致死。火灾更是造成儿童伤害的元凶之一，就全国范围来看，火魔屡屡来袭，毫无戒备之心和防御之力的孩子们首当其冲受到伤害甚至被夺去生命，其中有些火难还造成群死群伤，可谓举世震惊，失去孩子的家人们更是悲不能抑。

为了推进消防知识进校园，去年杨安保就煞费苦心地筹集经费组织人员规规整整地编写了一本图文并茂的《中小学生消防必读》，目标是辖区学生人手一册。杨安保找到支队洪波政委，说哪怕将来全市能有一个孩子用学到的知识抵御了火灾的危害，这项付出就不是徒劳。洪波向总队作了专题报告，总队盛政委对此举予以高度评价，提出要将书籍向全省推广发行，并欣然接受洪波的请求为该书作序，其中这样写道：

提及消防安全，很多人都会自然地说出一连串带“重”字的词汇来，诸如那是一件十分重要的事，是一项永远不能忽视的重点工作，其任务繁重、责任重大。然而，火灾事故频发、高发的严峻现实难免让人心生疑窦与诘问：这“重要”究竟是多重？“永远”又到底有多远？

联合国《儿童权利宣言》说：“人类应当将她拥有的最好的东西给予儿童。”这一呼吁体现了人类的良知和对下一代健康成长的责任感和使命感。对于成长中的青少年儿童来说，安全才是最好的、最宝贵的。人的生命只有一次，生命之花绚丽而又脆弱，珍爱生命应当成为所有安全教育的第一课。居安思危是防患减灾的关键所在，对火灾等事故灾害的忧患与防范意识必须伴随并庇护着我们每一个人走到天涯，走过一生。至今我们不能回避的是火灾无法灭绝，悲剧仍在日复一日地上演，它无休止地用反证法向世人诠释着一个事关生死存亡的硬道理:水火无情,适者生存。在火灾危害前,青少年儿童是永远的弱者,他们有得到足够可靠的安全保障与监护的权利,这权利正是所有的安全监护人必须躬行践履的职守与义务!

消防安全监护意识与责任是全方位的。对于婴幼儿,最需要的是一个安全、舒适襁褓的呵护,而对青少年儿童,需监护的时间更长、空间更大,他们往往对于火灾危害缺乏预见性,遇到突发事件,又没有安全疏散逃生所应具备的心理素质、体能以及消防知识储备,更不消说抵御、扼制灾害。因此,作为监护者、培育人的家长与师长既要尽可能地为他们创造一个安全和适于成长的大环境,采取相应的可靠的安全防护措施防患未然;更应注重对他们自我保护意识与能力的培养,即所谓"授之以渔"。

中小学校是青少年儿童接受集中教育的摇篮,教育资源足、教学时间长,且中小学生处于知识接受能力较强的年龄段,是开展安全知识普及教育的最佳时期。希望本书能够成为广大中小学生认识消防、了解消防的启蒙读物,从中获取必备的消防基础知识,从此在心中埋下消防的种子,进而在今后漫长的人生历程中始终铭记消防、关注消防、参与消防,永葆平安!

序言写得语重心长,书中章节的内容也为中小学生量身打造,主要包括"揭开火的面纱""认清火灾危害""学会火灾预防""懂得火灾扑救""探识火灾克星""掌握逃生技能""消防在我身边"等。杨安保计划将书籍免费向学校投放,不想在与区教育部门联系时,却受到一位副局长大人的强力阻拦,而且用的是一派"高大上"的腔调:"所有宣传资料一律不得往学校投放,因为这非同小可,说得重些可能涉及广大学生意识形态和正确人生观的树立,这个你懂的。"

消防教育是公益性的,理应从娃娃抓起。自己不作为,别人代劳还如此这般患得患失,对这样好歹就是不配合的姿态,杨安保觉得很费解,为什么这年头做好事也那么难。回来的路上,杨安保气得爆了句粗口并跟刘鸣说,此刻他真想找人写幅字送给这帮智商高情商低的家伙。

刘鸣猜测说:"是不是'我本将心向明月,奈何明月照沟渠'。"

杨安保摇摇头说:“官僚主义害死人!”

生气归生气,宣传还得搞。今年杨安保改变策略,采取开办消防夏令营的法子,直接与辖区学校联系,将六十多位小学生请进来开展零距离的消防体验、教育。夏令营的活动项目不一而足,对学子们来说天天都是新鲜而充实的生活,主要科目有早出操、晚点名、叠军被、站军姿、唱军歌与队列训练、帮厨识菜摘菜,还要参加消防知识教育、消防器材展示、模拟火场逃生、观摩消防技能表演、聚会联欢等活动。

模拟逃生室的走道里布置了六块图文并茂的展牌,标题均只有一个大字,分别为“尽”、“快”、“逃”、“避”、“呼”、“救”,连起来是一句话,实则是普及了逃生的六大要领。“尽”是遇到火情,尽量保持沉着冷静,不可惊慌失措,冷静才能根据火势寻找生路,慌乱无济于事;“快”就是尽快地逃离火灾现场,不在火场逗留,更不要因为留恋财物而返回火场,这是要告诉参观体验者生命最为宝贵,留得青山在,不愁没柴烧;“逃”是要选择合适的逃生路线和逃生方法,比如从安全出口与楼梯逃生,不乘坐普通电梯等;“避”是万一被困火场,不要强行穿越火海,可以选择较为安全的位置等待救援;“呼”是发生火灾时,第一时间报告火警,或报告自己被困的位置,请求救援;最后一个“救”字包括三个方面内容,即自救、救人与抢救重要物资,在火灾逃生中不忘救助弱势群体,保持秩序,防止人员相互拥挤踩踏造成意外伤亡。

本年度龙山首期消防夏令营在八月中旬的一天正式开营,杨安保刚上一年级的儿子杨子萌成为随队小营员。杨安保的妻子是他大学同学,现在省城一家报社任法制编辑,杨子萌暑期档来长淮属异地度假。

别看小子萌年纪不大,却常常语出惊人,他会考问你什么时候“吃葡萄不吐葡萄皮,不吃葡萄倒吐葡萄皮”?答案是妈妈喂他吃葡萄,一个负责剥皮一个吃。他还是个唐诗迷,小小肚子里藏着几十首唐诗,常会即兴发挥,比如你说到月亮,他就会马上吟诵“床前明月光,疑是地上霜”;你要问他怎么出了一头汗,他就无厘头地接“我汗滴禾下土,谁知盘中餐,粒粒皆辛苦”。

有一回铁蛋见到了杨子萌，一把拉住他的手学着武刚的腔调说：“老杨，你好你好！”杨子萌懵了，一脸认真地问道：“你好，我不知道怎么喊你了，你是叫老铁还是叫老蛋？”像舞台表演一样，他们自己不笑，但一旁的几个人都绷不住了。

肖和平说：“在我们老家这叫蓝田生玉，这小子将来准有出息。”

马文军说：“别文乎了，啥意思？”

肖和平说：“意思就是有其父必有其子，也就是龙生龙，凤生凤，马文军他爹的儿子注定就是马文军。”

徐辉表示反对，说：“肖百度你这话说得太绝对了，他爹说不定还有别的儿子。”

马文军似乎才反应过来，这回没有再上徐辉的套，眯着眼说：“那是，还有你这个干儿子。”

消防表演的观摩项目都是消防队员的独门绝技，比如徒手攀援训练塔，快锯钢板，电动剪扩钳夹乒乓球，切割机在电灯泡上切钢丝，生命探测仪寻找被埋压者等等。有位高年级的同学看后感叹说：“神了！”承担表演任务的徐辉说了：“只要功夫到了，你们也一样可以做得到。”肖和平接上说：“科技越来越发达，现在嫦娥都奔月了，将来神话故事都会变成现实。”

夏令营的主打科目——消防知识教育课，按照惯例仍由刘鸣去讲。虽然对象都是小学生，刘鸣一样地认真对待，细致地做了一套课件，图文并茂，课件题目就叫《消防中的十万个为什么》。

上课之前，刘鸣突然间想起那位局长所说的意识形态的问题。于是，他跟同学们提出了一个问题：我们活着究竟是为了什么？有的回答说是为了工作，有的说活着就是为了寻找为什么活着的答案，还有不知从哪里听来的奇葩答案是人一死要几万年之后才能活过来，所以要好好地活着。

刘鸣说：活着就是为了延续生命，人类才能繁衍生息。对于一个人而言，生命最为宝贵，每个人的生命只有一次，任何人都无法死而复生。因此，从这个意义上来说，重视安全实质上就是善待生命、珍爱生命。但延续生命绝不仅仅为了活着，今天过去了就不会重来，所以同学们都应该珍惜时间。人的一生由一个个短暂的“瞬间”组成，当我们一再地浪费瞬间，就是在浪费生命！比尔·盖茨曾说：“人生就是一场正在燃烧的大火，一个人能够做到，也必须去做的，就是尽自己的全部力量从这场火灾中抢救出点什么来。”

普及消防知识是刘鸣的强项，他擅长把复杂的消防理论讲得十分浅显而清晰。他说：自然界中的风、雨、雷、电、雪、火等，各有各的脾气。火的脾性很特别，第一是暴躁。人们常用“猛”和“烈”来描述火势，不论个头大小，一旦发威，立马会“火冒三丈”。第二是贪婪。特别是贪食，且胃口极大。火，一旦燃起，绝不轻易善罢甘休，如果不去强加控制，它就会贪得无厌地吞噬面前的一切食物，火灾现场最后剩下的金属、钢筋混凝土的骨架，那就是它吃剩的“残渣”。第三是逆反。你若掌握了它的个性，善待它、跟它交朋友，它就会踏踏实实地为你服务，可以用来烧水烧饭，还可以把热气球送上蓝天，把火箭推入太空；但如果你忽视它，它就会闹情绪，就像一个烟头，你随意那么一扔，就可能发火惹出大麻烦。第四是喜爱“躲猫猫”。平日里，许多火并不露脸，总喜好躲在暗处跟你玩捉迷藏，一旦现出原形，就摇身一变成为一头可怕的魔兽，制造出烟火弥漫的恐怖大片。

讲到灭火的方法时，他又说：火魔同我们人的生存条件差不多，也必须有三个条件：食物、温度和空气，不过它的食物是那些烧得着的可燃物。灭火的道理很简单，把物资全部搬走，它没有了吃的就会饿死，向火上洒水降温，它会冻死，用沙土或灭火剂盖住火，没有氧气它会被活活憋死。防火也是这个道理，只要预先不让这三样全凑到一起就行了。

抓住好奇这一孩子们的天性，刘鸣将消防知识点以问答的形式串联成珠，诸如为什么假芭蕉扇不能灭火？烟为什么被称为火灾杀手？“鬼火”为什么白天不出来？“死灰”为什么会复燃？电老虎为什么会突然发火？为什么氢气球会让小明毁容？身上化纤衣服为什么晚上会冒火花？消防车为什么多是红色？家里为什么不能像动物园那样用铁栅栏将阳台封死？火灾中为什么不能乘电梯逃生？为什么乘坐汽车和飞机、轮船不能携带爆竹以及其他危险品？

……

一个课时的时间过得很快，孩子们正听得津津有味，这时刘鸣突然打住，并以说评书的口吻吊起孩子们的胃口："同学们，后面还有九万九千九百个为什么，想知道吗，好，且听叔叔下回给你们接着说！"

体验火场逃生或许让很多人经久不忘。逃生模拟室内火灾突起，烟雾弥漫，警报声声，同学们在昏暗的消防照明灯光下，俯下身子，用湿毛巾捂住口鼻，深一脚浅一脚地摸索着前进，要上下台阶，根据学到的知识一致放弃选择乘坐近在咫尺的电梯，依照疏散指示标志准确判别逃生路线，最后打开防火门进入楼梯间跑向室外。他们脸上那种成功的喜悦仿佛就是真的亲历了一次火海惊魂、逃出生天。

待同学们都出来站定后，负责组织逃生演练现场解说的秦帅说，火场逃生最重要的是在得知火灾发生后必须快速逃离，不要瞎耽误时间。为了加深同学们的印象，他还讲了一个逃生的小故事：一天夜里，外面起火了，妈妈把全家人都喊起来了，一位小胖同学半天没出房门，妈妈在门外喊他快点儿。小胖说正在穿袜子呢。妈妈说：失火了不要穿袜子了。又过了会儿小胖还是没出来，妈妈急了，跑进去问，你怎么还在床上不下来？小胖回答说，正在脱袜子呢。妈妈说：你怎么又脱起袜子来了？小胖说：刚才都快穿好了，是你不让穿袜子的！

联欢会是闭营前的一台"大戏"，由学校师生与大队各出几个节目，前来接孩子的老师、家长一并参加。吹拉弹唱，猜谜拉歌，两个多小时下来，孩子们比过大年还兴奋。

秦帅还专门为这次的联欢写了一个安全题材的相声小段《不自由》，他扮演一个地方小青年，与肖和平一捧一逗，亦庄亦谐，博得了孩子们的阵阵掌声、笑声。

秦：馒头诚可贵，包子价更高，若为自由故，二者皆可抛。自由啊，你为什么总躲着我，自由啊，你为什么要跟我捉迷藏？

肖：哎，请问你怎么不自由啦？

秦：这么跟您说吧，自由对我来说就像大海里捞针、彩票中大奖、考试得满分一样。

肖：怎么讲？

秦：这还用问吗，难得啊！从我生下来的那天起，我就没尝过自由的滋味。

肖：有这么严重吗？你说来听听。

秦：想当初，我刚出生……我想想……

肖：甭想了，想也想不起来！

秦：三岁了，我又不是不会走路，幼儿园阿姨却老是说"过马路，两边看"，就是要你扭着脖子走路，你说多不自由！

肖：那是怕过往车辆碰着你，是对你的关心！

秦：上小学了，老师带我们去游泳，本来就是自由，自己游吗，可游泳池中间偏要拉一道绳子，说那边不让去。

肖：那边是深水区，主要是防止你们被水淹着。

秦：上中学了，就更不自由了。作业要按时完成，上下课要听打铃，吃饭大家排长队，过了七点不让睡。最可气的是我都十三了，网吧还不让进，不是说人人自由平等吗？

肖：这是怕分散你的注意力，影响你的学习。

秦：后来我上班了，心想这下好了，该充分享受自由了。谁知期望越高，失望越大，简直让人绝望。

肖：对你又有特殊要求啦？

秦：那倒没有。不过到处都是些破坏自由的规定，条条框框、框框条条的，叫你没法自由。

肖：都有哪些规定？

秦：太多了，你听听：去迟了不行，走早了不行，干累了睡会儿也不行。

最要命的是我们单位有什么易燃易爆危险品，进门就要换衣服，中间抽根烟不行，中午喝点酒也不行。

肖：国有国法，厂有厂纪，这些都是起码的劳动纪律与安全要求，同时也是为你本人的安全着想的呀！

秦：你这话跟我们单位管安全的老严一个腔调。有一次我抽烟，他罚了我五十块钱，还说什么是为我好。我说抽烟是我的自由，活人总不能让尿憋死吧！他听完一声不响地把我领到一间写着"吸烟室"的黑屋子里，我一看这分明是关禁闭呀，里面一个人也没有，没桌子，没凳子，只有一个半人高的大水缸。我说"老严啊，老严，你这是严厉、严酷、严打，严刑逼供，你就是个老阎王！"

肖：什么乱七八糟的。安全第一，人家老严是对的。

秦：我就是受不了这种没有自由的环境。

肖：等下了班，你回家不就可以自由自在了吗？

秦：别提了，"天下乌鸦一般黑"。就说回家，过马路红灯不让走，时间就是生命，你说一年要是遇上几百万个红灯，那该损失多少寿命啊！到了节假日，钓鱼不行，养鱼塘禁止捕钓；上山打鸟不行，动物保护禁止捕猎；过年过节放炮也不行，禁止燃放。打麻将说是赌博，打架是扰乱治安，就连打打电话也不自由！

肖：打电话怎么不自由啦？

秦：上次我们几个哥儿们一天就打了三个电话，没想到跟你一样的"大盖帽"找上门来，硬是把我们喊过去，说是要拘留五天。

肖：你们打的是什么电话？

秦：119。

肖：那是火警电话，谎报火警拘留你十天也不为过！

秦：我一听就急了，连忙高喊"我要自由，我要平等！"

肖：结果把你们都放了？

秦：都进拘留所了。不过有一位"大盖帽"说得还比较中听。

肖：怎么说的？

秦："自由活动吧！"

肖：这么个自由！

不过，要说这联欢中最有创意的环节，当属学生根据在夏令营的体验自编消防童话小故事。一位小女生绘声绘色的描述赢得了满场喝彩，她讲的故事叫做"大王的心思"：

"一天，大森林里由于人们上山烧纸发生了一起火灾，动物们一起救火也没有救灭，老虎的尾巴都被烧焦了，好不容易逃到山下一个水塘边，回头对跟在身边的一只狐狸说，山上要是有水就好了，又问狐狸，如果有下辈子，你愿意当什么动物，狐狸不假思索地说，那还用问，肯定是像您一样当大王呀，老虎摇摇头，对着水塘里自个儿的影子说：'我情愿做一条小鱼儿，这儿安全。'"

"不孬，不孬！"马文军第一个鼓起掌来，跟着是掌声一片。掌声也说明天下文章一大抄，还是原创最叫好。

教育一个孩子，带动一个家庭，影响整个社会，这叫"小手牵大手，大步向前走"。这种以消防体验与教育为主的夏令营活动，已经成为近几年来长淮各个中小学校外安全教辅的新宠。许多家长都想让孩子报名参加，但名额限制无法满足所有人的需求。杨安保说，今后不一定局限于夏令营，只要是假期都可以搞，就叫"消防假日营"。

几个月后的一天晚饭时间，一小区居民楼下的牛肉面馆发生火灾，浓烟滚滚，很快就充满了上方的楼梯间。很多人由于担心火势会蔓延开来，闻讯纷纷关门逃向楼下，但在穿越烟气时不少人都被呛得喘不过气来，有的虽然到达地面，却在那里不住地捶胸、咳嗽。有一家三口的表现却可圈可点，就连龙山大队的几位参战队员也现场称道，只见爸爸在前，十一二岁的小男孩在中间，母亲断后，都用湿毛巾捂住口鼻，像火灾逃生演习一样，手牵着手、猫着腰从烟幕中紧促而不慌乱地走了出来。有人好奇地问，你们真是训练有素，是从哪里学来的。小男孩的妈妈说："当时一听外面喊失火，我和他爸爸都有些慌神了，还是孩子从卫生间拿了毛巾，并蘸水后分发到我们手里的。"小男孩说，他的逃生知识就是从消防夏令营里学来的。这也是长淮多年来儿童消防教育在火灾逃生中的第一个有据可查的运用实例。

十二

文书小冯提着文件夹来到杨安保办公室报告，接区信访办电话通知，让大队负责人立即赶过去。信访办召集多半是举报投诉类的事，事关民生问题，谁也不敢耽搁，处置不当下一步就是法庭上见。杨安保抬眼看了一下办公室里的挂钟，时间正好十点十分，挂钟的两根指针像两道紧蹙的眉毛定格在墙上。

杨安保喊上武刚一起前去接受问询。果不其然，信访办的曹副主任开门见山，说有一家酒店投诉你们大队出警太慢，造成了损失要求国家赔偿，叫大队作出解释，酒店的人就在隔壁会议室里等着，市领导批示要求快速查明情况并报结果。

对这件事杨安保并不清楚详情。武刚问是不是叫“成享”的酒店，曹副主任说正是。武刚说，这是上周夜里的一起火灾，报警的是一位过路的人，不清楚是什么街道，只知道酒店的名字叫“咸亨”，咸亨酒店在龙山的名气很大，再说“六熟悉”搞了五六年了，地理位置都清楚，但消防车到达“咸亨”后，大家发现酒店安然无事，还以为又是谁在报假警。这时，中队调度室又第二次接到火警，说是“成享”酒店，待消防车转场赶到时，火势已经大起来了。

曹副主任说：“如果是这样的话，你们并无过错，那谁是主要过失责任方呢？”

杨安保回答说：“报警人夜间没能看清酒店的名称，也不是蓄意为之，并无过失，直接责任是酒店自己，防火不善引发火灾，又无人值守，导致报警迟缓。”

曹副主任摇摇头说：“这样他们不成了自己投诉自己了吗？这些人青红皂白不分，就知道上访！”

回去的路上，武刚对杨安保说：“要说开了，这间接责任方还是有的，街上路牌挂的太少，报警报不出名号来，负责地名的机构是不是有责，还有工商局对这种名称容易引起混淆的就不该发证！”

杨安保说：“有道理，我看这酒店取这个名字就是不正当竞争，吃饭走错了地方大不了跑点冤枉路，救火跑错了地儿问题就大了。”

返回大队，一下车杨安保就觉得气氛不对，几十口子人将中队食堂前院塞了个满实，而且人人面有愠色。常媛正在向大家了解具体情况。

原来，这些人都是龙山区盛华市场的经营户，反映市场内消防水源被人为关闭的问题。水源管理是供水公司和市场管理部门的事，经营户上消防大队来讨要说法，虽然路子有些跑偏，责任主体没对上号，但确是一件正事，起码说明群众消防安全观念的增强，这与近年来全市消防宣传力度的加大不无关系。

“大家不要吵，你们选两人作代表留下，把具体情况说明一下，我们做份笔录，其他人先回去，请相信我们会马上处理，一定给你们一个满意的答复。”

之后，常媛也觉得自己的话说得有些大，答复是否能让大家满意且不说，“马上”也宜说成“尽快”，后者的两个字是国人常用的一种只定性不定量的表述，其机动性较强。长淮有位副市长曾在评价一起人为引发的安全事故发生时，一不留神发了一句感慨“一些人的安全素质太差”，结果招来多人在网上围攻，说“安全就是你们政府的事情，问题就在于你们这些领导素质差”。这位副市长之后说自己是疤瘌眼照镜子自找难看，从此长了记性，并告诫大家以后要尽量忌言一类打击面过宽的言辞，如果实在要说就模糊处理一下，把一些说成个别，把“偏低”、“较差”中性化为“有待提高”、“参差不齐”，如此等等。时下确有不少领导讲话或发言稿里都好把话说满，张口闭口“全力”、“全心”、“全速”等等，只是没有人去较真罢了，不信把讲话稿都调出来，若真能兑现七八成，百姓就烧高香了，估计信访办这个常设机构也就可以撤编了。

常媛说这话时只是表明自己或者是消防大队要拿出的工作态度，并不十分清楚这篇文章后面的做法，何时能画上圆满的句号。因为消防安全非同其他，隐患整改的题目一来，必须有个连贯的下文。而且这篇文章必须一字一句地写，敷衍不得，更不能像某些文学作品那样，不便叙说或难以启齿就标注“此处省去 N 字”直接跳过。也许正应了那句话“文似看山不喜平”，盛华市场的火灾隐患整治由此步入繁杂而起伏的不寻常程序。

经大队调查核实，消防水源是被供水公司强制关停的，缘由是供水管网渗漏，按表计费每月几万元的水费流失。如果要修复供水管网，大约需要资金五十余万元，供水公司称这管网当初就是市场建设方自设的，因而不愿承担这笔费用。而市场管理方是一家已被注销的房地产公司，负责善后的临时组织机构早就想甩掉这个包袱，现仅靠每月收取的摊位费勉强维持运转，更无法出资改造。只见山重水复，不见柳暗花明，盛华市场这“枯水”的局面持续了个把月毫无进展。

中国特色的传统做法就是谁也不愿管、谁也管不了的老大难问题最后统一打包交给政府，按照坊间的说法叫作“孩子哭了抱给娘”。于是龙山区政府议事日程里便有了一份“关于盛华市场重大火灾隐患的整改报告”，政府多方协调，终于落实了几十万专项资金，准备对市场消防供水问题予以根治。然而事与愿违，市场经营户听说要将他们临时迁往大桥市场，没有人愿意接受这个会让他们生意上减收一半的“破方案”，于是当初在消防大队集结的队伍又转移到了龙山区政府大院，请愿的要求只有一个：人在阵地在，誓死不搬迁。仿佛上了没有出口的环形道，这找水的工程从终点又回到起点，整整兜了一圈。

关注与临时防范工作并没有停止，但已经严重脱水的市场在人们的观望等待中一拖就是三个多月。树欲静而风不止，"尽快"与"满意"都成了一厢情愿，常媛发现离当初自己的承诺已渐行渐远。

"丁零零……"火警铃声很少见地在上午九点钟左右响了起来。"市棉麻公司仓库发生火灾，迅速出动"，调度室用电台下达出警命令。正在训练场上的队员们飞也似地奔向车库，十六秒，车门打开，三十一秒，两辆战车全部驶离车库，但仅隔了数秒功夫，突然电台又通知让车辆返回车库。

支队参谋长翟卫东就站在马路对面的梧桐树下，他一边皱着眉头掐着秒表，一边观察人车出动情况。这不过是他导演的一次突击式拉练，火情正是他假定的，报警电话也是他安排支队司令部主管战训业务的赵参谋拨打的，这无中生有、旁敲侧击式的拉练，是消防部队上级下来暗访检查执勤战备情况的传统套路。

龙山大队水泥训练场上，地表温度在摄氏六十度以上，场边一条横幅上写着"流血流汗不流泪，掉皮掉肉不掉队"，这是消防部队执勤岗位练兵的一致口号。就今天这个气温，带一条毛巾上来就是一场免费的桑拿，这耐高温与耐严寒训练历来是消防部队的必修课。这便是所谓极限训练法则，通俗地说就是怎么难受怎么来，就如同射击课，步枪卧姿练习，一般安排在伏天的下午，人趴在地上有一种烙饼贴在锅里的感觉；而手枪练习，多放在冬季寒风凛冽，最好还有雪花飞舞的时段，很多人把脖子都缩到衣领里，偏偏要你把手伸直了练。夏练三伏，冬练三九，是有一定科学道理的。翟卫东的理念是不经淬火就出不了利剑，恶劣天气里能出成绩，在严酷的寒暑中做到得心应手，如果风和日丽岂不更加游刃有余了吗。还有一说，就是支队长高中原讲的：业务训练决不能玩虚的，打起实仗来，谁也不能当老天的家。

这消防技能的掌握跟唱戏一样，靠的就是练，台上一分钟，台下几年功。如今的消防业务训练，既要重视体能，更要注重装备运用，必须做到人与装备两者最佳结合，岗位大练兵的目标就是跟自己要斗志、向训练要战斗力。各类灭火救援车辆装备加上挂钩梯、两节拉梯、排烟风机、破拆工具(切割机、液压剪、扩张器)、化学危险品紧急堵漏洗消处置设施(可燃气体探测仪、堵漏栓、密封圈)、救生器材(空气呼吸器、救生气垫、生命探测仪)等等有上百种，没有年把功夫很难进入角色。多练即熟，熟能生巧，巧则事半功倍，事半功倍就是效率和战斗力的提升。

高强度的训练与安全性是一对矛盾。社会上很多评比中的所谓“出了事故一票否决”的评查规则，实际上是对“安全第一”的误读，弄得大家都对事故讳莫如深。就拿学校来说，小学不敢组织学生外出活动，中学放弃单双杠练习，甚至大学体育课里都不开设长跑科目了。支队长高中原在支队岗位练兵会上针对个别中队在训练中擅自降低标准予以通报批评。他说：“拳不离手，曲不离口，作为一支作战部队，必须彻底摒弃安全肯定一切、事故否定一切的思想，要在最大限度保障安全的前提下练出精兵。”

在火警拉练之前，翟卫东已经对大队的训练情况悄悄察看了许久。来到训练场，翟卫东又仔细询问了武刚夏季训练的计划与实施情况，之后他径直走到场中央，用一只手作为帽檐的延伸，抬头仰视了一下天空，然后面向大家高声说：“好啊，好天，好阳光，好样的队伍，大家辛苦了！”

“为人民——服务！”马文军按照阅兵的套路习惯性地接了一嗓子，发现大家保持沉默，只有自己独拔高音，于是憨憨地笑出声来。

针对检查发现个别大队擅自加大训练量和普遍存在的单兵技能训练多、合练少的现状，翟卫东说：“大家训练的热情很高值得充分肯定，但在训练中还须循序渐进，应懂得欲速不达的道理。知彼知己，百战不殆，灭火救援要实现拉得出、冲得上、救得下、打得赢，就一定要树立练为战的意识，训练课目实战化，假定模式多元化，针对性地研究战术战法，尤其是高层建筑、地下工程与隧道、人员密集场所、易燃易爆介质、地质灾害等五类典型灾害事故灭火救援要始终作为重中之重，必要时还应尽量走出去，以消防重点单位的现有条件为平台，多开展实战演练，特别是合成训练、心理训练和自身防护训练，注重总结经验，不断修正完善已制定的灭火救援预案。”

回去的路上，翟卫东又提醒同车的赵参谋：“消防训练坚决不能走秀，经验教训都告诉我们，没有完全一样的现场，消防处置必须以不变应万变。支队应站在全市高度加强实训指导，这按纲施训一定要授之以渔，那是带三点水的渔，就是要少发文件，少讲死战例，多教活方法，适当时候要统一组织跨区联合灭火救援演练，从思想、战术、装备到兵力配置等方面全方位做好打大战、打恶战、打持久战的充分准备。”

“是！跟着参谋长就是能学到东西。”

“收了，你什么时候也学会了语言加冕这一套！”

别看这赵参谋后面不带长，在参谋长面前的态度谦逊有加，但在一般人面前从来就没这么低调。要说他也算是全省知名的参谋，上过军校立过战功，留过日援过藏，就是有些恃才傲物，不太讨人喜欢。同样是参谋，你坐在那里忙事儿，他会神情自若地拍着你的肩膀说：“小伙子好好干，我将来一定会重用你这样的人。”在一次担任全支队业务比武竞赛的裁判时，面对动作失误的队员，翟参谋长还没发话，他先开了腔：“平时怎么练的就怎么比，不要紧张，啊，领导在与不在一个样嘛！”从此，人送外号“赵大官人”。

110 调度指挥中心是全市应急处置的前台。如今现代化的接警与监控设备已经实现公安机关 110、119、122 三台合一，为快速处置各类突发事件提供可靠的技术保障。

这天刚吃过午饭，电话又响了，打进来的拨号是 119，火警！

“喂喂，你是哪里？”

“我是 110 火警调度中心。”

“我找 119！”

“请问有什么需要救助的吗？”

“我们这儿失火了，赶快来救火！”

“地点在哪儿？”

“地点，嘿嘿，我们也不知道。”

“不知道？那我们怎么去呀？”

“你们不是有消防车吗！”说完电话挂断了。

通过话筒，接警员都能感受到对方的醉意与得意，很明显，这又是一起没有疑问的谎报火警。很快指挥中心锁定报警电话，110出警将几名醉酒滋事的青年擒获。

他们先是在电子游戏机房赌博，有一位竟然稀罕地赢了一笔钱，一高兴便请客喝酒。酒罢无聊，有人说是要实地检验一下，看看119火警电话灵不灵。这“火警戏消防”虽不比当年“烽火戏诸侯”，会带来丧权灭国的危险，但也属于典型的无事生非，扰乱了社会公共秩序，《治安管理处罚法》将该行为定性为蓄意谎报险情，大队报告区公安分局裁决，对谎报人予以拘留七日和并处五百元罚款的处罚。

对于这一处罚，还在半醉半醒状态的谎报者死活不愿接受，其中一个稍微清醒一点的说：“干啥都讲究熟能生巧，报警没干过，我们就是想练习练习。”

110那边说了，类似这样的假警每年都有数十例。有儿童谎报的，也有成人干的，除少数是手机打的，多数是用街头电话打的；有好奇的，有泄愤的，还有就是无聊滋事的，其中一位说是喜欢听女接线员热情亲切悦耳的话音，竟然打一枪换一个地方，一天拨打了十几次。

说起今天的这起谎报事件，常媛不禁有些纳闷地问杨安保：“你说这些年轻人整天无所事事，不是唱歌跳舞就是上网游戏，我不明白他们都吃什么喝什么。”

杨安保说：“他们吃的喝的不比你差，这些人都属于人类新的种族，生活方式是吃今天的饭，睡昨天的觉，花明天的钱。有的是啃老族，有的是月光族，还有食人族，靠偷抢扒拿为生，甚至影响到社会稳定，而且这已成为一种具有全球性危害的社会病。”

常媛笑着说：“有这么严重吗，老杨，你不愧是学法的，看什么问题都上纲上线到法制的高度，依我看你比较适合干个市长，依法治国一准会加快步伐。但我的看法不同，我认为如果换个角度看，任何事物都存在正反两面性，人之初，性本善，关键在于家庭教育与社会的管理和疏导。”

“嗯，还是你这样的心理学家通晓辩证法，看问题更加客观理性，你呀，更适合当个市委书记。”杨安保现学现卖，还给常媛一顶高帽。

“我们就相互吹捧吧，反正也不上税。”接着就是一串银铃声起。

十 三

秋高气爽的季节也是每年建筑工程验收的高峰期，许多开发商都赶在冬季到来之前竣工交房。雨燕花园申报消防验收资料齐全，大队按照承诺三日内组织现场勘验。

“现在这些人也忒能忽悠了，明明就那么几棵小树苗愣说是花园。”刘鸣是个务实的人，好把白纸黑字写着的事儿都当真。

杨安保说：“大队旁边的孔雀山庄不就是自己堆座假山，弄一个孔雀的塑像，你看到真孔雀了吗？还有过去角园那块能停十来辆车的地儿，开发后不是被改叫世纪广场了吗？这就叫商业运作，说白了就是商家炒作！”

听杨安保这么一说，刘鸣才觉得自己也和大家一样，就像当年的“司空”见惯，见怪不怪了。细想起来就是这样，工程方面怪事多多，曾有人投诉自己买了六十平方米的房子，实际可以使用的面积还不足一半；有人买房看图时一旁分明是草坪，等交房时却是一栋遮挡阳光的高楼；有人喜欢水系的灵动，看图是碧波荡漾，最后却是一条一步就能跨越的浅水沟。

世道变迁如沧海桑田，在很多上了一定年纪的人看来，当今社会大家习以为常的怪事还真不少，工程领域只是冰山一角。从前说书唱戏的、打把势卖艺的都不过是社会底层的角儿，辛苦一辈子就为养家糊口，如今有点能耐的都叫腕儿，他们或许代言一个广告就够普通人家吃一辈子；过去有好事都藏着掖着，现在高兴的事迫不及待地要拿出来“晒”给别人看；还有生活上，夏天盖着被子开着空调，冬天则开着空调吃着雪糕；有人几年不去探望一次父母，却跟饲养的小猫小狗无比亲昵，每日每夜形影不离。

消防验收历来是一项程序严谨的工作，而且实行的是责任终身制，安全上出了问题查处时采取责任倒查追究制，谁也不敢大意。从建筑总平面布置到单体建筑的防火间距、耐火等级、安全疏散条件、几十项基本消防设施都得实打实地查验，要擦亮双眼，而不能睁一眼闭一眼、打马虎眼。比如厂房，先要定性，是甲乙丙丁戊五类中的哪一类，然后才能定量评判是否合乎要求。外地就有一家金属加工厂，设计说明认为没有任何可燃物，是危险等级最低的戊类，结果消防安全设施不达标，抛光加工环节出了金属粉尘爆炸事故，几十人不幸丧生。

验收中有时一句话不交代清楚，就会弄出偏差，甚至越走越远。上回，一家洗浴中心验收，刘鸣说缺少自动喷水灭火系统，老板马上接话说，那个好办，两天就能改好。刘鸣寻思，两天上一套系统，这效率也太高了，但也没再多说什么，也可能人家力量强、兵马足，或者加班加点也未可知。等到去复验时，刘鸣哭笑不得，房间里全部通上了打上眼的自来水管，原来老板是把消防喷淋系统理解成了澡堂里的淋浴系统，还认认真真地说：“要不要现场试验一下，只要我把阀门一打开，就能自动灭火了。”

一个建设工程或项目，验收结论是否合格，不是验收人员说了算，而是以现场测试的事实说话，事实来源于仪器检测和各类功能试验的结果。杨安保要求不管是防火检查、工程验收还是火灾事故调查，能用仪器的地方坚决不作主观臆断，有人嫌麻烦提出不同意见，说肉眼都看得真真切切的还要动用仪器干什么，杨安保一句话就给堵了回去，说：“你没看过新闻报道？都看得真真切切的，怎么还会有狩猎者把大活人当野猪撂倒？”

验收中无论对于大工程或是小项目，建设方是外来者还是本地人，均一视同仁，不分大小亲疏。杨安保就曾对一位熟悉的老总推心置腹地说："你要是认识个开饭店的主，也许还可以捞个菜肴上的实惠，但交个消防队的朋友没什么实用价值，灭火救援谁也不希望用上，防火监督和工程验收方面，合格不会说你不合格，不合格的即便亲兄弟的忙也不能帮。"

看来面前的这位雨燕花园的开发商蔡经理并不这么认为，在验收现场除了跟杨安保套近乎就是顾左右而言他。

蔡经理先是介绍他们的房型，既有别墅、花园洋房，也有公寓、写字楼、商业门面、车位等等，总之只要你有需求，总有一款适合你。又问杨安保买房子没有，想买什么样的房子尽管找他，如果没有买，他手里还捂着房型很好的几套。杨安保早就听说这是卖房的学问和猫腻，刚开盘就在售房图表上贴上小红旗，显示销售的火爆，而且先开盘的都是位置相对较差的，而他们自认为最好的几套一般都放在最后才售出。

杨安保回答道："就是因为房子才把自己整成'负翁'的，可惜是负债的负，买房结果买了个'烦'。"

"你们部队工资不都涨了吗，听说在西方国家消防员的工资相当于教授级别。"蔡经理似乎对西方社会更了解。据说这位蔡经理也只是个前台经理，幕后老总远在日本，只出资，不问事，全交由这位多年至交负责。

对什么西方北方的事杨安保并不感冒，故意以一种道不同不相与谋的口吻说："那都是唯利是图、金钱万能的社会，而我们泱泱大国自古讲究仁、义、礼、智、信，这里边没钱什么事。"

蔡经理跟着又问："你们部队不是都有自建的公寓楼吗，为什么还要自己购房呢？"

杨安保说："购房不正好可以拉动你们的房产需求吗？"

蔡经理关心地问："你们有多少人需要购房，我们可以合作搞定向开发嘛。"

杨安保说："打住，这个问题涉密了。"

蔡经理越是不着边际地打岔，刘鸣越发觉得不对劲。室外消防设施验收小组正在进行现场水压和流量检查，这一查不要紧，消火栓里边一滴水都没有，而且还随着人的操作活动起来，配合验收的战士稍稍用力一推，消火栓便连根拔起。原来这消防水源原本就没接通，安装的是一只下面没有连接给水管网的“胡萝卜栓”。

蔡老板一看当场诈和，转身对施工队的负责人训斥道：“怎么能这样干呢，我看你们的施工费是不想要啦！”

那位负责人说：“都是我们的错，回头立马改正。”在他们的眼里，验收人员只是“判官”，开发商的老总才是得罪不起的“上帝”。

杨安保一看这明摆着是在演双簧，说：“验收的组织者是甲方，报验之前有一个自验的程序，有问题你们应该负主责。”

蔡老板连忙解释说：“工期太紧，再不交房就要赔款了。”这是许多工程验收通用的理由。

刘鸣有些纳闷地问：“我发现住宅建筑验收都有类似的情况，好像总差消防验收期限内这三两天，当初那交房的期限不都是你们自己定的吗？”

蔡老板仿佛没有听见刘鸣的话，说：“那我们写个承诺或者赞助点钱可行？哪怕罚点款也行。”百家姓不提赵，张嘴就是钱，财大与气粗历来就是一对连体儿。

杨安保说：“蔡总，如果收了你的赞助费，那性质就相当于变卖公文，我这个大队长迟早要降格成你们公司的专职消防队长。搞好服务是我们的承诺，但这水源是消防验收的刚性条件，没有可以让步的余地。”杨安保把话说死，目的是在执法中不让对方觉得有迂回的空间。

蔡老板想花钱买通畅，是当下不少人的经验做法。苍蝇不叮无缝的蛋，有些行政执法重处轻治，好以罚代法，执法的车轮容易被经济杠杆阻拦。只要变通有门，有人便充当中介角色从中牟利。黑中介靠收取高昂的中介费过日子，把一些不收费的项目行政许可说成收费，把收费低的往高里说，左右逢源，坐收渔利，就像黄牛党一样，黑中介已然成为一种职业。针对最近发生的多起黑中介诈骗案件，省消防总队就专门通过电视媒体向社会了发布了关于消防审核验收不收费和提请当心被黑的通告。

央求与拉拢都是徒劳，见杨安保铁了心，蔡老板最终死了心。而后，雨燕花园依照国家标准要求完成了全部安全配套设施，并按照当初的承诺向业主兑现了超期赔款。

不打不相识，现在的蔡老板与杨安保成了知己，他主动提出要来大队慰问官兵，慰问品是两台电脑和一箱公司冠名并印有消防广告的纸杯，随后又应邀参观了消防荣誉室，现场观摩了消防技能演练，并在大队食堂就餐，切身体验了一回部队生活。雨燕花园的后续项目做成了遵章守法的样板工程，验收时间上也不那么只争朝夕了。杨安保则聘请蔡老板当了大队社会法制监督员，希望他多多关注消防事业，为消防执法和部队建设呼吁、献策和监督。

如今的蔡老板不仅了解了《消防法》，还了解了消防部队，而且在他的极力撺掇下，应届高中毕业的儿子虽然考出了高出一本线很多的高分，却自愿放弃名校，以第一名的成绩考进了武警消防学院工程系，专业为建设工程消防性能化。

岁岁中秋，今又中秋。龙山大队院内金桂绽放，清风徐来，芬芳四溢，官兵们常常忍不住要驻足闻香。大队从经常性战备转入二级战备，所有人员被限制外出，只可以在营区内自由活动。每当重大节日来临，对消防部队来说反而不如平日里轻松。节日加强战备，从上级机关的视频调度会开始，到节日的第二天交接班结束，从列兵到主官，从精神到躯体都要紧张起来。

大年大节有欢度的传统，人们大都放假在家或外出消遣娱乐，公共场所人员集聚，物资囤积多，用火用电多，燃放烟花爆竹多，淡忘安全的情形更多，忧从喜中来，乐极而生悲，火灾发生的概率曲线像牛市的股指也攀升至一个高峰。长淮历年的火灾统计表明，重大节日火灾发生率是全年火灾发生率的两点八倍，好端端的节日对很多人来说则不幸成了“劫日”。消防出警之频繁并非常人能想象得到的，有时一个大队一宿要出动几十次，官兵们都有恨不能分身的体会。若报警在同一个时间段里，还要调邻近的大队驰援，大家甚至顾不上吃饭、上厕所，任务重的队他们干脆和衣而睡，可谓数分读秒，枕戈待旦。

秦帅、徐辉等人在芳香中漫步。徐辉说，几年前的大队你不清楚，杂草丛生，灰土遍地，队员们都说那环境还不如市郊的高桥监狱。如今你往这里一站，那正好就是“色香味型”四个字。秦帅不解，问什么意思，徐辉说：“你看这营区的景色、花香、品味加上你这个型男，不都齐了。”

上午，大队要出一期板报，肖和平、秦帅、江南俊以及文书小冯忙活了大半天，到最后还是有一个小版块没有合适的内容，秦帅说交给我吧。到中午吃饭时，肖和平发现，那板报的空白处被填进了一首短诗，那是秦帅的习作《梦想失业》：

失业，一个披挂着危机的字眼
一件世人背负了许久的恐慌
恐慌？
不，那是心底难言的奢望
失业，你梦想着
没有烟火惊扰的宁静与祥和
屡屡梦断，又屡屡地痴想

战斗，军人的职责与荣光
没有战斗不再是军人的遗憾
遗憾！
是，人们总是那么健忘
记不牢水火无情的分量
淡忘烈火过后的烙印

一处处经久不愈的伤疤

失业，你憧憬着
那没有战斗的日子成为平常
屡屡自嘲，又屡屡地梦想

肖和平一看便知这是秦帅的原创，说："帅弟，只看到过你的腹肌，没看出来你小子肚子里还有这等规格的墨水！"秦帅拱手回应说："见笑，小巫这里叩见老巫。"因为秦帅知道，肖和平才是全支队公认的诗人。

就是这首小诗，之后被来大队检查的总队一位副政委看见了，他在讲话中特地就此作出点评，说："没想到你们龙山大队还真是藏龙卧虎，当代消防军人就是应该这样，能文善武，文武兼备，这才叫'铁肩担道义，妙手著文章'！"

官兵文化素养的提高主要得益于警营文化活动的普遍开展，活动倡导消防官兵争做多读书、喜文艺、勤思考、爱创造的人，培养官兵追求真知、真情、真理和热爱生活、奉献为民等崇高而永恒的价值观，它能够帮助官兵在消防事业中塑造起更具文化气息和情趣的人格魅力。现在，消防文化在百姓生活中的影响越来越大，越来越深入。当人们喝茶的目的不再为了解渴时，"茶文化"产生了；当人们穿衣的目的远远超越了保暖需要，"服饰文化"发展了；而当"消防"在人们心目中的价值不仅是防火减灾的一个角色或者保障工具时，"消防文化"自然成为关注的对象。

火，是一种带有神秘色彩的物质存在方式，它是自然界特有的一种现象。关于火，世界各地有着很多古老的传说，也有很多传奇故事，其中蕴含着人类对火无尽的崇拜、敬畏和无奈。火确是人类亲密的伙伴，它与人类的繁衍生存息息相关，在推动人类文明进步的同时，又给人类带来了千灾万难。消防文化的传播，有利于人们对火形成更加全面客观的认识，学会把握它的命脉，学会与它达成状态更佳的和谐与默契。今天，很多消防文化的符号已经为人们所知晓，诸如火镰、阳燧、祝融、螭吻、火凤凰、长城上的烽火台、徽派建筑中的马头墙；还有更多的史料、典故、轶事正在源源不断地被整理出来，以飨世人，诸如“年”、“爆竹”、“太平缸”、“寒食节”的由来与阿房宫、承天门、圆明园的灭失以及曲突徙薪、燧人取火、普罗米修斯盗火、新官上任三把火等经典传奇故事。

中秋日的下午，杨安保收到哥哥杨安宁发来的短信息，说今天本来讲好要到母亲那里过节，但因为来了个大客户要接待，无法兑现了，提醒杨安保别忘了给母亲打个电话，以免老人在担心、寂寞中度过这一团圆佳节。杨安宁转业后现在一家大型民企担任副总，负责建材销售。杨安保回信息调侃说，老总就是老是忙，总有应酬，老没时间，总身不由己。

部队这边更走不开，主官必须亲自带班，遇到出警还要跟班作业，没办法，自古忠孝两难全，只能又一次以言代行隔空问候了。

刚发完信息，杨安保隐约听见有人轻声敲门，像是用手指的非骨骼部分敲击发出来的音，来者似乎有意不想惊扰到其他房间的人。

“请进！”应声而入的是某消防工程公司的葛老板。葛老板是老熟人了，说没有别的意思，过节了来看望一下领导。说完顺手塞过来一个红得鲜亮扎眼的红包。

“你这意思大了，还说没别的意思！”杨安保半开玩笑地说。

“人之常情，一点小意思只是表达一下心意。”葛老板说的是实话，因为这只是他资产的九牛一毛。

“谢谢，请收回你的心意，因为我的心意你并不了解。”杨安保虽然拒绝了，但态度是温和的。

令杨安保没想到的是葛老板将红包往桌上一丢，抬腿边跑，速度之快捷堪比消防出警。

“回来！”就在葛老板快要夺门而出的时候，杨安保一声断喝把他吓得震住了，他没想到杨安保的态度怎么会瞬时判若两人。

杨安保的办公室在走道的最东口，这种“不由分说、撒手西去”的送礼方式，杨安保已经不是第一次见识了。

"大过节的，你不收我实在是过意不去。"回到室内的葛老板有点诚惶诚恐，连坐也不敢了。

"我就明白地告诉你，我每周与我的老母亲通一次电话，几乎每次她老人家都要告诫我不能收别人钱物，你偏要让我收，你说我是该听你的，还是听她老人家的呢？"杨安保觉得这样的拒绝方式比说组织纪律似乎要更奏效。

果然，葛老板似乎顿悟了，连说三个"理解"。

杨安保情绪平复，又补充一句："以后还是朋友，你看这样我们的关系不是更自然吗！"

葛老板又连说四个"是"，二人握手言别。

晚饭后，小黄给每桌分发了月饼和水果。一时间徐辉突然有一种奇幻的感觉，他发现似乎眼前的东西都是圆的，圆桌圆凳，圆形的盘碟和盘碟中的月饼、红富士苹果，窗外最抢眼的是天上的满月，进了执勤楼第一眼就看到楼道里的一溜吸顶灯罩、火红的电铃，再就是房间内一串反扣在墙上的大盖帽。如水一般清朗的月色泄洒在营区的空地上，也洒满长淮的每个角落，给万家团圆的佳节增添了温馨和恬静。

触景生情，徐辉想起了家乡一样明丽的月亮、从早到晚忙碌着的父母亲和相处了两年的对象小丽，还有营区见不到的青山绿岭、白墙皂瓦、竹林老井。虽然躺在床上，但辗转反侧一直到夜里十一点多，徐辉仍然没有一丝倦意。

要不怎么说人都是感情动物，谁能是铁石心肠，就这样一支不怕苦累、敢打能拼的队伍，所有人最不能承受的反而是打发这被誉为佳节良宵的美好时光。书到用时方恨少，情到深处人难持。这世间情为何物，从古人到来者已经问了千年，或许就是一把双刃剑，情能怡人动人，忠贞的爱情至死不渝，痴情的境界可至"山无陵……天地合，乃敢与君绝"；情亦可噬人伤人，古人所谓二桃可杀三士，士为知己者死，个中无形之刃也正是那一个情字。

然而，火是不讲情的，又应了“天有不测风云，月有阴晴圆缺”这句老话，就在夜里十一时四十分，一起突发的棚户区大火让连着的三个家庭受灾，也彻底冲散了所有人的思乡之绪。连现场的群众都说，如果不是消防车来得快，控制及时，有可能三十多户人家都要露天面月了。

灭火归来已近凌晨一点，几个人的衣服全被淋湿了，徐辉一边脱下靴子往外倒水一边笑着对秦帅说：“节日快乐！”

秦帅疑惑地提醒道：“老兄，有没有搞错，中秋已经过了。”

徐辉将手指上蘸着的水向秦帅的脸上轻轻弹了一下说：“傻了吧你，泼水节！”

十 四

古人根据经验总结说福无双至，祸不单行，而对于龙山区的经纬大市场来说可谓多灾多难。中秋后的第八天，大市场里又生火患。

该市场的火灾隐患一直较为严重，龙山大队已经将其列为全区年度五大火灾隐患之首，但由于市场主办方重视不够，以种种理由拖延整改时限，无奈之下，杨安保决定用舆论监督的方法让它亮亮相、现现丑。就在火灾的前一天下午，杨安保才邀请电视台记者对市场隐患情况进行了透视性的扫描，专题片正在制作之中，不日就将在全市曝光，不想还是慢了一拍，让火灾赶在前头了。这是该市场一年之内发生的第三次火情，而且三把火一次比一次大，这次损失尤为惨重，初步统计有四十余户受灾，直接财产损失约六百余万元，个别商户一家申报的损失就超过了五十万元。

遗憾的是只有不到十分之一的商户投了保险，而且保了险的也不一定得到全额理赔，保险公司说了必须提供有效的证明材料才能赔付。这有效材料主要是指最近几个月来的进发货单与合同，而很多商户的材料就放在商铺内，火灾像秋风卷落叶一样将其掠走，索赔者成了吃了黄连的哑巴，一个个有苦说不出。这种理赔难也正是许多商户不愿在火灾前投保的原因所在，你越不赔我越不保，结果导致火灾保险业的恶性循环。

其实，长淮的民众对保险业颇有微词不是一天两天了，都说保了险也不保险。不光是火灾保险，对于车辆事故保险公司也有不赔的多种理由。一次，杨安保爱人开着的私家车停放在路边被别的车子刮了，由于没有监控，找不到肇事车主，这边保险公司死活就不予受理，理由是规定很明确，只有投保车的车主负全责才可以申请赔付。

杨安保说："什么逻辑，这样的规定显然不合理，我们总不能再开着车子有意往哪里蹭一下吧。"

武刚说："哎，你还别说就有人这么干，人造一个自己全责的事故现场，保险公司就认账。"

杨安保说："那你要是投的人身伤害保险，头被人打烂了，肇事者跑了，你还得找个石头去撞一下吗？"

这次经纬大市场的火灾处置给长淮造成的负面影响较大，省消防总队调集长淮周边两个城市消防力量赶来增援，成为本年度全省首例跨区域灭火救援战例。

火灾事故调查组在第一时间成立了。就像命案必破一样，这类大火原因直接关乎赔偿、问责、处置等多项后续工作的定位取向，政府明确要求必须查个水落石出。

火灾现场勘查可是个艰难困苦的活儿。艰难在于大量的现场残留物需要不断清理，要有民工的那把子力气；要从一片狼藉般的现场中捋出线索、找到铁证，必须细致再细致，跟绣花的女红可有一比。困苦在于下有尖锐的碎片、瓦砾甚至是铁片、钢钉，上有摇摇欲坠的屋架、危墙，穿上靴子、戴上头盔又沉又捂，不穿戴就相当于工地上施工不着安全鞋帽，中间则不是你想象中的自由呼吸，可能吸进的混合物中有燃烧产生的烟气、灭火水渍生出的蒸汽和固体灰烬的扬尘。一般火灾后都会房倒屋塌，没有了任何遮挡与庇护，冬日临风、夏日暴晒都是必须直面的考验，现场每个人的感觉就像电子仪器出厂前被放置在特地设定的异乎寻常的温度、湿度环境中进行耐受检验一样。

支队为了培养火调人才，专门成立了火灾调查技术兴趣小组，刘鸣与支队火调工程师小崔都是久经考验的老牌子，其他还有几位新手仍在接受调教与磨合。小崔跟大家说火灾调查虽然辛苦但还是有一定的成就感，主动权掌握在自己手中，最大的成果就是还原火灾成因事实真相，事故责任得到彻底澄清，不似火灾隐患整改，改不改东家说了算，最郁闷的事莫过于眼睁睁地看着隐患成为祸患。

别人不问调查的过程，大家只要结果。火灾调查之所以容不得半点马虎，是因为后续的责任认定与事故处理都以调查结论为依据，前面出现闪失，后面难免全面跑偏。本省某地就曾经有个典型的错案，一座仓库发生大火，调查中出现不应有的失误，认定为吸烟引起，几年后有人盗窃被抓，招认当年那起火灾是他盗窃后为毁灭罪证纵火所致。这样一个败笔，既给工作带来诸多被动，也成了火灾调查史上的一大笑柄，当然要被收录进专业培训课上的反面教材。

环境勘查与室内初步勘查首先排除了外来火源致灾的可能。火场细项勘查锁定了最初起火的二十三号商铺，房屋内残留着一个被严重烧损的纸箱，里面一只“热得快”进入了勘查人员的视线，顺藤摸瓜，“热得快”残骸的另一端还与电源插线板连接着。结合询问组了解的情况得知，原来是二十三号房主用电饭煲烧午饭，结果“热得快”成了“烧得快”，一把人造的大火就此出笼。

刘鸣很精于扑克牌一种叫做“掼蛋”的游戏，是大队官兵同乐活动中十五个参赛组的冠军。他说好牌谁都会打，真正的高手不在乎别人怎么出牌，也不会埋怨牌差，而是去最大限度地把一手烂牌打好，就像一个单位不管外界有什么不利因素，更不强调客观，而是积极主动地挖掘内在潜力，创造条件，保障安全。

关于这起火灾的成因，刘鸣在案情分析会上向大家发布了他的“黑色同花顺”理论。“同花顺”是扑克游戏中的一个术语，意指同一花色且序号相连数张牌的组合，游戏规则规定它能赢下其他各类组合牌型。当然，能够抓到这样的一手牌几率很小，换言之牌主幸运指数较高。火灾的形成同此如出一辙，只不过牌主抓了个“黑色同花顺”。许多火灾事故的发生，起始都是由于“疏心”即麻痹大意埋下祸根，但还需要一系列的内外在条件，当这些条件一应俱全且连贯形成隐形“同花顺”时，潜伏着的火魔就会以幸运儿姿态现身，于是反客为主，当局者势必沦为不幸的输家乃至受害者。火灾的发生原因只是最后的溃破，但正如压死骆驼的不是那最后一根稻草一样，一起火灾从隐患孳生到萌芽、发展再到爆发并扩大成灾都有一个潜滋暗长的过程。

每一起火灾的背后，都隐藏着这样一个魔咒般的同花顺。与扑克牌的同花顺两相比较，不同的是前者全倚靠牌主自己的运行，后者的牌都是人们自己在经意或不经意中帮助火魔积齐的。

刘鸣说了，那位个体经营户在市场中经营服装生意，住所就在市场中的一间出租屋内，住处兼作库房，这个“三合一”的布局成了火魔掌中的第一张牌。如果没有安全可靠的防火分隔措施，一旦火灾突发，此类场所现场人员免不了都要经历“浴火重生”。也就是这个住所，一栋两层楼的老建筑，砖木结构，按照消防技术规范的提法，即建筑耐火等级低，只能达到三级甚至四级。住所内的木地板、楼梯乃至房梁都是木质结构，还存放有大量货物与杂物，正是这个建筑的先天不足派发给了火魔第二张牌——足够的“食物”。

临近中午，经营户的女主人趁生意间隙回到住所，主要任务是将电饭煲内的剩饭加热。电源从墙上引出，外接一个多孔插线板，使用的电器除了电饭煲外还有一个电热得快。也许对于生意人而言，时间就是金钱，女主人将插头插好后就匆忙回头去看摊子去了。人走断电是电气防火的一般常识，现场监护既可以防范安全事故，也能在事发后的第一时间内发现和处置。然而女主人就是没拿它当回事，生生地塞给火魔抓走了第三张牌——违章用电。

凡事一分为二，电的发现与应用为人类社会发展发挥了巨大作用，但同时也为火灾降临搭建了一个全新的平台。对这个好作祟的电老虎，无论是防火还是其他安全方面，都时刻不能掉以轻心。本案中的女主人却在这方面犯下安全大忌，忙中出错，误将电热得快的插头当作电饭煲插头连到接线板上，也就是说本想热饭，却接通了烧水的电源，这无异于乌龙球的一举成了那张让电孵化为火的王牌。

电热得快是简易的烧水电器，一般插在热水瓶中使用，但当日女主人并未打算烧水，所以，电热得快也并未放置在热水瓶中，而是“宅”在自己一贯的蜗居里，这蜗居很简陋，就是一只废弃的纸盒子。这正是火魔觊觎的第五张牌，也是隐形同花顺里的最后一张牌——热得快放置不当。当电源接通后，热得快一直处在干烧状态，直至烟生火起。

由于无人在场，火灾未能及时发现而一发不可收拾，最终酿成大祸，所幸未造成人员伤亡，但数百万元的物资财产已在人们惊愕的目光中灰飞烟灭。

反观火灾成因与事故教训，一定不能简单地归咎于那只热得快，因为其中的每张牌在同花顺中都是上承下接的一个环节，正如老鼠咬电线的火灾总不能捉拿耗子问罪一样。

火灾查处三部曲：查清原因、追究责任和善后处理。

市龙山宾馆会议室。市政府领导正与十余名受灾户代表一起召开善后对话会。杨安保列席会议。

“我们要求得到损失补偿！”“我们要尽快恢复经营！”“我的货物都是贷款买的，没法还了！”受灾户代表七嘴八舌地争着表达己意。

“不要吵，请保持安静！”参会的市政府乔副秘书长不停摆手让大家坐下。

“不要手招得像被水淹了似的好不好，你能做主吗？不能做主就让当家的出来说话！”会场不仅难以安静，有人甚至开始语言攻击。

“有话好好说，不要激动！”刘建雄副市长示意让大家克制情绪。

“我们不是激动，是愤怒和郁闷！”有人拍案而起。

“火灾已经发生，大家要面对现实。”乔副秘书长试图缓和对话的节律。

“说得轻松，烧到谁的皮肉谁才疼，没烧到你们家！”一位妇女开始指着乔副秘书长的鼻子说话。

“这叫什么话！”乔副秘书长看不下去了。

“这叫中国话，不赔钱说什么都是废话！”

“你……”

“老乔，不要跑题。”刘副市长打住了乔副秘书长的话。

第一次对话会变成了一场彻头彻尾的对台戏。

政府既要平复大家的怨愤，还要考虑市场秩序的恢复和如何强化下一步的安全管理问题。经营户要的是自己的利益，极少有人关注灾前灾后安全保障的事。许多人都在追求利益最大化，却把安全工作当作一个负担，而不是一种心安，这正是很多火灾发生的症结所在，就像大仲马在《基督山伯爵》中所说的那样，上帝给了人类有限的力量，却给了他们无限的欲望。在很多人都争相追名逐利的这个世界，利益像个宠物，集万千宠爱于一身，而安全是个责任，在许多人眼里就像个臭屁虫，谁也不愿招惹它，一碰就是个事，多一事不如少一事。如果硬要说此去不经年，安全终有期，那应该是什么时候人类进化到对安全的敏感变成一种天性，就如同孩子生下来就会吮吸母乳那样，灾害自然就不再是我们的一大烦心的事情了。

后面又连续三次对话，杨安保均没有参加，据说都像朝核问题“六方会谈”一样只开花不结果。不过最终的善后处理还是形成了方案，经营户的损失由于票据烧毁无法核对，也就无法给予相应补偿，市政府拿出两百万元，每户两万作为恢复经营启动资金，剩下一百余万用于市场建筑修复和重建。

就在这尘埃即将落定的时候，半道里杀出个程咬金，有一个人到区公安分局自首，称经纬市场之患是他放的火。虽然消防大队的调查是严谨认真的，但对这样的节外生枝区政府不能不当回事，程序必须走下去。

难道调查组的结论错了？如果没有错，那么此人又没有精神障碍，为什么要说谎话硬要往自己身上揽责呢，难道还有人自愿要去领受那牢狱之灾吗？疑团使本来就让人闹心的火灾再添波折，杨安保说，即使前面的火灾原因认定是查实的，也必须因此人的自首而予以推翻，这在司法上是查否程序。

市公安局一位分管局长亲自率队组织复查。他对调查组说起他过去曾经参与办理的一个案子：村子里一家几口人中毒死亡，有人偏偏投案自首说是自己投的毒，后来查明惨剧是那家老太误将农药当酱油炒菜酿成的。投案者与那家有积怨，事后他翻供说如果当时不投案可能就要被当作投毒者而活活打死。局长举案说法的目的只有一个，就是告诫大家一定要慎重从事，办案就得办成铁案。于是，已经解散的调查工作组成员们又复岗了。

不过很快查明，此人是个流浪汉，曾经两次因为抢劫被劳教，父母均已不在世，由于他不走正道，好逸恶劳，其他兄弟都宣布与其断绝了关系。两进两出之后便常年流浪街头，平日里就睡在市场里面，依靠别人施舍过日子，近来施舍的人越来越少了，便想念起劳教所的时光，觉得那里有吃有穿，倒是个不错的栖身之所，不如自己找个理由回到里边去，于是就萌生出自首的想法，当天他已经两顿没吃上饭了。

"民以食为天，他是饿急了。"案情总结会上，区公安分局的刑警大队陈大队长跟大家说："不怪他有这样的想法，这与现在劳教所里的条件改善有很大关系。前不久我们去所里办案时，工作人员跟我说了一件真实的事，去年有一个偏远地方进来的犯人，一边吃着红烧肉一边认真地对狱警说：这伙食不差，过些日子让我老爷子也过来。"

在区政府组织召开的火灾事故总结会议上，杨安保做了事故原因的中心发言。他说，对于灾难的教训，历来都有两种极端心理：一是视之为小概率事件而麻木、侥幸，认为事不关己，讳疾忌医；另一类则心生恐惧而谈火色变，或以为这火魔日夜如影随形地蛰伏在身边，事故在所难免，火患防不胜防。实则不然，火魔不过是个傀儡，它喜好收集人们的种种无知、过失与不设防之下的纰漏，说白了，火患极少天灾，九成九都是人祸，正所谓祸福无门。安全不是游戏，玩砸了可以重新开局，那"危"字之下便是"厄"，但其规则是允许你深思熟虑,允许你改过自新,抓安全不仅要用居安思危的理念掌控全局,还要提前做好应对各种坏局的准备,关键在于你的一举一动是否中规、靠谱,最忌以身试法,令不行、禁不止的违法违章行为无异于为"火"作伥。

事故也给全市上下上了一课,特别是让那些对消防安全"弱视"、"斜视"、"近视"者,再一次领会了"安全第一"的要则,认识到找准立场,不与火魔为伍,铲除火患于萌芽出苗之际,这无论对于保护公共消防安全大气候,还是净化个人生存的安乐小环境,都是不容争议的三个字:必须的。

"作之不止,乃成君子",安全形势的维护靠的是全民自觉行动。灾后处理的"四不放过"之一就是要汲取火灾教训,让相关单位接受教育,以免重蹈覆辙。市政府及时启动了在全市开展商场市场消防安全专项整治工作。

为了配合整治,营造消防氛围,大队对龙山区五十多个商场市场的消防管理人进行集中培训,普及消防法律知识。培训是全免费的,杨安保没想到竟然有那么多人请假,还有些负责人自己不来随便找个替身,更有甚者让人啼笑不得,打电话过来说参加培训班耽误了做生意,问杨安保学习班上每天每人能贴补多少钱。

"火都烧到家门口了,还是不能引起大家的重视与理解,可见那些人是何等麻痹。这麻痹最可怕,就像温水煮青蛙,我真替他们捏把汗。"刘鸣对此甚是不解。

杨安保说:"家门口算什么,你没听说过家里起火了还有人要把戏看完的故事吗?人的素质有高低,性子也不一样,有人慢,有人急。"

其实,杨安保说的只是一个笑话。说古时有户人家里失火了,主人当时正在戏院看戏,儿子跑去向他报火警,主人却不急不慢地问:"火烧的大不?"孩子急了:"你说呢,都快烧完了!"那人闻听后反而镇定了,说:"那只能赶一头了,一起把戏看完吧。"旁边看戏的那位急性子不干了,站起来就给主人一耳光,说:"家里都起火了,你还有心思看戏!"主人的慢性子让人啼笑皆非,急性子却也急得离谱,你打他干什么,人倒是要问,到底谁家起火了。

培训班如期开讲。

杨安保作了开班动员，他在分析了当前的火灾形势后总结说："以我们本市近几年的火灾为例，有人为了省钱而砍掉消防设计失了火无法自救，有人经营不善自己放火骗保，甚至还有人为了赶走生意上的对手竟然在人家店内泼油纵火。人性存在弱点，这些弱点在文艺作品中被放大了就产生了喜剧效果，如果在消防安全中被放大了就会酿成悲剧。健康是寿，平安是福，做好消防工作要坚决防止说起来重要，做起来次要，忙起来不要。"

武刚带领全体参训人员来到大队操场，进行油料火灾、液化气火灾扑救实地操作演练。演练前，他向大家详细讲解了常见消防设施与器材的功用以及使用方法。讲到灭火器使用的操作步骤时，他说："动作要领就是两个字：拔、压，即拔下安全插销，压下压把，注意我讲的是拔压，不是拔牙。"

有人问："直接压不更简便吗，还要拔一下干什么？"

武刚说："安全插销可以防止灭火器被随意按压而误喷洒，就相当于您家的酱油瓶盖子，有不盖盖子，直接倒酱油的吗？"大家都会心地笑了，原来灭火器使用就跟拧开盖子倒酱油一样简单。

刘鸣一个人讲了一天，上午讲的是防火基本知识，下午又全面地解读了现行的消防法律法规。他提示大家要将遵守防火规则当成一种习惯，说有两个理发店学徒按师傅要求天天练习给冬瓜剃毛，其中一个练得很快，每次完工时一高兴就随手将刮刀插在冬瓜上，结果出师后第一次给人剃完光头就差点在别人头上插上一刀。故事虽然有点夸张，但消防安全中确有许多习惯是必须做到的，如随手关门、上床灭烟、人走断电、停火关阀、到有火灾危险的场所遵守安全规定，到陌生的环境中先要观察安全疏散的通道出口，等等，每年都有许多火灾成为反反复复的案例教训。

在培训班的小结中，刘鸣说："消防知识并不复杂，难在一贯地坚持；消防法律法规也并不深奥，关键是能否自觉地遵守。"这时，桌上设定在振动模式的手机"嘟嘟"地突然移动了起来，话筒发出一阵吱吱啦啦的响声，为了不耽误大家时间，他看都没看就干脆关机了，然后接着说："好人一生平安只是一种良好的心愿和祝福，这并没有什么科学依据，要我说这句话更改一个字就对了，叫作高人一生平安。我说的高人，并非特指那些修行得道之士，而是具备防范和应对火灾等各类灾害与突发事件基本知识技能的人，有备才会无患，有恃方能无恐。所以最后我要告诫大家，消防工作不只是消防部门的事，全区成千上万家单位和家庭，如果自身不重视不设防，必然会导致火灾频发，光靠消防队几十口人即使武装到牙齿也无济于事。”

消防培训可谓苦口婆心，杨安保和刘鸣都在讲话中把消防与平安幸福联系在了一起，因为他们深知消防工作的关键点不是知识储备，而是民众消防法制意识的强化和安全责任理念的升华，这才是消防大业之躯内的任督二脉。

这世上最宝贵的东西往往是最廉价的，却因此得不到世人珍惜，现实中就有很多怪异的现象实在难以称为明智。非等到水至污而无鱼，在付出高昂代价后再去花重金治理；空气中雾霾爆表了才大梦方醒，不得不过起戴口罩的伤感生活；作奸犯科者自由丧失了才对所作所为追悔莫及，毁灭于灵与肉的自戕。消防安全需要的是未雨绸缪，容不得临渴掘井，但许多人压根儿不把隐患当回事，习惯于带病生存，直至烟生火起，才在苦痛中感悟平安就是幸福的道理。

培训一结束，刘鸣打开手机，显示的是三个同样的未接电话。来电的不是别人，正是自己的爱人小田打过来的，也许是连续几个小时的关机引起了她的担心。尽管小田那边听到的彩铃声是温馨婉转的萨克斯曲《回家》，但实际上为了这次火灾查处和全区大检查，刘鸣天天接近夜里十二点才休息，小田本身就睡眠不好，由于怕太晚了再吵着她，于是就睡在大队，一晃已经三个星期没有回家了。

“你可认得回家的路了？!”小田是位小学低年级的班主任老师，说话也像是在调教孩子。

“放心，绝对不会摸进别人的屋子。哎，孩子怎么样？”

“你还记得孩子，孩子是自己的好，对吧？”

"说正经的。"

"谁有功夫说不正经的,打电话给你就是告诉你,老大一早感冒发烧了,我担心别是染上甲流,学校已经出现几例了。这孩子最近学习成绩也在下滑,我前天检查他的作业,题目要求用'子夜'造句,你知道他怎么造的吗——小明家的房子夜里着火了。"

"嗯,你别说他还确实是消防员的血统。"

"还自得其乐,你改名叫刘阿Q算了,记住付出才有回报,掐指算算你为带孩子付出了多少。天凉了,夜里出警多穿点儿,别总把自己当小伙子了。"

嗔怪与关爱夹杂在一起,和着牵挂,再加上心底沉淀已久的愧疚泛起,刘鸣心里一时间五味杂陈。

当年,他们的相识也是缘起一次火灾。小田家里的一间出租房晚上莫名其妙地着火了,但租用的人称当时已经打烊,自己店门是关闭的,而且卷帘门在火灾后也是落下的,因而自己推断是祸起萧墙,怀疑店内的电线出的故障,果真如此,他就要向小田家索赔了,火灾的损失申报表上填写的数字是七十万元。对于这种有可能发生经济纠纷的案件,消防大队向来是重视度最高的,结果火灾认定书送达到了双方当事人手里,小田一家人才松了口气,鉴定报告排除了电气火灾的可能,火灾原因系当晚店铺对面的饭店有人办婚宴,燃放的礼花弹从卷帘下方的缝隙中进入店内引发的,通过监控录像锁定了燃放礼花的两人,店主的诉讼对象明确了。这宗案件的主责承办人正是刘鸣。

火灾调查是按照法定程序完成的,随着卷宗整理完毕和档案建立,调查工作就此结束,但故事的续集却刚刚开始。案件办理中,刘鸣给一个人留下了深刻的印象:小伙子一身中尉警服配上一米七六的个头,挺拔、精神,态度和善,说话办事有章有法,一看就是认真靠谱的人。

那个人不是别人,正是小田的母亲。从年龄层次看,刘鸣也与小田差不多,都说找对象如果要找军人,少尉太小,上尉太老,中尉正好。后来,她经打听确定小伙子还没有对象，便托人作伐，再后来，小伙子就成了自家人了。

恋爱中，小田还用脑筋急转弯的方式考了刘鸣一回，问："这世界上有那么多漂亮的、聪明的女人，你为什么会选择我呢？"

刘鸣未加思索地随口说："漂亮、聪明能当饭吃吗？"

小田反问说："那你就是认为我既不漂亮又不聪明喏？"她自己兜了个圈子，反而把莫须有的不敬之责加到了刘鸣身上。

刘鸣有点儿被兜懵了，傻傻地半天没有应接的词儿。

无声胜有声，小田要找寻的正是这种根植于心而又游离于智商与情商之外的那份质朴与淳厚，这是与生俱来的原生态气质，诚实善良者仅有，玩世不恭的伪善者绝无。

谈对象那会儿，小田刚从师范学校毕业分配至学校工作，由于学校离家较远，每天往返几十里地去上班，刘鸣看在眼里感受在心里。为此，他还专门在"长淮周末"的教师节特刊上发表了一篇题为《小妹》短文，由于没有领证，怕被战友们知道了不好意思，文中他对小田只能以小妹称之，而且署了个笔名"晓鸣"。

小妹前年二十一，今年二十三。前年自己还是一名学生，今年已是学生尊敬的师长，担负着把"祖国花朵"培育成社会栋梁的启蒙教育任务。小妹在家长的心目中，是名兢兢业业的园丁；在同事们的眼里，是位一天到晚不知疲倦的强人；而在家里小妹却是最年轻但过得最不轻松的大积极分子，如果用一个字来概括妹妹的生活，那就是"累"，但小妹的表现总是累并快乐着。

太阳每天都是新的，小妹也每天都要重温那一支快节奏的赶车交响曲，从城东赶到城西，拥挤着上车、下车，中途还要转车，待跨进校园已是近百分钟之后了。碰到恶劣天气，风雨雷电，骄阳暴雪，人在旅途的滋味更加难以消受。下班回来，有时小妹再也不顾什么师表的形象，倒头便睡，似乎连话也说不"动"了。

不甘人后的敬业精神有时就是一种自强的负载。在期中的全校综合测评中，因为几个“差生”拖后腿，班级名次屈居第三，为此小妹的情绪低落了好几日，全家人只好群起而“勉”之，什么来日方长、知足常乐、尽力而为等能用得上的词都派上用场才将其状态调整过来。后半学期，小妹铁了心要打翻身仗，又是科学施教，抓整体提高，又是对成绩落后者增开小灶，抓个别辅导。回到家里，小妹也摆出破釜沉舟的架势，备课、批阅、写教案，一刻也不愿虚度，就连星期天也足不出户，以至于家里来人都误以为小妹是在校生，悄声问是否在为高考冲刺。期终考试情况不用问，从小妹的神情就能知道大致的结果，所带科目班级全优，班级平均成绩高出本年级平均数近二十分，因此现在很多家长都想把孩子送到小妹的班里来。

结局自然是皆大欢喜，全家人也跟着自豪，一半为小妹，一半为那班学子，一群我们并不知是谁家的孩子。

对于婚后小田的付出刘鸣最心知肚明，自己大多数时间泡在队里执勤，由于带的是双胞胎，要付出的辛劳也是成倍的。小田根本照料不过来，只好让自己母亲提前退休过来帮忙，起初为这事她还将了她妈一军，说：“丈母娘看女婿，越看越欢喜，当初刘鸣也是你相中的，这当兵的清一色是外来户，他们都以队为家，这一下来俩孩子你不带谁带？”

小田妈也没有争辩，只说了一句“我说不带了吗？”就把退休手续办了，谁让自己是女儿婚姻的顶层设计者呢，设计了就得责任终身制。有时看到小田忙急了直抱怨，当妈的还安慰说：“孩子愁生不愁长，两个就把你难倒了，那还有人家生个四小龙四小凤的就不活了？”

十 五

熄灯时间已过去一小时，龙山中队走道内光线昏暗，只开着一盏灯，既可节电又便于随时出警，杨安保值班并到中队例行查铺查哨。马文军的铺位上拉了被子，乍一看像是有人在里面睡觉，近一瞅枕头上并没有脑袋瓜子，玩的是三十六计之金蝉脱壳。一问大门口新兵值班员才得知马文军带着合同制消防员小唐出去了，说是吃点夜宵。马文军是老兵，值班员想拦也拦不住他。

杨安保并没有立马安排人去查找，而是从值班室搬来椅子亲自静坐在门后蹲守并开始看表计时，使的同是三十六计的以逸待劳。

半个小时后，一高一矮两个影子来到了门口，突然又停住了。小唐拉住马文军，一边把大门推开一半，一边伸着脑袋说："别慌，让我先瞧瞧，我学过侦察。"

"我学过反侦察！"小唐怎么也没想到一闪身进来正好与杨安保撞个满怀，当场愣住。后边的马文军只好硬着头皮进了门。

"干什么去了？"

“饿了，吃点馄饨。”

“我看你是犯浑，请假没有？”

“没有。”

“马无夜草不肥，我说你天天训练怎么不掉膘，年底体能考核怎么过，你自己掂量，回头准备做深刻检查！”

“Yes, sir！”

走为上计，两人旋即以近乎出警的速度闪了。

三天后大队就马文军二人不假外出的违纪行为作出处理决定：给予马文军行政警告处分，在大队军人大会上公开检讨，合同制消防员小唐则被解除合同。

如果说制度是阔叶科的植被，人们可以在它的茂密的枝叶下方共享清凉，那么纪律则属于仙人科的一种，谁践踏它就可能伤及自己，甚至祸及他人。

龙山中队电子阅览室，墙上是当地一位知名书法家来大队参加警民共建时免费题写的条幅“黑发不知勤学早，白首方悔读书迟”。

与辖区内单位定期组织共建活动是消防部队的一项优良传统，无论是支队还是大队都非常重视警民共建工作。中国人向来讲究事物的渊源，比如理论界普遍认同的书画同源，药食同源，支队政委洪波认为消防官兵是人民子弟，所以说“警民同源”；平安是快乐之本，安居才能乐业，因此“安乐同源”。关于警民共建，他曾对大家讲：消防部队作为一支驻守在城市的特殊队伍，更应该积极主动地开展工作，因为警民关系笼统地说是鱼水之情，但说到底水可以离开鱼存在，而鱼却离不开水。

龙山大队一直是全市双拥工作的示范单位，共建活动有声有色，有滋有味。每逢年节，几个社区的大姐组团到大队与官兵一同包饺子、粽子、元宵，共叙情谊；八一节书画家过来挥毫泼墨，馈赠墨宝，并现场教学，渲染出了浓浓的文化沙龙气息。部队还开出去参加植树造林、排水扫雪、街头义诊、书写春联、维序执勤等活动。大队专门设立了119爱心基金，对辖区贫困家庭儿童助学形成了长期结对子帮扶；大队官兵还曾对两位孤寡老人接力照顾了十余年，直至他们安然离世。

本来是正常的图书阅览时段，经纬大市场的火灾却引发了一场关于素质问题的讨论。

先是马文军挑头说："恶劣！那天市场内车辆乱停，消防车进入火灾现场我可是费了好大的劲儿，你们说要是火烧大了，车进不去怎么办？"

徐辉接着说："一些人的素质太差，路上听到消防车的警笛竟然占道不让，结果一辆车被蹭掉一点漆还提出让我们赔钱。"因为警笛就是战斗的号角，给消防车让道并非给消防员让道，而是给安危仅在分秒之间的生命让道，让出一条线，安全一大片。不让道的违法者理亏还讹人，岂有此理，虽然后来保险公司买了单，徐辉对此事还是耿耿于怀。

陶明放说："这还不算素质差的，大队长说有个地方发生火灾后，老板要告消防队，理由是当初消防没有严格执法把他的场子给关了，否则也不至于人员伤亡的后果，结果你猜怎样，消防真被判了。"对这一听起来像笑话的真实案例大家没有诧异，因为之前已有耳闻。

"听说美国世贸大厦被飞机撞击后，楼上的人员全部自觉靠楼梯右侧疏散，现场竟然没有人拥挤踩踏受伤。"肖和平不知从哪里得来的信息，大家并未质疑。

"那左侧空出来干什么？"马文军迫不及待了解未知。

"让道给消防员，所以当时消防员三百多人能顺利进入现场救援。"肖和平回答说。

"我看还是素质差一点好，如果大家不让道，纽约消防也就不至于全军覆没了！"

一时间大家无语。这种无语可能一半是因为马文军的逆向思维谬论，一半源自对异国同仁不幸的致哀。消防不同于政治，既无纷争，又无打压，有时甚至无国界，就像邻国的森林草原火灾，如果其消防实力不济，最好援手相救，因为如果不能及时扑灭，说不定一夜之间灾害就越境而来，火灾出国无需任何签证。

“对了，要是你提辖在现场就好了，你一个人在上面一堵，兴许就拯救了几百消防员的生命！”徐辉的一句玩笑舒缓了大家心头的些许沉重。

马文军明知徐辉又在拿自己开涮，又没辙，只好气哼哼地说：“世上五个鬼点子多的人，你算一个。”

喜欢网上阅览的马文军除了关心时政和各类兵器知识外，猎奇也是他的一贯爱好。马文军每次上网都拴死在那一台电脑上，徐辉注意到这台电脑的桌面图片是一幅类似明星照的美女图，便轻声问他：“提辖，这是哪位女星，好像没见过。”

马文军一改往日的强悍风格，酸溜溜地捏着嗓子说：“没见过就对了，我老婆。”

徐辉说：“怎么啦这时代，提辖也开始有女人了。看把你美的，还没结婚就老婆老婆的，结了婚准变成那个啥，帕契诺夫斯基。”

“啥意思？”

“俄文名，翻译成中文就是怕妻、懦夫、司机。”

“又耍我。哎，说真的，你也老大不小的了，对象处了没有？”

“军事机密！”

马文军最烦卖关子，说：“还机密，看你那副嘚瑟样儿早就泄密了。”

“看看怎样，给打个分。”徐辉掏出一张照片递过去。

“是不是叫小芳？”马文军是从照片中的两根辫子推测出的名字。

“什么小芳，人家叫小丽。叫你打分你不肯说，是不是想说乍看不行，细看不幸？”

“低调，太低调！低调好，将来能当外公。”

“什么狗屁逻辑？”

“我是有切身体会的，我外公就比我爷爷低调得多，他们俩下棋外公三局总要有意让一局，而爷爷每次都不承认，说是自己总结战败教训，及时改变战术扳回一局。"

走道里传来稳健有力的脚步声，那是武刚的步子，阅览室顿时恢复了安静。

"肖百度，我考你一个简单的问题，如果可以选择的话，一个被判了死刑的犯人最乐意选择什么样的死法？"脚步声一远，马文军又憋不住扭头对右桌的肖和平说。

"注射死刑，来得快。"

"错！应该是老死，来得慢。"肖和平说话一向丁是丁、卯是卯，没想到马文军玩的是脑筋急转弯。

"简直是恶劣，你说这山西煤老板生活多摇摆（长淮方言，显摆的意思）。"马文军边说边摇头晃脑。

"怎么啦？又发现了什么新大陆？"

"坐车坐悍马不说，有位老板穿着不讲究，去买衣服，营业员看不起他不让他试，他就把整个店里衣服都买了下来。你再看这位老板给他老娘做寿，光一桌饭就两万多。你猜吃的啥？"

"鲍鱼？"

"你就知道一个鲍鱼。说出来你都长见识，是正宗的日本进口神户牛柳，这种牛是在听着音乐、喝着啤酒和主人不停的按摩中长大的，做出的牛柳顶级鲜嫩可口，营养顶级丰富。"

徐辉说："我说提辖，哪来那么多顶级，我看你是顶级犯馋了，注意别让哈喇子流到电脑上被电着！"

"人家煤老板整天担心瓦斯爆炸出事，那提心吊胆的日子也十分不好过。"肖和平插话说。

"神了百度，你怎么知道的，你看这里说了，一位煤老板站在矿井外讲话，突然听到'啪'的一声响，当场就瘫坐在地上，手下人想告诉他是车爆胎了都没来得及。"

“钱是他们的命，其实安全才是他们的命根子。”徐辉话里开始带有蔑视和一丝仇富心理。

肖和平接茬说：“来当兵就不要谈钱，现在社会上有人满脑子只有钱，不知是谁编的一个段子中还把我们的口令立正、向前看、向后转、稍息、一二一都改成了立挣、向钱看、向后赚、收息、一二亿，真是低级趣味！”

“瞧人家这话说得多有哲理，人不能把钱带进棺材，但有时钱能把人带进棺材。”马文军谈兴正浓。

“当然，说这话的都是哲人。像你这样好议论他人短处的，那叫小人，只有好议论人类短处的，那才是哲人。”肖和平打住了这场由猎奇衍生出的扯淡。

马文军无言以对，说：“世上总共五个哲人，肖百度你算一个。”

军令如山，军人都以服从命令为天职，但这并不意味着要用长官意志去压制民主，相反官兵平等是我军长期一贯坚持和推崇的民主。常媛说：“古人讲千夫诺诺不如一士谔谔，意思就是大家都要敢于讲实情，说实话。”为了便于大家反映大队和中队建设与管理方面存在的问题，根据常媛的意见，大队专门在楼道里设了一个“和谐”信箱，信件可以是记名的，也可以是匿名的，但不能不着调，挂箱当日常媛就口头宣布了三个必须：反映的事实必须是真实的，提的意见必须是合理的，工作建议必须是建设性的。

就像渔夫去取安在河里的捕鱼篓一样，每次开启时不论大小总有喜悦，这信箱自挂上去起，每周也都会有收获。这里面内容可谓五花八门：有人反映马文军的呼噜声影响睡眠质量的，说这会产生连锁反应，影响睡眠质量就会影响执勤训练质量；有人举报中队个别人生活有“高消费”倾向的，出手阔绰得像个“富二代”而实际不沾边，暗地里却经常跟家里要钱或向别人借钱；有人说一年下来捅了几百个马蜂窝，诸如此类的小事占用过多警力，以后学习外地的做法发布公告不再出警；有的要求支队统一请潜水员和拳击、台球运动员等职业队员来队指导作业训练；还有的说八一过节不许饮酒的规定过于严苛，不合情理，理由是打胜仗后不喝杯庆功酒感觉没有那股子血性，再说那也是我军的传统。当然，本周问题最尖锐、最有指向性的是几人以实名和联名的形式反映三班长陶明放平常说话爱带脏字，好辱骂他人，而且说变脸就变脸，翻脸比翻书都快。

武刚趁大家学习的时间检查寝室物品设置，这是武刚比较讲究的日常养成之一。他说“好迟到的人总是迟到，喜欢跷二郎腿一坐下就想翘”，这良好养成就是各人在工作学习与生活中自我约束逐渐形成的一些好的习惯，有人就说这好习惯是一个人终生享用的利息，而坏习惯则是一辈子都还不完的债务。部队管理重在养成，难在养成，比如说令行禁止，人要精神，物要整洁，包括随手关灯等小节也都必须靠养成。习与性成，凡事都有个过程，哪怕开始不适应但久之就会习惯成自然，正如爱斯基摩人之于冰雪，大城市人之于堵车，两口子迟早习惯于彼此的呼噜一样。

武刚要求在外面尤其是队列里每个人必须精神十足，进了屋，谁要是内务不整肯定要挨训。曾有人在信箱里斗胆提议取消内务检查，说这是一种形式化的东西，理由是内务不整不影响战斗力。“出门看队伍，进门看内务。不洗脸直接吃饭也不影响人的生存，你出门为什么还要梳头洗脸，虽然是形式，却是一种必要的形式。国庆大阅兵也是形式，却是壮国威军威、提升国家形象的形式，你说有没有必要?”武刚公开加以驳斥，并允许大家提出辩论意见。

谁也没有接话，或许就像唱歌一样，武刚的调门起得太高，接上有一定难度。

关于陶明放的事，武刚也想找他个人谈谈。“屋内不生火，屋外不冒烟”，既然有人反映，就得查实，必须有个交代，这是当初挂箱时大队的郑重承诺。

说来也巧，正当武刚来到学习室门外时，就听到里边传出阵阵训斥声，三班长陶明放正向战士江南俊开火。起因是江南俊学习时间在学习室内上网，用QQ与另外一个老乡闲聊恰巧被陶明放发现。陶明放上去一把将电脑摁灭，又一把薅住衣领将江南俊从椅子上提起成立正姿势。“还有网名叫什么萤火虫，我看你是条糊涂虫，这是学习室，不愿学就滚，别把这里当网吧！”

陶明放是个老兵，老兵与新兵之间多少还是有一点类似代沟的距离。比如上网聊天就是陶明放最为反感的行为之一。在他看来，网聊就是无聊、找刺激，泡网吧类似于一个没有酒量但有酒瘾的人，有事无事总喜欢泡酒吧，无外乎两种情形：受过刺激或找刺激，无论哪种情形都一样没有什么善果。

“哟，谁的火气这么大，当心别引发火灾！”武刚一边进屋一边故意调侃道。

“报告队长，这小子……”

“嗯？”

“哦，我是说他太不思进取了，我看他简直就是烂泥扶不上墙。”

“江南俊，你这个名字好，自古江南多才俊。萤火虫这个名字也不错，但要知道萤火虫可不是网虫，他用自己全部的光亮为这个世界增添了一道风景。”武刚说完用眼神示意江南俊先离开学习室。

江南俊悻悻而去。

这边，陶明放不干了，说：“队长，我给你提个意见。”

武刚说：“有意见只管提，言者无罪。”

“队长，你刚才是在护犊子，古人说慈不掌兵，你的批评轻描淡写，对像他那样的人放羊会害了他。”

武刚平静地说：“我知道你是恨铁不成钢，但要知道钢是炼出来的，不是恨出来的。我给你讲个故事吧。”武刚早就觉得该给陶明放上上课了，择日不如撞日，既然你提意见了，正好就汤下面，但他并没有直说信箱里举报的事。

“这个故事是我的老队长说的。曾经有位国民党的高级军官，每次在别人向他敬礼时，他嘴里都会轻声嘟囔一句什么，别人不解，问他他也不说。

直到有一天他退休后，一位老战友问他究竟叨咕的什么，他才道出实情，说的是‘你才是’三个字。原来自己当兵时常被长官体罚辱骂，却总是在敢怒不敢言中压抑着自己，没办法，官大一级压死人，见面还得毕恭毕敬地敬上一礼，但心里却每每都要在举手的同时暗骂一声‘你这个混蛋’。后来自己当官了，也一样继承了打骂的传统，以己度人，总以为别人在敬礼时也会这样骂他，于是以眼还眼自然地回一句‘你才是’。”

武刚转述这个笑话，是要间接告诫陶明放带兵要先爱兵。好孩子都是夸出来的，带兵也同样要讲究方法，琴弦过紧易断，松则无声，只有松紧适度才能发出美妙之音来。

“你在管理上大胆负责，值得充分肯定，既要严格要求，更要耐心引导。”

“我的要求并不高，全队就数他是个另类。”

“条令条例是统一的，但管理却要因人而异，人跟人不能都一样，就说我们老武家，那大郎与二郎能比吗？我们大家都是来自五湖四海的阶级兄弟，错误应当纠正，毛病都可以改，如果大家都没有问题，要你们班长、要我这个队长干什么。不多说了，你是个聪明人，响鼓不用重敲，自己没事多琢磨。”

“怎么不吭声，是明白了还是装着不明白？”

“明白！”陶明放认真完成了一个连贯动作，有些夸张的靠脚立正、敬礼。武刚一个松懈地还礼，二人会心一笑。这便是官兵间的交流与和谐，是军人特有的默契。

谁的娃儿谁带，谁系的疙瘩谁解，根据武刚的点拨，队务会的第一个议程，陶明放就自己今天对待江南俊的态度和做法主动作了口头检讨。会场安静得像一场伏击前的潜伏，马文军都能听见自己的呼吸。大家都在揣测后面将是什么样的节目，估计批斗是绕不开的一出。

随后武刚跟大家解释说：“刚才陶班长作了深刻的自我检查，但作为承担着管理责任的一班之长，在他的心里可能还憋着一句话：兄弟，哥想说爱你不容易！”

大家都被逗乐了，凝固的气氛就此熔解。

“大家不要笑，要知道陶明放同志的出发点是好的，批评的目的是希望大家都能在部队进步，有一天都能成才成器。当年毛主席在延安的一次干部教育动员大会上讲话时就指出：我们队伍里边有一种恐慌，不是经济恐慌，也不是政治恐慌，而是本领恐慌。你们都是八〇九〇后的人，总觉得现在自己还很年轻，但时间飞快，古人比喻说快得像一匹白马过什么来着……”

“是白驹过隙。”肖和平补充说道。

“对，反正就是一眨眼的工夫。我当新兵时的很多往事好像就在昨天，转眼十几年过去了。有人这样叙述今天：我们过的每一个今天都是余生中最年轻的一天。时光如流水，生命并非取之不竭的资源，时不我待，面对这有限而宝贵的资源，难道我们不应当倍加珍惜和好好利用吗！实话实说，我没有任何背景，文化底子不及你们，但我就认准一个理：刀不磨要生锈，人不学要落后，学习必有收获，付出才有回报。少壮不努力，等到牙掉了，胃口也不好了，吃嘛嘛不香的时候说什么都晚了。这人生就像火的燃烧，停止发展就意味着走向熄灭。我相信，凡事努力了，不一定成功也会接近，但不努力断然不会成功。”

提到学习，一向言语不多的肖和平也深有感触地说：“我非常赞同队长的观点。队里有少数人认为学习业务理论没有什么用，不如练好体能和基本功，这种认识是片面的。记得上大学时我们对很多枯燥的内容不感兴趣，就问老师学这个有何用，老师说，你这样问我某一个知识点有什么用，不好回答，就像一个孩子提一勺子饭，问你吃下去会长在鼻子上还是耳朵上无法回答一样，但你可以告诉他，正是靠这一勺一勺的饭你在不停地长大。”

“马文军，你又睡着了？”半天没有听到马文军的声音，武刚发现他闭着眼倚坐在墙角里，一副弥勒打坐的神态。

“一说到学习你就似乎被催眠了。”

“我没睡。”

“还没睡，我看你刚才还在点头，是不是觉得肖和平讲的鼻子耳朵很在理?”

马文军以为自己哪里不对劲,紧张得又是摸鼻子又是摸耳朵。

满堂哄笑。

武刚接着说:“我的中学老师曾在课堂上针对打瞌睡的情形跟我们说,他最羡慕的职业就是那些长途客车驾驶员,因为他可以将一车睡熟的人送达他们的目的地,而当老师的就做不到。”

说归说,笑归笑,武刚还是习惯性地要求大家有空多读书、读好书。他说读书能够改变世界,道理很简单,因为读书可以改变人,而人能改变世界。最后,武刚还特地举了一个与火灾相关的例子,说是大作家吴晗的家里曾经遭遇一把火灾,吴老首先抢救的财物就是书籍,别人不解,问他为何放着其他贵重物品不救,吴老回答说,书对我来说就是最贵重的物品。

十六

长淮市政府组织召开全市规划工作会议，有几个大项目要在此次规委会上通过。

分管规划工作的尹副市长问："怎么消防支队的人没到？"

规划局的一位潘副局长回答说："没有通知他们，消防支队不是规委会成员单位。"

"胡闹！消防安全是规划审查的前置条件之一，没有消防部门的意见，怎么能叫三同时呢！"尹副市长安排立即通知消防派员参加，并提出要重新下文完善规委会组成单位。

待支队长高中原赶到时，项目的规划审查结束了，会议正在讨论电子工业园区一个地块的挂牌问题。高中原有印象，这个地块正是三年前消防专项规划中的消防站建设用地。他质问道："地挂牌了，消防站在哪里建？"

"消防站建设的事回头再议，这个地块位置凸显，已纳入政府重大项目统一招商，是今年我市开发建设的头等大事。"潘副局长所答非所问。

"那你认为消防站建设不是什么大事吗？"高中原再次要求得到正面的

答案。

“我没这样说，我的意思是要服从大局。”潘副局长想拿一顶大帽子压阵。

高中原提高了嗓门，说：“当初的规划是在认真调研的基础上集体会审通过的，是经过市政府批准实施的。一个消防站的保护半径最大是七个平方公里，而电子工业园区占地五十多平方公里，三年过去了不仅消防站建设毫无进展，连用地也要被占了，请问企业消防安全保卫靠什么保障，这走的是安全第一路线吗？如果我们的消防规划这样随意，那就只能叫鬼话、瞎话！”

“市长，你看他这是什么态度？这会还怎么开？”潘副局长紧急求援。

“好吧，我来说说我的意见。中原同志有情绪，看得出来他是憋了好久了，今天不吐不快。但我倒是认为他说的话糙理不糙，言者无罪嘛。会议就是要议，规委会就是要听取多方意见，大家直抒胸臆，最终达成共识才是我们的目的。这件事我今天第一次听说，但三年了你们有人真正过问过吗？市政府决定过的事没有一件是可有可无的，希望我们全体规委会委员都履行好职责，推进各类规划的落实。关于消防站建设的事情，中原同志回去给政府写个专门的报告，我带到政府办公会上研究解决！”

规矩决定方圆，严峻的火灾形势是多种因素造成的，消防建设欠账是很多城市发展中的一大病态，而病因多是没有一个合理的消防规划或空有其文，使得正常的消防建设往往被搁置、遗忘，久之积重难返。

一个星期天的上午，大队接到区政府安排的一项临时任务，这是一项性质介于防火检查与火灾调查之间的工作。近郊一户人家房前屋后连日来总是莫名其妙地出现“鬼火”，虽然都是火势微弱的火点，而且自生自灭，没有规律的隐与现那就叫神出鬼没，夜火本来就诡异，来去无踪更是平添了恐怖的色彩。真有这么邪乎，那它就是正宗的“闪客”，刘鸣心想。当天下午，刘鸣便带着徐辉和区环保部门的同志一同前往，要实地查看并揭开神秘面纱，看看它到底是何方神圣。

当询问村民时，几个人异口同声都确定不是人为的，绘声绘色地说与鬼火特征完全相符。徐辉问："你见过鬼火吗？"刘鸣似乎觉得这样问不合适，紧接着变换了一下问话的语气："那你说鬼火都有什么特征？"一人抢着回答说："白天没事，一到晚间就出来，蓝幽幽的。"有人补充说："关键是一会儿出来，一会儿就不见了，瘆人得很。"环保的同志又问："你怎么确定那不是别的东西在燃烧呢？"宅子的主人神色诡异地说："除非烧大，一般的火都在原地烧，但这东西会动，我亲眼所见，你跑它还撵着你。"说这些时，为了不吓着孩子，大人事先都将小孩打发走了。

村民们所述并非捕风捉影，刘鸣一行蹲守到夜里还真的见到了这鬼火的踪迹。随即他们展开了捉鬼行动，虽然鬼没有被捉到，但还是收获了鬼火附体的物件，到灯下一看原来却是些烂木头。经环保的同志带回鉴定，谜底揭晓，所谓鬼火不过是白磷在燃烧，这磷的颗粒都很细小，大多附在朽木烂根上，由于温度达到自燃点而自发燃烧。

这解释性工作还得去做，必须给村民一个科学的说法，刘鸣又专程上门细说缘由。这鬼火其实就是磷火，那么为什么只在晚上现身呢，答案是即使白天出现，在日光下火光很弱你也看不见它，时隐时现是因为这里烧完了，那里又发生。那位宅主村民忍不住问道："那它撵人怎么解释？"刘鸣笑着说："它本身就是个小不点，分量很轻，跑动时风就会将它带起，所以不动没事，谁跑它撵谁！"

心灵一词说明只有心中笃信才会灵验。心中没有了鬼，鬼火的"法力"自然不复存在。之后，见到闪烁的"鬼火"，不仅村里成人不再惊恐，就连儿童也都嬉笑着，面无惧色地争相上前捕捉。

刘鸣一回到队里，武刚就问："两天不见，上哪儿去了？"

杨安保笑着说："他呀，这趟是替钟馗捉鬼去了。"

武刚感叹道："现在的钟馗太不尽职了，火魔到处滋事，他要是能好好管一管，也省得我们频繁出警了。"

真是日有所思，夜有所梦，晚上，刘鸣做了个奇怪的梦，梦里钟馗降妖捉怪累得精疲力竭，为火魔究竟该谁去管与各路神仙吵了起来。钟馗最后气愤地说要到玉帝那里参上一本，告他们渎职失职之罪，谁知大仙们却一个个向他倒起了苦水。

专司治火的火神祝融无奈地说："不是我不管，如今人们用火而不设防，安全漏洞百出，给火魔留下太多的可乘之机，别说我一个，各路神仙一齐上也管不过来！"

灶神似乎更是一肚子委屈，说："你们也都看见了，如今的大锅小灶都改头换面了，过去烧柴禾、烧煤球，现在都改烧油、烧气了，他们自己都说是危险品，但人们只管开门七件事，却忘了还有第八件事'小心火烛'，弄得危机四伏，火魔一哄而上，老神我有时都自身难保，只好三十六计走为上，一年弃灶不计其数。"

雷神则硬着喉咙说："不错，火魔是在借我的神威炮制灾难，但只要备有一个接闪避雷的神器，就能驱魔于千里之外，但如果连起码的防范措施都没有，听天由命，谁也难保他们不遭厄运。"

土地神定了定神，而后颤颤巍巍地说："人间科技发达，却又泛存愚昧，易燃可燃的材料到处乱放，那等于是在撒饵引魔。火魔常常霸占我的领地，害得我东奔西突，再这样下去我恐怕只能以洞穴为家了。"

就在这时，不知哪里传来玉帝的声音："造化之中真善恶丑并存一域，一切皆由人类自我主宰，你等不必多问。钟馗，你的千年使命业已完成，人类已被赋予很高的智慧，其功力足以降服火魔，人类的救世主当为人类自己。众卿各自去吧，勿为此事再起争议！"

历史有时就像是一种轮回。去年底在大队组织的业务竞赛中，秦帅与徐辉同场竞技，无论是体能还是操法，秦帅都无奈地败下阵来，输得服气，但多少还有些伤及自尊。就算珠玉在前，没人甘当为之陪衬的木椟。"对手，实现梦想的另一只手"，从此秦帅暗地里把徐辉确定为竞争的对象，憋足了劲要找准时机再较量一番。

目标确定后，行动就是第一位的。没有什么捷径，只能半夜拔河——暗地里发力。如果说大队组织的集体训练是正餐，每周 N 次，秦帅的个人加餐可能是 N 的倍数甚至平方数，全年下来无人知晓秦帅白天晚上累计加了多少回的小灶外带宵夜。如果说大队的集训是科学施训，那么秦帅的个训则可称之为体罚式、魔鬼式，别人跑三千米，他就跑负重五千米；别人训前活动是单杠、双杆、俯卧撑、仰卧起坐等一两个单项，他每次都是系列项目流水作业的全能角色。

应了那句老话，机会总是给有准备的人留着的，秦帅的机会说来就来了。今年更有戏看，总队要举办全省业务大比武，每个支队选派一个三人组，取团体和个人成绩。优胜者不仅会立功受奖，这回还首次设立了不菲的奖金，使铜质奖牌也名副其实地具有了含金量。大队的选拔是透明而公正的，秦帅与徐辉又狭路相逢，结果在大家的预料之中，秦帅全面超越了徐辉，并改写了支队佩戴空气呼吸器负重上楼、挂钩梯攀登训练塔和百米障碍的三项纪录。

秦帅等一行六人在支队集结整装待发，支队在食堂安排加餐为他们壮行。别人不敢说，对秦帅此行杨安保还是很有信心的，比武比的是真功夫，“河蚌斗乌龟——硬碰硬”，只要心态摆正，放手一搏，实力不逊他人的秦帅很可能成为校场黑马。

“同志们，我说过平时每一次训练我们都要把它当成实战，实战比武则应视作一次训练，不过多地考虑结果才会有好的结果。”支队司令部参谋长翟卫东在为他们作临行前的最后动员和心理疏导。

“大家不要惧怕紧张，人类进化至今都没有丢掉紧张，因为紧张是人体的一种正常有益的机能，换句话说是一种美德，它的作用是让你精力集中，时刻提醒你不要把事情搞砸在自己手里。”气可鼓，不可泄，支队长高中原一旁以一个过来人的见地补充道。

“三年前我们是全省团体亚军，这次支队确定的目标是争一保二，并确保拿下一至两个单项第一。大家有没有信心?”翟卫东带发问的结束语掷地有声。

“有!”铿锵有力的回应从大家口中喊出,是一支队伍旺盛士气的折射,这超强声波再返回每个人的耳中导入心扉,于无声处孕育一道无形的气场,这样的团队往往具有超乎寻常的战力。

安全向来无小事,消防部队从来都不在例外。

省消防总队利用网络媒体紧急召开视频会议,部署以无安全事故、无刑事案件、无严重违纪为目标的“三无”创建活动,核心内容之一是在部队内部开展一次百日安全竞赛,主要包括车辆行驶安全、内部防火防盗、防食物中毒、防触电以及训练与灭火救援中的自身安全防护等等。

虽然安全防事故是部队的一项经常性工作,但这次竞赛启动的触点还是缘起于本省某市近期发生的一起交通事故,一辆消防车灭火途中因紧急避让地方违章车辆而坠入山沟酿成消防员一死一伤的惨剧。尽管正常行驶,但是祸躲不过,据说当时如果不选择避让,对方车辆人员伤亡在所难免,怪不得有飙车族曾半真不假地说:开车如斗牛,两强相遇勇者胜。

省消防总队政治主官盛政委在针对事故作的中心发言语重心长:“防事故就是要防字当头,疏堵结合,坚决杜绝训练和作战中无谓的伤亡事故。我们不仅要勇于保护群众生命财产安全,还要善于保护自己、保护战友,如果连自己都保护不了,何谈保护别人!”

……

“这起交通事故教训惨痛啊!给我们的工作带来多大的被动,到现在善后处理还没有完结。跌个跟头,必须捡个明白。我们全省每年扑救火灾近五万起,救援任务更为繁重,我看过出警统计,一年下来光是捅马蜂窝就有三千多个,这救火救生是我们消防部队的一项中心工作,进入危险环境作业是家常便饭,安全对我们来说是永恒的主题,百日安全竞赛只是一个小小片段,事故防范永远都是在路上!”

围绕竞赛的安全防事故动员会层层召开，龙山大队拿出具体实施方案，大队长杨安保在会上跟每个人分别签订了《安全防事故责任书》。

会上，杨安保说："古时候有一个对联谜语，耳目鼻口，金木水土。上联五官缺心，下联五行少火，谜底自然就是疏心失火。火灾中的十之八九都是人的疏忽大意造成的，其他安全事故也一样，多数就是一厘米和一秒钟的事。"

常媛补充道："只要你依法办事，不违规作业，每起事故回头看都是可以避免的，不是有句话叫做安全来自警惕，事故出于麻痹吗？不要凭感觉做事。几年前我市一辆公交车撞死一名行人，就是因为驾驶员按了喇叭，并大喊'你聋了吗'，但他还是根据经验驾驶，结果愣是把人撞了，你们猜怎么着，后来调查才知道被撞者就是个聋人。"

说到车辆，武刚插话说："最近，我的一位朋友自学半个多月就驾车上道了，我跟他说过去我还敢偶尔在机动车道边上溜达，自看见你这样的二把刀都在开车，我就规规矩矩地走人行道了。"

徐辉紧跟着发布了一条消息："据前天省台电视报道，省城一家建筑公司的几辆渣土车，多拉快跑闯红灯，而且有意将车牌用泥土裹上让人无法辨认，两年不到的时间已经撞死五个人了。"

"万恶！那是建筑公司，还是杀手公司？"马文军嚷道，并少有的将恶劣升级到了万恶。

常媛重点告诫驾驶员们说："小心驶得万年船，英雄车、霸王车坚决开不得，据说长淮当年第一代领取摩托车照的一共十来个人，现在只剩下一位幸存者了。人生要搏不要赌，在安全防事故方面千万千万不可有赌一把的心理，要知道那赌注便是生命，谁也输不起。"

杨安保总结说："全省年终先进评比，只要有安全等级事故就一票否决，尽管抓安全不是为了拼个先进，但大家所说的'年头出事，白干一年，年尾出事，一年白干'也不是没有一点道理。我们都是专业的安全工作者，在安全上应该把问题预想得复杂些，把措施考虑得更周全些。抓安全不能灯下黑，一方面我们手中有车有油，有各种救援装备，要上高楼入火海，还有高空、水上、巷道和井下作业，另一方面也跟其他单位一样有厨房、宿舍，要生活起居，要用火用电用气，必须倍加小心，仔细排查存在的安全隐患，找不出问题便是最大的问题。一定要把苗头当问题抓，把小问题当大问题抓，把别人的问题当自己的教训抓。愚者靠痛苦换取教训，智者用教训避免事故，就是要把他人的教训变成我们事故防范的经验，长一智不一定非得吃一堑。”

曹操不能说，一说立马就到。散会不到半个时辰，“嘭”的一声巨响传来，不用报警，因为声音就在附近不远处，杨安保让武刚赶紧派员赴现场查看。很快情况查明，爆炸发生在大队围墙后面的消防家属楼102室，那是退休干部老孙的家。老孙曾担任区防火股股长。这是大队多年前自建的宿舍楼，住的都是部队的老干部和他们的后代。爆炸原因也有了初步的结论，是老孙家的电视机自爆了，可能是长时间未使用，电器元件受潮出的故障，万幸的是人身安全无碍。

“还真是怪了，怕什么来什么，说安全不安全就到了。”武刚说出了很多人共同的想法。

“老防火家里起火，这火真是防不胜防了！”常媛不无感慨地叹息。

“这也没有什么大惊小怪的，历史上消防队也有失火的。”杨安保说完，又交代刘鸣回头代表大队再去看望一下孙老。

百日安全竞赛告一段落，随后根据总队文件要求，要进行总结评比。支队参谋长翟卫东要求龙山大队立马上报安全防事故先进单位参评表格和材料，却被杨安保拒绝了，理由是“安全工作怎么抓都不为过，先进都是相对的，只有更好，没有最好，只有暂时的好，没有一劳永逸的好”。

最终，龙山大队还是以百日安全无事故和组织教育得力被省总队评为先进单位，据说是支队直接整理材料上报的。这块牌子显示的是结果，而杨安保更看中的是过程，但荣誉往往同安全的成果一样，赢在踏石留印的行动中，靠的是实至名归，而不是刻意争取。

十七

无论支队、大队还是中队，每个月底都要梳理本月任务完成情况，保证工作衔接性，同时提前研究谋划下个月事务，使之具备前瞻性，这在兵家眼里算作运筹。大队有几项年度重点工作都集中在十一月份，这一谋划，杨安保突然想到了盛华市场的隐患整治问题。

“盛华市场快要自行关闭了，百分之九十以上的经营户都自发离开盛华迁到开发区新开辟的彩虹大市场去了。”刘鸣一直与市场管理方保持着联系，这是专对未及时销案火灾隐患的跟踪监督，如同未成年人必须始终处在监护人的视线之内。如果没有跟进措施，火灾隐患不定什么时候就会把“隐患”这个外衣甩掉，那就成赤裸裸的“火灾”了。

杨安保问：“是不是消防水源问题没有解决导致的？”

刘鸣思忖着说：“我认为正是这个原因。”

杨安保说：“看来事物都具有两面性，经纬大市场火灾教训的影响力要比我们消防监督和正面宣传的力度大。”

这其实是反面教材的良效。所谓反面教材，就是被惩戒的案例或带有血泪教训的事实，诸如曾经发生的火灾案例、违法违章的查处情况等。常言道：吃一堑，长一智。这些教训都是活生生的事例，具有较强的说服力、感染力和震撼力，公众通过耳闻目睹往往会有身临其境的感觉，留下深刻印象，甚至没齿不忘，从而达到超乎寻常的教育效果。长期以来消防宣传效果不尽如人意，在一些地方消防宣传教育喊破了嗓子，其效力还不如火灾的一个场子或者消防处罚的一记板子。

刘鸣感叹说："所以有人说消防的发展也是火推动的，据说日本消防很先进，主要在于他们火山地震较为频繁和火灾多发的原因。"

杨安保接上说："这是有道理的，久病成良医嘛。当年我国天鹅饭店火灾中六名外宾死亡，而日本人全都安全逃离，不就是很好的例证吗？哎，大东方现在怎样了？"同样是问题单位，从盛华市场杨安保又自然联想到了大东方。

"没什么动静，前些日子我路过大东方门口顺便看了一眼，好像还在关门歇业。"

杨安保没有再过度关注，因为反正二次装修工程都是要申报的，到时候从严把关便是，而且大东方摊子那么大，胡本耀又是个极要面子的人，不可能不打锣鼓就开张。

十一月初，尽管多数树种还是枝叶繁茂，但毕竟时值霜降，长淮已是满城凉意，有人甚至过分地罩上了小袄。

一大早，杨安保正掏出钥匙准备开门进办公室，突然手机响了，显示的是一个陌生电话。

"保弟，我是来投资的，现在就在你们龙山，以后见面的机会多了。"电话里的人声音虽已很久未闻但并不陌生，是杨安保的一位大学同学，名叫周德平。

"是不是太早了，这不是你的生物钟，如果没记错你向来都是要睡懒觉的。"

“无利不起早，要讨生活身不由己呀！”

“那你是怎么知道我的电话的？”

“嗨，别提了，我问了一圈也没有问着，最后没招了，我打了119，你们那边说我随意拨打火警电话还要处罚我。”

“看在支持招商引资的份儿上，下不为例啊！”

“晚上过来吃饭，我订好了，就在龙山的金桂园大酒店。”

“老同学来了，自然该我请客，你先到大队来吧。”杨安保想略尽地主之谊。

“那哪儿成，你是谁？是最可爱的人！我理当请你，再说你请我吃饭我也不敢去，你那是鸿门宴。嘿嘿，保弟你别生气，开个玩笑，我说的是红色的红。”

“别争了，我个人请客，与红门绿门无关，就到大队旁边的小香园酒楼，六点到不见不散。”

“回头刘鸣你也参加作个陪。”

等见了面，杨安保才知道原来周德平就是他们要找的蓝光网吧幕后老板。周德平身边还跟着一位美女，见杨安保有些猜测的眼光，周德平怕他误会，连忙抢先说：“哦，这是我的助理小何。”

这蓝光网吧在长淮市一共开有四家连锁店，其中就有两家坐落在龙山区，这是新开的第四家分店，周德平正是省城总公司新委派到长淮的大区主管。而四店日前装修工程、设施布置均已完毕，就等拿证开张，可谓万事俱备，只欠东风，不料消防检查结论不合格，缺少一个疏散楼梯。也许就是个机缘，蓝光总公司派来的新主管恰是杨安保的昔日同窗。

“这是我的同事刘鸣，这位就是我的老同学周德平，周恩来的周，朱德的德，邓小平的平。”这本是周德平在校每次自我介绍时都要加的注解，杨安保抢先替他说了。

“低调，低调，都是伟人，只不过他们是伟大的伟，我是尾巴的尾。”

“来来，先坐下喝点辣酒暖和暖和。”多年职场打拼，杨安保发现周德平确实少了几分轻狂，取而代之的是多了几分世故。

杨安保说："还是喝点红酒吧，养生。"周德平并不知杨安保已经很久不喝白酒了。

"不够劲，我喝酒一向扫黄打非！"周德平要的是那股酒劲儿。

"怎讲？"杨安保头回听说这两者会联系一起。

"就是扫除黄酒、非酒类呗。"周德平习惯于用酒去解决问题的催化剂。

"这几年特背，买彩票中奖就没有超过十块钱，炒股的风景总是有柳暗无花明，只见绿不见红。这不先前所在的公司倒闭了，无路可走出来给一个兄弟打工混口饭吃。哎，我说哥们儿，四店那个疏散楼梯还非加不可吗？老弟要是能关照一下，你一个顺手人情，我回头安排给大队送一面锦旗，就写'一心为民，两袖清风'，大家里子面子都有了。"

"按规矩办，今天喝酒不谈工作。"杨安保并没有接茬。

"别介，行不行不就是你们说了算，权力都是有保质期的，不用会过期作废。我们那里出不了大事，店面就在二楼，万一有什么情况，即使跳下去大不了折个胳膊断个腿。再说了如果都不出事，还体现不出你们消防队的重要性了。"

"打住，你小子还是这副损心肠。消防队没有人担心失业，恰好相反工作太多，压力太大。"尽管与周德平过去曾是上下铺，但杨安保现在总有一种和他在透明隔膜两侧的感觉，突破这层隔膜已要比当年从下铺跨到上铺难得多。

"我知道你们的行事原则是执法为民，我就是一介草民，你得为我做主啊！"周德平的语气显然更接近刁民。

"不错，你说得对，是执法为民，但绝不是违法为民！"

"好，我岂敢让你违法，我们按规矩办就是。喝酒，话在酒中，酒放肚里。我知道你们长淮的规矩是女人剩酒不剩菜，男人剩菜不剩酒，小何你只管吃菜，我们干了。"

"喝酒归喝酒，这次是我敬你酒，如果问题改不了，下次你得吃罚酒。"

周德平说："那是，保弟要是很生气，问题就会很严重。好吧好吧，不就是一个楼梯吗？加上，好大事！酒再满上，酒是粮食精，越喝越年轻。"周德平团着舌头说完还要开第二瓶。

杨安保止住他，说："不喝了，你不是说过好东西都是限量版的吗，过错过错，凡事过了都是错。"杨安保清楚周德平酒场上一向都是胆量大于酒量。

回去的路上，杨安保又提到才与德的问题，实际上是要转着弯儿告诫刘鸣，不可因为周德平是他的同学而徇情执法："我看他现在应该改名叫德贫，有句话说的不无道理，无才无德的是废品，有德无才是次品，如果有才无德，弄不好就是个危险品。"

全国统一开展的"清剿火患"行动正在紧锣密鼓地进行中。大队连续多日对辖区所有五百多家重点单位和公众聚集场所实施密集消防检查，包括工厂、仓库、医院、学校、宾馆饭店、歌厅舞厅、洗头房、洗脚屋、车站码头、油气库、加油加气站，等等。当然也包括寺庙等宗教管理场所，龙山区有各种寺庙、教堂十余座，其中有不少是消防监管的重点对象。

一天下午，杨安保和刘鸣来到辖区内一座远近驰名的"栖峰寺"进行检查。见室内供着的四大菩萨和各路神仙，刘鸣忍不住向住持问道："请问哪位菩萨主管安全工作？"

住持略有所思，然后微笑着轻声念道："阿弥陀佛，观世音菩萨就有专门的《般罗密消灾经》，只要施主诚心诵经，潜心修行，肯定能够消灾免难。"

杨安保对刘鸣说："大师说的观音菩萨管的是整体的、看不见的安全，我们要管的是这局部的、可见之处的安全，我们在安全工作中也要有包公脸、菩萨心。"

住持接着杨安保的话说："施主，你们做的是防火消灾的安全工作，保一方平安，就是积德行善，必然会结得善果，收得善报。"

检查中，他们发现寺内还较为有序，但外面大量的灌木、杂草已经对寺庙建筑形成合围之势，还有人在寺外随意烧纸、燃放爆竹，香火缭绕，火星四溅，于是提出了清除杂草、划定燃放区域的整改意见，不想却遭到一位来庙里进香的信徒的抵制，说这是佛门净地，有佛祖护佑不会有事的。

杨安保当即回应说："水火无情，历史上包括少林寺在内的许多名寺宝刹都曾遭遇火劫，因为寺庙是砖木结构建筑，里面布置着大量的帐幔，有很大的火灾危险性，千万大意不得。"

那位信徒竟然不听劝阻，继续烧纸、放炮。刘鸣问杨安保，要不要对这人进行拘留处罚，杨安保说口头警告一下算了，还是回头给管理单位下一份整改通知书，责令加强火源管理吧。

刘鸣说："跟你说话的这人看上去好面熟，像是市里哪个部门的官员，怎么刚才还在磕头祷告的。"

杨安保说："现在有些官员就是信仰出了问题，走到哪里都要去寺庙求神许愿，就像党报上说的，'不问苍生问鬼神'！"

几天后，他们又转向公共娱乐场所进行夜间检查。在一家飚歌城老总的办公室里填完检查记录，刘鸣发现墙上时钟显示的时间已不知不觉到了十一点半。他掏出手机核对时间，发现外地一位同窗刚刚发来短信："生日快乐！夜生活结束了吗？"刘鸣这才想起今天是自己的生日，心想问候还有这样问的吗，于是连答带问地回道："夜生活很充实，正在披星戴月检查，你呢？"对方又回了一条："洛阳亲友无需问，我们都在剿火患。"

次日一早，刘鸣带着资料准备对昨晚检查的两家存在严重隐患的单位实施临时查封。"大队长，好像是我们队里的车出警了。"杨安保和刘鸣驱车在去单位的路上，刘鸣隐约听到背后传来的警笛声。杨安保电话询问，果然是中队那边出动，他们随即驱车直接赶赴火场，车子还在几公里外就能看到一道烟柱直冲云天。

一到现场，杨安保发现有很多武警和公安在紧张作业，不用说是市政府调派来紧急疏散物资的。

"用开花水枪浸湿整个堆垛，防止复燃。""被烧的是市烟草公司的烟叶堆垛，火势已经得到初步控制，但余火在堆垛的内部，一时难以扑灭。"武刚一边组织指挥，一边向杨安保报告现场施救情况。

“怎么尽是其他大队的人，你们中队的兵都哪儿去了？”

“可能是烟叶熏蒸引起的火灾，有一定毒性，早些赶到的我们队六名战士还有十几名武警战士都被烟熏中毒了。”

战斗结束时，龙山中队只有肖和平、徐辉、秦帅和张昌虹四名战士坚持到最后，其他人都因为不适先后被替下。

烟草公司的亓经理正在接受火灾事故责任调查。杨安保对其并不陌生，几个月前在检查中才接触过，杨安保记得当时还尊他为师，说：“你是我的一字师，以前还真不认识你这个姓氏，今天认识了你就多识了一个字。”

亓经理给杨安保留下的印象是对消防安全一点也不外行，陪同检查时，他声称：“贼偷一把，火烧精光，说实话，我们烟草行业不怕贼偷，就怕火烧。”

对这个看法，杨安保也不完全赞同，说：“安全无小事，防盗也不可大意，现在不光有三只手的小偷，还有江湖大盗，他们有很多手脚，有的甚至开着集装箱车集体行动。”

面对这突发的大火，亓经理很是不解，说自己一向比较重视消防安全，怎么还是防不胜防呢？刘鸣听出他潜在的想法是为什么那些不够重视的单位反而没事呢？便跟他说了一条消防基本道理：这火灾的发生有一定的偶然性，并没有规定隐患多的、重视少的就要先生灾，因为火魔饥不择食，它不会像水患那样专从堤坝的最薄弱之处突破，但无论如何只要火灾发生了，就表明安全方面还是存有漏洞，让火魔钻了空子。

战评会上，同样是人在阵地在的不俗表现，武刚对秦帅等业务骄人者没有怎么大加赞赏，却专门对寡言少语的张昌虹提出了表扬：“昌虹今天的表现可圈可点，全体都要向他看齐，学习这种咬得住、打不垮的韧劲。没看出来，你竟有这么强的抗毒体能。”

“报告队长，抗毒体能也是练出来的，他平时就抽烟，今天他正好免费吸烟，巧了。”马文军适时推出谁也无从考证的逻辑。

“抽烟还能增强抗毒功能，有这一说？”杨安保要的是权威性依据。

“那当然，据说当年非典期间，抽烟的人就很少得病。”马文军振振有词。

“还是据说，不如就说是你说的，那证据呢？”武刚问。

“你是不是有什么亲戚在烟厂，想帮助做香烟广告？”徐辉虽是打趣的话却很有一票否决力，因为他自己就坚持战斗到了最后一刻，而且从不吸烟。

从头至尾，张昌虹一言未发，一口气又抽了两支烟，一副“褒贬自有春秋”的姿态。

越是有害的东西，往往越具有诱惑力，遍及世界的除了吸烟还有奢侈、家暴、黄赌毒，等等。烟草可以说是个典型代表，它的魔力让这个蓝色星球成了宇宙星河中的“瘾君子”。自从公元1492年，哥伦布的两个船员将南美土著人那里的烟草带回西班牙便风靡开来，病去如抽丝，“烟草有毒”的道理尽管地球人都明白，但至今全球烟祸五百年难以消散。目前，全世界每年制造出各式各样的卷烟四万亿支，平均每人分摊一千多支，这不能不说是人类之大不幸，是人们在创造物质和精神两大文明的同时给自己牢牢系上的一大包袱。刘鸣在编写的《消防安全管理指南》一书中就曾引入了这样一组数据：我国是世界最大的香烟生产国，也是世界上最大的烟草消费国。我国有3.5亿烟民，每天吸烟量超过15支。吸烟不仅是威胁公民身体健康的一大公害，而且也是引发诸多火灾事故的祸首之一。

卫生员李长江过去抽烟，现在戒了。他现身说法道：“烟草这东西确实有百害无一利，国家就该强制禁烟，既然有毒害就属于毒品，吸烟就是吸毒，禁毒也当禁烟。”

徐辉说：“我就不明白，为什么一边要在烟盒上标注吸烟有害健康，一边又大量生产，这不是自己跟自己过不去吗？”

“光屁股系腰带——多一道道，直接下令全国禁烟得了！”马文军总好犯走极端路线的毛病。

张昌虹不愿意了：“现在的空气污染这么严重，你即使不吸烟也要吸尘、吸霾，再说了这社会就是一种生态平衡，不是所有不好的东西都一定要赶尽杀绝。”不吸烟者的理由只有数条，吸烟者的理由则是无数条。

马文军见张昌虹明显在强词夺理，便不再跟他理论，说："我看世上五个常有理的人，你一定能算一个！"

会议一结束，秦帅与张昌虹就直奔三楼电教室，观看晚间现场直播中国队参加的一场足球比赛。秦帅出生在中国的足球名城，是个铁杆级别球迷，过去凡是足球大赛可以说是有条件要看，没有条件创造条件也要看，尽管这些年为此生了不少闲气，这足球情结还是让他对国足忧思难忘。

打开电视，比赛已进入下半场，屏幕右上角清晰地显示着比分是三比一，不消说是人家三我们一。秦帅只关注比赛过程，结果他并不在乎，也在乎不了。什么黑色三分钟，恶意犯规，追打裁判，等等，秦帅早已习惯于接受各类不愿接受和想不到的事实，心智在某种程度上由于国足的表现而变得成熟，这也是看国字队比赛必须具备的起码的身体和心理素质。

"别看了，输定了，老实说看他们踢球比上午救火还让我窒息。"徐辉一句话把足球和消防串到了一起。

一句话有时就是一个立意，对呀，何不就这方面的感受做一篇文章呢。几周后，秦帅的一篇题为《足球的启示》短文就在全国发行的《安全报》上发表了。

我是一名职业消防队员。一个单位今天发生了重大火灾，灭火归来虽已倦意难消，却仍要撑着看一场现场直播的足球比赛，结果中国队又输在预料之中。

失意连着失意，不由使我将足球与安全工作联系起来，忽然间似乎得到一些启示。

身为泱泱大国的一介球迷，我无力用自己的助威呐喊将国脚们送出亚洲、推向世界，这是我，也是所有球迷的悲哀。身为一名专业安全工作者，不能在一方天地中将火灾等安全事故赶尽杀绝，这是我，亦是全体安全人员的憾事。一样的任重道远，一样地需要同志同仁不懈地努力。足球比赛已成为一项风靡全球的运动；"安全第一"也早已是全人类的共识。

足球场上讲究攻防兼顾，不可一味地防守，赢球须靠凌厉的攻势；安全工作要以预防为主，需要精锐的战斗队伍，更需要主动出击，防患于未然。

展开的足球队与安全工作都应像一张无形的网。一支球队要有前锋、中场、后卫、守门员，相互配合，积极进取，还必须有一个掌握全场的核心人物。任何一名队员的无所作为便可能招致满盘皆输，球场上最怕防守乏术，把危机全部交由守门员去化解。同样，一个单位的安全工作要靠每个部门、每个人的共同努力来维护，法定代表人便是统管全局的第一责任人。一个人的麻痹大意或许就会带来一场深重的灾难，人们最不希望看到的是事故既出，不得不把全部希望寄托在奋不顾身的救灾人员身上。

一支骁勇善战的足球队，队员不仅要有强烈的求胜欲望，更要有堪称娴熟的技艺。安全工作的发展依赖于全民安全意识的增强还要依赖于现代化的技术手段和科学的管理方法。一个单位只重效益、不顾安全最终会自食其果，祸起萧墙，那就无异于足球场上自摆乌龙。

裁判是足球场上至关重要的执法官，眼观六路、耳听八方才能公正执法，而安全工作中最公正的裁判却是"事故"这个为人唾弃的角色。种瓜得瓜，种豆得豆，栽下祸秧收获的只能是痛苦与教训。对失职犯规者，事故裁判抑或给你一个"黄牌警告"，抑或就此亮出一张让你悔恨终生的离场"红牌"。

输了球，不要拿"足球是圆的"作辩护词，要的是不服输而非不认输。失败了要分析原因找出差距而不要就此患上"恐谁谁症"，水平的提高只能循序渐进。事故发生也莫以"防不胜防"来搪塞，重要的是汲取教训，"吃一堑，长一智"，绝不能当作过眼烟云，任由悲剧再度发生。

足球比赛与安全工作在很多方面都是相似或一致的，要说有什么不同，那就是对足球你可以漠不关心，不闻不问，而在安全工作这块场地上，谁都不能当一个无动于衷的看客，因为每一个人的肩上都有法律赋予的那一份重于泰山的责任。

有人问秦帅怎么想起将足球与安全联系到了一起,他说只是有感而发,还说其实不仅如此,这个世界的所有事物都是互相联系着的,有的还会形成互动效果,只不过有良性的也有恶性的。某市郊一片树林基本毁了,专家说是市民健身造成的,市民说与我何干,专家说由于市民早晚都到林中散步健身,鸟儿都不敢靠近了,结果林子遭受大面积虫害成片枯死。消防安全也是一项工程,时常也会因为这种不良连锁效应受到来自多方面的破坏,秦帅跟随大队长一同进行检查中,就不时发现消防安全被直接或间接冲击的情况,都被他作为反例素材记录在案:某医院将备用安全出口锁死,理由是防止新生婴儿被偷走;某五星酒店还未经消防验收合格就按照个别领导意志仓促开业,否则就会被冠以罪名"不顾大局";某工业园区拒绝消防人员进场检查,旗号是保护招商引资环境;某单位发生火灾媒体受命封锁消息不让报道,说是怕影响到其上市的股指。而且,因为其他原因去践踏安全的情况似乎也"古今中外,概莫能外"。较为典型的例子,古有阿房宫三百里被付之一炬,外有韩国崇礼门被烧得面目全非。建于1398年的崇礼门被烧毁源于一起征地事件,征地必须有一定的经济补偿,由于给付的补偿款未达到嫌犯蔡某的满意,于是产生报复心理,并最终迁怒于被奉为一号国宝的恢弘古建崇礼门。

十八

时代不同了，世道也在变。过去遮遮掩掩怕露富，现今毫无顾忌地炫富；过去讲究矜持，当今却流行直白；过去用歌曲表达爱情唱“你问我爱你有多深，月亮代表我的心”，如今一张嘴就是“死了都要爱”。有很多年轻人相亲上来就问有没有房子车子，老爸是干什么的，不如意称心的就免谈。长淮市就有一被人热议的知名女子，先是嫁给了个富二代，接着离了再嫁给百万富商，最终的归宿是亿万资产的名流。当然这位名流也已经是一婚再婚三婚，而且年龄上比现任的岳母还大出一岁，双方扯平了，也再现了物以类聚。这要在过去可能就会遭人谴责了，现在只要你情我愿，自己痛快就成，至于别人什么态度爱咋咋地，我行我素者都好说一句“我高兴”。

其实别人也顶多说说而已，社会进步了，人的理念也在飞跃，对于无论怎样新鲜的事物，现时代的人都能接纳而不觉得奇怪，比较主流的看法是：“存在就是合理的，消失都是必须的”，至于这老夫少妻根本就算不上什么“潮”事儿。

这天，龙山大队就来了一位说话直白又好炫富的人。此人属于典型的

"自来熟"风格,虽然远道而来又素昧平生却毫无顾忌地径直找到杨安保,自我介绍说:"别人都叫我大款,其实敝人姓贾,名大宽,贾宝玉的贾,宽大的大,宽大的宽。"

杨安保并不关注他姓甚名谁,只想知其来意。

大款说他做的是大宗消防产品生意。接着就自我爆料说自己的资金没问题,因为在海峡那边有一个"富豪"爷爷,就连当初成立公司的启动资金也是爷爷给的。爷爷原是国民党高级军官,在台湾退休后,自己买了一块地,财气来了谁也挡不住,有一天那块地里竟然冒出了多股温泉,现在这块地已被开发成了一处温泉度假村。

杨安保更不关心什么"富豪"、"土豪",只想听其下文。

转入正题,大款声称愿意拿自己的生意与杨安保合作,请他入股,条件是三七开分成。初次见面,大款毫不隐晦自己的商人价值观。听到"入股"两字,杨安保很快想到另一个词条"入瓮"。

"你只需动口不需动手,在工程中帮助推介一下,具体工作我们来做,只有利润没有风险,一切后果皆由我公司承担。"大款满嘴都是"币重言甘"的气息。

这话杨安保听着有些耳熟,想想原来是早前某照相机的一句有名的广告词:你只需轻按快门,剩余的事我们完成。

见杨安保不动声色,大款又补充解释说:"我的产品都是有合格证明的,再者我在省里有人能够帮忙,从来没有出现过预料之外的事情。"

也许是方言的缘故,大款把两个"料"字念成"尿",很不悦耳。

"大款先生,你看我们是做生意的料吗?"杨安保特意在"料"字上加重了语气,提请大款正音。

对消防工程施工与消防产品经营方面,处在大队负责人的岗位可谓瓜田李下,杨安保不仅自己防意如城,还严格要求大队其他官兵坚决不涉足违禁的浑水。尽管如此,出于给对方的面子,杨安保并没有直白地用批评教育作答。

“要是嫌低了，可以六四兑现。”杨安保的话一定出乎大款的预“尿”。因为在他看来利字当头就像天上下雨地上流是天经地义的，只有见好就上，哪有见好退避之理，大款坚定认为杨安保是在要价。

杨安保说：“当兵发财，自当两道。我是现役军人，我要是想做生意就不来消防队了。我看在这方面还是不要搞警民共建为好。”在杨安保的眼里，与商人结盟到最后就会变成火中取栗，因为生意人以利为重，而军人以义为重，利和义二者泾渭分明，当兵做生意就是见利忘义。

大款说：“这个可以两不误吗？”自以为手眼通天的他还在不屈不挠地死缠硬磨。

杨安保说：“你的心情我可以理解。对你们来说，钻营生意是敬业，对我们来说做生意则是一条严禁触碰的高压线。将来也许我们还有合作的机会，但必须是我脱了这身警服离队的那天。”

“我有位朋友在福建消防，五六年前自己打报告要求转业，现在专做消防工程，非常很成功，估计资产已有上千万。”不了解杨安保心路历程的大款没有作最后放弃。

杨安保说：“人各有志，现在有人负债累累买房子，没成房主倒成了房奴；有人天天想着发财，没成财主先成了财奴。我们有必要为钱活得那么累吗？”

“你们消防部队确实很辛苦，听说杨大队长也是地方院校法学毕业的，请问当初怎么甘愿选择到消防部队的呢？”大款没话找话，自我转题缓和气氛。但这话问的似乎给到部队贴上了一个错误的标签，俗话说萝卜白菜，各有所爱，比如有人喜好戴名贵首饰，有人却认为这个华而不实，不如拿钱去旅游，有人则说旅游就是“上车睡觉，下车尿尿，到点拍照，回来啥都不知道”，不如买件衣服穿，还有人什么钱都不愿花，就要存着，看着存款数字往上涨就暗自愉悦。

“你是觉得我现在混得不行吗？”大款的话明显也刺激到了杨安保，他的话里开始有了送客的意思。

没什么可说的了，话不投机半句多。

听到这里，大款似乎悟出点什么来，没有再讨没趣，客套地要请杨安保吃饭，被谢绝后只好留下一张名片，说声“以后省里有事需要我帮忙的尽管招呼”怏怏离去。

最近一周，常嫒被支队抽调为全市各大队官兵作心理咨询辅导去了，这是支队组织的“消防大讲堂”系列培训教育规定动作之一。除此之外，还有几课分别是市委讲师团副团长主讲的“科学发展观理论体系”、陆军学院教官讲授的“当代军人核心价值观内涵”、市公安局刑侦专家传授的“应急谈判技巧”、车管所所长讲解的“车辆行驶应急处置法则”以及支队火调工程师小崔的“火灾调查询问与讯问方法”、支队军医的“伤员紧急救护常识”等。

晚间，省城那边捷报传来，长淮支队在全省消防大比武中荣获总成绩亚军，秦帅正常发挥，一举拿了两个单项第一和大队团体第三，总队分管业务的副总队长颁发证书时公开称誉他为新科状元。据悉，总队已经按照比武奖励之规定，确定给秦帅记个人二等功一次，兑现五千元的个人奖金。秦帅已明确表示将其中三千元捐出，资助给和支队结对子的帮扶对象——郊区大坪村小学的十位小学生。

上级看下级、干部看战士、老兵看新兵一般都能看出一些门道，看问题站的高度不一样，这是过来人多经历练方能达到的状态。这天，杨安保一眼就看出江南俊的情绪有些低落，像是有什么心思。

江南俊下得一手好棋，大队曾在组织的中国象棋比赛中额外搞了一场让人叹为观止的表演赛。江南俊像个特级大师来回踱着步，一人同时对战五人，结局是四胜一和。训练课后，杨安保特地借下象棋的时间和江南俊单独聊聊天。

杨安保先是鼓励江南俊说：“不说远的，就说秦帅，他从名不见经传的普通一兵，到今天成长为全省比武的佼佼者，靠的是什么，一个字练，两个字苦练。你们为国家效力，部队也在尽力为你们的成长进步创造条件，但主要还是靠自己。哎,你棋下得好,我考你个问题,你知道这中国象棋和国际象棋最大的区别在哪儿吗?”

“好像国际象棋里多一个皇后。”

“那就叫后,但这不是本质区别。”

“这个,还真不清楚。”

“中国象棋里透着皇权意识,老帅至高无上,始终蜷缩在宫中不出远门,两侧有形影不离的相士舍身护卫着,可一旦士相被除掉,将帅离灭亡就不远了。而国际象棋中的王既是指挥员,又是战斗员,他可以远程掌控,不得已时还亲自上阵搏杀,一败涂地时就自己逃亡,有时完全靠独自的威力与机智求得和局,在逆境中的唯一选择是沉着应战,不到最后一刻绝不言放弃。”

“还的确是,这样似乎更人性化一些。”

“人生就像这下棋一样,一步走错,满盘皆输。还有一点就跟棋法一样,集体的智慧和力量很重要,今天我找你就是要告诉你,人生不如意事十之八九,个人如果有什么困惑与难处就痛痛快快地说出来,大家都是兄弟,相互帮助是应该的。”

“大队长,都被你看出来了。前天接到家里电话,我母亲得了心肌炎,我想请假回去探望,但现在正是二级战备期,执勤任务重,请不了假。”

“这样吧,你先问一下情况,还有几天二级战备任务解除你就赶回去。”

杨安保与常媛通气后商定,第二天在大队组织为江南俊母亲捐款活动。一周后,江南俊报告说母亲那边来电称病情已明显好转,不需回去探望,叫他安心服役,而且感谢大队捐助的八千元钱。江南俊问母亲,大队一共捐款五千元,怎么变成八千了呢,母亲说连续收到两笔汇款,一笔五千,一笔三千,五千的落款是龙山区消防大队,三千落的是你自己的名字。

这件事让杨安保也有点迷惑,凭直觉判定这是笔个人捐款,有一个线索就是那天通信员小冯去汇款回来,常媛正好在队里,她还特地问了小冯江南俊的家庭住址。

“常教,你个人捐款为什么不留自己的名字?”杨安保敲山震虎式地直问道。

常媛故作诧异地反问："什么捐款？"

"直说了吧，你的捐款转了一圈儿又到了我这里，是江南俊家里退回来的，由于你没留自己名字，让我一通好找。"

"这不可以，那仅是一点心意。"

"那就对了，兵不厌诈，这一招管用。"

从杨安保微带狡黠的笑脸上，常媛知道中了他无中生有的诡计。

临近下班钟点，有人敲杨安保办公室的门，声音特别地响，无所顾忌的像是主人在敲自家的门。原来是龙山大队原大队长邱文山来到大队，一是工作，二是叙旧。邱文山是杨安保的前任，现已转业安置任龙山区安全生产监督管理局副局长。邱文山还有个弟弟叫邱会海，现仍在本省某消防支队任职。邱文山的老爷子前一半事业在部队，青春报效疆场，还上过越南前线；后一半事业投在了政府机关，文字材料方面硬是从半肚子水笔磨成了"骨灰级"笔杆子，按他的说法是主要精力都报效会场了。给兄弟二人取这么个名字，一是缘于对文山会海的痛恶，说是一位领导的驾驶员利用会议时间在车上都写出长篇小说了，会议有多少可想而知；二是两个孩子降生时自己都在外地开会，下决心将孩子一一送到部队上便是要他们将来不要步自己的后尘，跳出文山外，不在会海中，多干些接地气的务实性工作。

"年半没来大队，鸟枪换炮了！"邱文山是针对大队后添的云梯车等重型装备和全新的室内装饰。

"都是邱局当年基础打得好。"杨安保礼节性地把功劳记在邱文山的头上。

"一家人不说两家话，我知道大队就这么三四个干部，工作压力确实很大，要带好兵，要抓训练和灭火执勤，随时要紧急出警，还要搞防火监督检查、建筑工程审核和火灾事故调查。老实讲我从中队长到大队长连续八年没有在家过年，最重要的是神经总是绷紧的，你看我现在才四十出头，两鬓斑白，别人都以为我接近五十了。说实在话，现在才知道什么是真正的轻松。”邱文山像一回娘家就有倾诉欲望的闺女，说到动情处难以自制，一时似乎忘了作为一位离任者跟继任者说这些多少有点不合时宜。

“现在当局长就不需要负责任了吗？”杨安保的意思是在其位，谋其政，你既然是有责任感的人，到了哪里都会领受到责任的压力。

“副局长，纠正一下。目前都兴这一把手负责制，副职还是不一样，所以人说穿衣穿布，吃菜吃素，当官当副。”

“正职要干正事，副职也得负责。恕我直言，从法律的角度看，副职是受正职委托的直接管理人，出了事一般都是副职打头里扛着。当然有时也有扯皮，为了防止推卸责任，我们大队就不设副大队长一职。”邱文山听得出这是玩笑话，杨安保压根没有拿他当外人。

“谈正事吧。局里最近安排对全区安全形势进行调研，主要是调查安全事故中的死亡率，制订下年度安全综合治理目标，明年全年事故亡人指标要求控制在三人以内，火灾这一块指标是万分之零点零一四，我们区人口多一些，但算一下最多也只能占一个，这也是市里根据上级机关确定的任务指标分解的。”杨安保听得出邱文山名义是调研，实际已偏离调研的路线，走的是下达任务之前的通气程序，因为这些指标他自己也无权变动了，更不要说消防大队能做多大主了。

“目前全省都在施行社区零火灾和县区火灾零死亡的创建工作，我们也正在积极地与各社会单位和公安派出所就这一工作做出细致的部署。但扪心自问，这一个指标是否会被突破，不是你我在这里这么一比划就能搞定的。”一向自信的杨安保在这个问题上无奈似乎占了信心的上风。

火灾防控是一项社会群防群治的综合工程，谁也不希望事故发生，更没有哪个单位或家庭不期望能够永久规避伤亡风险。但在目前群众消防安全责任和法制观念都还有待进一步提高的形势下，单位与个人的责任主体意识没有完全树立起来，目前工作主要还是依赖消防监管去推进，职能部门一家的力量毕竟是有限的。

“老杨，你讲的不是没有道理，消防是民生工程，但火灾的发生有一定的偶然因素，死亡人数指标的确定本身有它不科学的地方，这一点我也很清楚。”邱文山又回到了调研的轨道上。

“每个单位好比是一辆车，好多车都没了原动力，我们消防队不仅要开好自己的车，还要派人四下去推车，增加一倍编制也还会警力不足。”

邱文山说：“这个我们都懂，但合理的不一定完全合法，合法的也不一定就完全合理。”

或许无数安全工作人士都有同样的认知、压力与无奈，从中央到地方，不能说安全工作不被重视，但令人扼腕和痛心疾首的是每年都有大量事故发生是不争的事实，就像报上一篇针对安全事故的评论中说的：物价还在控制中上涨，事故总在防范中发生。因为到了安全阵地的最前沿，法规制度执行会走样，安全防范措施会变形，说到底还是人的原因，古人早就总结了：“车之不前，马不力也；法之不行，人不力也。”火灾的指标是社会与人文因素决定的，不提升防控水平而只要求降低指标，就如同领兵打仗，不提高战力、讲究战法，却一味地要求控制将士的伤亡，实际上都是一种倒行逆施。

十九

傍晚时分，哨音响起，有人以为吃饭提前了，但紧接着这哨音又连续响了两声，无人怠慢，这是大队紧急集合哨。

前后一分钟不到，全体列队完毕，自行立正。"请稍息！"杨安保向队伍敬礼后临时下达了一项特别的救援任务，无需动用任何救援工具，需要的是真情和鲜血。接到市里通知，下午滨湖大道上发生一起车祸，三名小学生被出租车撞了，其中一名严重者现正在医院急救，生命垂危。医院告知，重伤者为 O 型血，市中心血站血源告急，希望社会组织献血。"为拯救生命献出一份爱心，这是我们义不容辞的责任，全大队所有 O 型血的同志立马跟我一起去医院。"

这已是龙山大队两年来第二次参加有组织的献血。"视人民为父母，把驻地当故乡"，这是中国军人的集体座右铭，权为民所用，利为民所谋，情为民所系，消防部队表里如一，对外说到做到，对内强调更多的是要做就做最好，做好也不骄傲。年度的行政机关行风评议他们连年位居前列，这并不代表尽善尽美，而是相形之下容易被凸显的缘故。这个社会良莠混杂，现在的人们越来越痛恨各业各界不负责任的承诺或华而不实的行止，其中已被推向风口浪尖的当属那些大张旗鼓请名人代言虚夸的药品，只见广告不见疗效，何故？有知根知底者爆出真相：包装精美玲珑的药是假的，一本正经讲解的专家也是假的，煞有介事的代言言过其实，代言人自己根本不用甚至不信，彻头彻尾的假言假语、假仁假义。

医院负责采血的医务人员为了保证官兵们的正常工作训练，只同意每人抽取两百毫升，但大家一致要求多抽些。江南俊对医生说："多抽点，我不怕抽血就怕扎针，O型血大队就我们几个人，省得回头要是不够了还得扎。"献到三百毫升时，新兵小潘明显出现了头晕、脸色发白等不适症状，仍毅然决然地坚持献出四百毫升。最终献血工作顺利完成，立竿见影，伤者脱离生命危险。

"在许多人期待和赞许的眼光中，还带着体温的鲜血流进了一个不知姓名的孩子的血管，龙山区消防大队官兵又一次用无声的语言践行了他们情为民所系的诺言，不断为血浓于水的巨著续写下新篇。"第二天的《长淮日报》又在报眼位置对大队的献血行动作了及时报道。

长淮电视台与龙山大队多年来一直有约，及时提供各类消防新闻线索。这次杨安保特地不与电视台记者联系，就是为了速去速回，让官兵们可以躲避长枪短炮的袭扰，集体"隐身"当一回无名英雄，自始至终他们也不知道消息是如何被透漏出去的。有人说这是一个"人人都有摄像机，个个都是发言人"的信息时代，专职兼职记者、通信员、网民、线人可以说无孔不入，加上大大小小的摄像机、摄像头、照相机、手机、录音笔等信息记录设备的高度普及，想要好事不出门都不易，坏事更是一日传千里。某社会聚焦电视节目中，一位怕被曝光的经营者面对被偷拍的摄像头，还口口声声说这年头干啥事都要长个心眼，并特别叮嘱偷拍者千万要时时刻刻"防火防盗防记者"。

随着帝旺大厦的申报竣工验收，龙山区又一座标志性建筑落成。这也是迄今长淮最高的建筑，总高度九十九点五米，比原有的龙山大厦高出零点五米。中队有跟随验收的战士问:为什么这些建筑高度总不突破一百米呢?刘鸣解释说主要是消防标准的要求,建设方都特别能算账,百米以上公共建筑叫超高层建筑,要每隔十五层设置一道避难层,标准层面积超出一千平方米的还需在屋顶设置救生用的直升机停机坪,这都会导致工程造价大增。高处不胜寒,高出零点几米多花数百万,所以对于超高层建筑,没有一定实力的公司都会望而生畏,只好选择在百米线下打个擦边球。

马文军问:"要是都盖超高层建筑,我们大队岂不是要配备消防救援的直升机了吗?"

杨安保说:"那不错,消防装备历来是跟着安全保障需要走的,经济越发达的地区,消防要求就越高,装备投入就越大。目前一些大城市已经装备了直升机,我们这里迟早也会有的。"

刘鸣还跟大家说:"这擦边球是个好球,可以在不犯规的前提下有效得分。"打擦边球的现象比比皆是,处处不乏这项技能的"高手",其目的只有一个就是为自己加分最终带来红利。既然是好球,不打白不打,白打谁不打,看看社会上某些人的行为便知,这些虽不是主流,但也绝不是个例,诸如为了掩人耳目把传销打成直销的旗号;普通的药品换个名字和包装就能卖个高价;亲密的两口子为了分房去办假离婚;在国外野鸡大学混个文凭踏进国门就是海归;就连参加高考有人弄个名头设法加分,有人转战异地,还有人甚至在考前服用兴奋剂。

这帝旺大厦原本取名地旺大厦,因为大厦所在的这块地在当年政府组织的拍卖中打破了长淮市地价的最高纪录,糅合了成为新"地王"的业主对拿下高地价板块的炫耀和无可奈何。

"从外观检查来看,木质防火门的质量不高,用材和做工上都存在很大伪劣嫌疑,你看需不需强制送检?"刘鸣当着甲方的面征求杨安保的意见。

杨安保转向甲方一位负责人说:"据我们了解,你们在防火门的招标中的原则是低价中标,明显低于当前市场平均价格,甚至比有些厂家的出厂价还要低。根据目前市场上防火门的质量良莠不齐的状况,为了对建筑工程质量和建设单位负责，我们认为依法实施检测是必要的。”

负责帝旺大厦施工的总承包方杨副总经理听刘鸣这么一说有些坐不住了，说：“现在临时再去送检，不会耽误我们的验收工期吧？”

刘鸣说：“从送检到出检测报告大约需一个月的时间，但不会影响工程验收进度，如果最终检测不合格，就将防火门作为一项独立的问题拉出来实施整改，保证工程质量才是根本。”他的解释里混合着普法、监督、承诺与服务多种成分。

毕竟，这消防产品不同于食品、服装等其他日用消费品，食品的味道要经得起品尝鉴定，衣服结不结实、掉不掉色一穿洗便知。消防产品在不发生火灾的情况下一般难以检验出货色，主要手段就是科学检测。上有不断调整的政策，下总会有不停翻新的对策，有的人送检的都是货真价实的东西，等拿到报告再生产出来的东西就打了折扣，甚至是水货。要辨别真伪，必须从现场随机抽取部分产品登记封样强制送到权威机构去检测，这就叫见证取样，很多防火构件还要实打实地放在高温实验炉中去烧一烧，测一测，只有真金才不怕火炼。

一个月后，检测报告摆到了杨安保的桌面上。杨安保揉了又揉自己的眼睛，因为他怀疑自己是否看倒了其中的数字。该大厦使用的是乙级防火门，按规定，它的耐火极限时间要求不低于一个小时，报告上标注的阿拉伯数字应该是“1.0h”，眼前的实测数据却是“0.1h”，也即六分钟。这所谓的防火门就是在两层木板中夹了一张石膏板，标准的消防赝品。

杨安保在大队集体议案的会议上说：“假冒伪劣”这个组词其实有语病，因为“假冒”亦即“伪”。无论是伪还是劣，都有一个共同特点，就是不敢露出庐山真面目，其用心是要通过巧妙的伪装，以蒙骗的手段达到赚取黑心钱财的目的，最终的受害者是那些看不透伪装而走入误区的人。建设工程容易出现造假使假现象，以往许多豆腐渣工程的出现都印证了这一点。

刘鸣提出了消防处罚的具体意见。他说：安全本身就是一项宏大的系统工程，这其中除了各类安全产品中的偷工减料、掺杂使假外，还存在另一类更危险的伪劣:如有人通过削减安全投入来增加企业经济效益;有人以超员经营的方式扩大公共场所营业的红利;有人认为安全岗位是多余的,把裁减安全人员说成是减员增效;还有人经营不善铤而走险。

作为大队的法制审核员,常媛对刘鸣提出的处罚意见表示同意。她给出的说法是:一个单位,如果不尊重安全科学的规律,安全管理制度不落实,事故隐患的病毒就会乘虚而入,如果安全防范设施再不健全,自防自救能力低下,哪怕其效益再好,也不过是一种表面的、伪劣的健康,一旦病毒发作,即临灭顶之患。同样一个单位负责人,不履行法律赋予的安全管理职责,不以国家、人民利益为重,事故隐患就在眼皮底下却安然处之,对执法人员的意见和忠告漠然置之,直至发生灾难也面无愧色,那么就有理由认定他的人格是伪劣的、不健全的。作为一个单位的领导者、引路人,大家的信任只能说是骗取的,如果再用党性原则的天平去称量一番,也定是短斤少两的。

令人欣慰的是消防法制化正在大步提升。自《消防法》颁布实施以来,举国上下消防执法力度日益加大,各种假象被频频曝光,一些说假、做假、售假者被绳之以法。大批安全方面的欠账被勒令偿还;安全不过关的公共场所被取缔或责令停业,全社会的安全管理机制也正日趋完善。但这项事业既不会一蹴而就,也不可能一劳永逸,只有全社会各综合部门在各自的行业管理中,都形成统一认识、联合行动,并将安全审查合格视为一个必要的前置条件,使扫伪除劣形成声势,形形色色的“李鬼”才不可能蒙混过关,“安全第一”不会失真,人民生命财产安全才会得到切实、永久的保障。

对于检测不合格的产品,处罚是必需的,依法自动进入程序,这不是大队能够决定可做可不做的事。处罚之剑是无情的,大队的集体意见是拆除并查封所有已经安装的劣质防火门,传唤销售代理人,对代理商和生产厂家分别予以罚款三万元和四十万元的处罚,别说下手太重,这是利欲熏心者迟早要付出的代价。

经查证,该防火门的代理商不是别人,正是那位曾约见杨安保的贾姓大宽者。

杨安保正色说:“你怎么可以这样做呢,你这不叫老新(长淮一带方言,意为伪劣产品),叫老新到家了,丑媳妇迟早要面见公婆,伪劣产品也最终要面见公众,知道吗?像你这种行为迟早要导致倾家荡产!”杨安保是希望他正视处罚,并吸取教训,一改故辙,重修正道。

有句俗话说“牛无力拉横耙,人无理讲横话”,见杨安保动了真格的寸步不让,贾大宽不再保持此前的低姿态,反而变得强硬起来,还以“上边有人”相威胁,临走对杨安保说的最后一句话是“这事不算完”,但这场风波之后贾大宽就在长淮悄然蒸发了。

为正本清源,全市以这次处罚为契机,刮起了消防产品的专项整治旋风,这股强风中长淮市场彻底得以净化,帝旺大厦的防火门也全部更换了合格产品。对这个反面教材,长淮电视台在“焦点”专栏作了连续跟踪报道。消防舆论监督最有力的措施就是对违法行为公开曝光,以儆效尤,如对发生的典型火灾,及时发出火灾通报,或将违法查处情况及时公之于世,促使更多的单位引以为戒,做到警钟长鸣。

半个月后的一天上午,龙山区市民广场出现了一个盛大“集会”,这不是传统的庙会,更不是文艺演出,而是龙山区在集中开展一次伪劣消防产品的销毁行动。按照省消防总队的消防产品专项整治规定,这样的销毁行动一年两次,一般上下半年各一次,上半年正常都在“三一五”前夕,下半年时间各地市自行安排。公安、消防、质监、工商部门数百名工作人员来到了现场,区公安局彭副局长主导销毁仪式,并在简单总结这次专项行动之后于围观群众见证之下亲自点燃火把,将不合格的消防产品全部付之一炬。腾起的烟火之下,灭火器、消防水带、消防水枪、消防应急照明灯、疏散指示标志牌、防火门等在消防监督中查获的不合格消防产品共计十余类、数百件套被销毁,总价值五十多万元。

时隔一个多月,杨安保收到一条由外地陌生手机号发来的恐吓短信,警告说“做人不要太不厚道,组织上要好好查查你的问题”。杨安保实在回忆不起最近还有谁被“得罪”,估计十之八九就是那位贾大宽所为。

武刚说:“这家伙也太张狂了,竟然还倒打一耙说别人不厚道。”

杨安保说:“管它呢,看他还有什么花招,为人不做亏心事,不怕半夜鬼叫门!”

常媛看到短信后宽慰他说:“清者自清,身正不怕影子斜,不查还好,一查就成了执法有力的典型,到时你杨大想名气不大都不行。”

二十

如果没有队干部在场,总有人攒在一起窃窃私语地议论着什么。消息总是不胫而走,原来是中队指导员凌云深一夜间成了大队官兵谈论的主角,他已于今天自行换上了便服。凌云深先是在上周向杨安保口头汇报了思想,而后便正式向支队党委递交了转业报告,自愿要求到地方工作。

自从上次遭受失恋的打击后,自强的他与自卑的他多次交锋,最终后者占了上风,自强严重扭曲。凌云深开始重新思考自己的人生,一个"左"的意识日益占据了他的思想内存,那就是做一个"识时务者",他决意要用征服烈火的雄心和意志,征服这屡次让他被迫接受残酷现实的金钱世界,再用金钱征服一切想要征服的人,包括自己想要给她幸福的女人。

机会终于来了,凌云深又处了个新女友,其父是长淮当地一位房地产开发商,并几次商请他去当主管现场的副总。机会总是为有准备的人准备的,他想。等真的要转了,在转业报告上签字的一刹那,他心中泛起莫名的滋味,就要脱去警服换上西服,离开战车坐轿车,军人的生涯就此结束,虽说铁打的营盘流水的兵,但这种离岗离任却不是正常的流动,倒像是被社会的浪潮卷走而随波逐流，心里既纠结又惆怅，仿佛一位高僧错喝了狗肉汤就此结束多年的修行。他忽然想起自己骂杜海波是逃兵的情境，暗自发问难道自己不是财迷心窍当了逃兵吗？不，这不是逃而是转，从前沿阵地转向后方。但就这样悄然远离征战的号令，匆匆告别并肩战斗的战友，这不是逃又是什么呢？他想在“逃”与“转”之间找一个折中的词来为自己的行为做个体面的定论，但他一时把自己考着了。凌云深感觉大脑与躯干同时分裂了，一正一反两个自己附于一体，相持不下。

就在这一刻，前女友“我可不想让我的孩子跟着我们吃苦受罪”的话又在耳边萦绕。他迅速地签了字，然后猛地将手中的笔重重地掷在地上。

几天后，他就休假了，直到转业命令下达再也没有来过大队。一半是在忙着军地对接，一半是不想让兄弟们看到自己小老板那与以往格格不入的形象。后来，杨安保在一次会后见到过他，全身已经没有半点消防员的气味与印记，西装革履，驾着名车，一旁还有女秘书相伴着，不禁令杨安保想起诗人孟郊及第登科后所作的名句“昔日龌龊不足夸，今朝放荡思无涯”。再后来，有人传凌云深结婚了，而且是闪婚，从恋爱到结婚也就是农历几个节气的时间。婚礼在长淮顶级的五星酒店举行，豪华而铺张，但不知为何他并没有邀请自己往日的战友。长淮的民间风俗是报喜不报丧，没有请帖，自然大家就不便前去恭贺，错过这一次，龙山大队包括杨安保在内的所有人，之后就没有再见到凌云深，偶尔传来他的消息，但就是只闻其名，不见其人，果真是行如其名：云深不知处。

转眼已是橙黄橘绿的时节，这是一年中火灾发生指数相对较低的阶段。明天，龙山官兵将参与一次与灭火救援无关的战斗，大队将应邀打一场篮球对抗赛，邀请方是大队双拥共建单位长淮绿野集团。

绿野集团以经营燃气为主业，二十年前的十一月六日，一场惊天大爆炸让他们付出了死亡两人、停业半年、损失三百余万元的惨重代价。如今的三百万按标准只能算一般性事故，因为较大事故损失的划定标准已提升至千万元，而那时则属损失骇人的特大事故。这不奇怪，物价指数不同了，以鸡蛋为参照，当时是一毛钱一个，现在的行情已翻了几番。也有人说，这特大事故的标准一再提升，间接地说明了我们的综合国力强了，就像当年的万元户很吓人，而今的百万元户甚至千万元户也不足为奇了。

违法之树开的是罪恶之花，玩忽之木必结苦涩之果。当时为了赶工期，在液化石油气储配球罐内残液没有清理干净的情况下贸然进行电焊作业引发爆炸。现场腾起的蘑菇云半个长淮市都清晰可见，龙山区消防中队距该站区有一段距离，就在快要接近现场的时候第二次爆炸发生了，又一朵蘑菇云就在头辆消防车的前方五百米外升空了。想到这一幕，时任公司生产科长的李龙标至今还心有余悸，因为当时如果消防队早两分钟到达现场，或者公司第一时间组织大量人员在现场处置，后果不堪设想。

第二次爆炸后，很多部门问事的人都赶到站区，却未敢进入现场，只是在脚下垫起砖头隔着围墙探首朝内张望。不知是谁一脚踩空，砖头倒了，“哗啦”一声，惊魂时刻，草木皆兵，所有隔墙观望的人都误以为又爆炸了，顷刻间落荒而去。

之后，出于对火灾爆炸的担心害怕，不少居民家庭主动放弃刚刚花钱买来的液化气使用户头，又倒退回到煤炉时代，甚至在郊区的麦田里都会发现被抛弃的液化气罐，很多人说也难怪大家担惊受怕，谁让那家伙的体型生得就像一颗重磅炸弹呢。

再后来为了打消市民的顾虑，绿野公司将液化气罐免费送给消防队使用，又经过一段漫长时间的宣传和推广，液化气的用户才逐渐地多起来。

为了铭记教训，绿野公司把每年的“一一·六”定为公司安全纪念日。每逢这天，公司都要举行大型安全教育活动，贴标语，出板报，与驻地的消防队进行球赛等共建活动，一以贯之地请消防队派人到公司授课，从总经理到普通员工一个都不能少。别的公司老总办公室挂的字画都是些励志的内容，诸如“厚德载物”、“诚信天下”之类，而今天已任绿野集团总经理李龙标办公室的条幅书的八个大字是“悠悠万事，安全至上”。

这消防安全还就得务实，重视与不重视不一样，说与不说不一样，做与不做更不一样。绿野公司这二十年来，虽然经营规模扩大了数倍，经营的品种还是燃气，而且业务从单一的民用液化气供应拓展到工业、商业天然气供给，六个汽车加气站也相继启用，但一次等级事故都没有发生过，成了远近闻名的安全管理先进单位。安全方面踏实了，后院太平了，效益跟着大幅提升，现今的公司已升格为拥有酒店业、压缩机生产、房地产开发等多个产业的集团和成功的大型上市企业。

比赛开始了。绿野队凭着职业篮球队退役下来的两员战将，先声夺人，龙山消防队明显处于劣势。身为领队本不准备参战的武刚急了，由于不是正规比赛，规则不限换人名额，武刚于是频繁调兵遣将，最后干脆把自己也换上去了，一番激战，毕竟实力有一定差距，上半场结束，比分定格在四十二比三十，绿野队明显占了上风。

中场休息，小黄给满头大汗的双方参赛队员各送上一条热毛巾和一盘水萝卜。这种青皮红心萝卜是长淮的特产，个儿大，味甜，水分多，长淮四大怪之一"萝卜当作水果卖"由来已久。一旁的杨安保边嚼着萝卜边对队员们说："上半场咬住就行了，关键在下半场，要像这吃萝卜一样，由外到内渐入佳境，体能是我们制胜的法宝。"

也可能是比分悬殊，产生轻敌心理。果然下半场一开始，趁绿野队还没有进入状态，龙山消防就打了个漂亮的十比二开局，接下来的大部分时间里，龙山消防的队员越战越勇，速度与激情都盖过绿野，连他们也能察觉到对方攻势的锐减，最为突出的是节奏慢了一拍，弹跳跟不上，于是高度上也失去了空中优势，而龙山消防这边开始以快制慢，专打快攻，临近比赛结束还有五六分钟，龙山队已经将比分反超。

"兵败如山倒"，离终场哨响还有不到三十秒，比分被改写为七十二比六十六，绿野队员开始在原地运球，这是放弃的符号。龙山队员们最终后来居上，锁定胜局。

绿野队领队七分佩服三分不服地感慨道："先赢后输，我看并非技战术问题，我们虽然有职业队员，但在体能对抗方面，你们才是名副其实的职业队！”

武钢虽然没有接话，但心里有数，尽管自己的队员不是专业的，但只要奋力而为，上下求索，一切皆有可能。不光是这球赛，非专业出道却在全新的领域内有所建树的大有人在。一场球赛也以事实向两边的队员复述了一个道理：万事莫违，拼字当头，以战士的勇气和不言放弃的作风，再加上协同一致的团队精神，小到一个单位，大到全人类的诸多事业定会更加兴盛和繁荣。

按照支队的日程安排，常媛的心理咨询辅导课回到龙山大队主场也进行到了最后一站。大队全体人员已提前十五分钟齐聚会议室，作为活动的组织者，支队司令部参谋长翟卫东也到场参加辅导会。

常媛今天宣讲的题目是《敢于胜利的心态与姿态》。

她先是给大家讲了一个关于心态与胆识的故事：某国曾经有一个特别胆小的人嗜酒如命，酒馆里的人常当面取笑他，老板拿出一把剑，说如果他今夜敢把剑插到附近的坟头上，就兑现承诺免他一年酒钱。结果为了尊严他还是硬着头皮提着剑去了，夜里月黑风高，当他使劲把剑插到坟上的时候，内心极度恐惧，当他想要转身离去时却怎么也迈不出腿，无数不祥的杂念袭来，毛骨悚然的他大喊“有鬼”并惨叫不止。第二天，人们发现他死在坟地里，一把剑直立在地上，刺穿了他身上厚重的长袍。

“作为消防人，不仅要有经得起各种诱惑而不为所动的免疫力，同时还要具备承受任何挫折的抗击打力。我们消防部队时常遇到很多险情和惨烈的灾难场面，执法有时也会遇到阻力，无论如何都要学会自我减压，很多事情做起来并非我们预想的那么难，不要虚幻地自我施加负面暗示和压力。”

……

“敢于胜利包含两个方面内容，一是塑造积极的心态，做勇于接受现实的乐观主义者，无论是酸甜苦辣、得失成败都应当平心以对。良好的心态，归纳一下就是要坚持做到‘四然’，那就是得意时淡然，失意时坦然，顺境中超然，逆境中泰然。回眸那历史罕见的水灾、地震与雪灾，我们一同经历并一一战胜，事实证明，只要戮力同心，没有过不去的槛儿，没有攻不克的雄关。”

“敢于胜利的第二层含义是能够放下包袱，迎难而上，抓住机遇去创造胜利。如果说直面挑战是一种勇气，那么把握机遇则是一种能力，这与交通安全规则正好相反，宁抢一秒，不停三分。有人把机遇比作小偷，当它悄悄来到你的身边时，你务必要抓得住，否则，一旦它溜走，或多或少，你一定会遭受损失。争取胜利，还需遵循一个定则：适者生存。有人认为这世界弱肉强食，只有强者才能获得更大的生存空间，其实不然，适者生存的道理充分证明，强者往往只可能逞一时之强，不可能成为永远的王者。参天大树可以优先获得阳光雨露，但树下的纤弱小草一样能够连绵为绿色的海洋，千万年来，长盛不衰，因为它有自己的适应能力，那就是扎根于大地，无惧风雨与野火。适者为什么能够生存，就在于他们敢于胜利而又能正视失败，善于把教训兑换成经验，在困境中矢志不渝是‘适者’的基本素养。”

……

辅导结束，按照惯例翟卫东作总结讲评，他说：“常媛教导员刚才的辅导结合我们的工作实践，说得很透彻，胜利来自实力加敢打必胜的心态，二者就是硬件和软件的有机结合。适者生存的道理告诉我们，无论处在什么恶劣境地，都不要怨天尤人，要做主宰自己的智者。红军长征一路要面对敌人的围追堵截，要在雪山草地风餐露宿，相比之下，无论是军力还是保障都处于明显弱势，但他们没有被击倒，正是因为他们始终没有丧失必胜的信念，以适者的坚忍和大智慧力挽狂澜，最终越过无数难关险阻，杀出一条血路，走出困境，走向辉煌！”

“有句话说得好，逆风划桨顺风扬帆。凡事都应讲求方法，任何时候都要学会变被动为主动，变压力为动力，从危机中找机遇，无畏之师才会无往不胜，因为无畏既包括敢于胜利，也包括不惧失败。”

兵家用兵讲究的是兵贵神速，这神速到底是多快恐怕只有神明自知，但消防员可以无愧地说，他们紧急启动的速度已达到个人的极速。火情就是命令，警铃就是号角，从接警到出动，从起床到着装再到登车，消防车白天四十秒、夜晚一分钟之内必定驶离车库，所以登车前每个人都必须拿出田径比赛中完成最后冲刺的姿态。

这次情况却有点反常，警铃响起后，大家在飞奔中差点撞上走道里站着的武刚，只见他边走边说："不着急，这回不需赶速度，是要打太极。"大家都被他的话弄糊涂了，纷纷急刹飞步迷惑地看着他，武刚没了下文，谁也不知道他的葫芦里装的是什么药。

"一个居民报警说家里进了一条小蛇，想想看除了抓钩以外还有什么工具可以派上用场？"

大家先是恍然大悟，之后便是你一言，我一语："这个现在还没有专用工具。""什么蛇？""区区一条蛇，打死算了！"

"哎，我听说小黄在家的时候养过蛇，经常逮蛇，不如让他去吧。"有人突然举荐道。

"那好，到食堂叫上小黄一起出发。"

在一户人家的平房里，那蛇就蜷缩在锅灶与墙壁的夹缝中，由于空间狭小谁也够不着，大家只好用抓钩将它搅醒。行家一伸手，就知有没有，就在这条蛇往外探头准备溜走时，戴着防护手套的小黄一把抓住要害，顺势将它拖了出来。不看不知道，一看所有人都吓了一跳，这是个身子近两米长的大家伙。

"队长不说是一条小蛇吗？"有人用事实与武刚对质。

"我是怕吓着你们，才往小里说的。"武刚笑着说。

"不孬，额外收获！小黄，米西的干活，伙食的改善改善。"马文军没有直接说吃，借电影里日本兵的口气，朝小黄挤眼提议说。

武刚白了马文军一眼，说："我看你是裁缝丢了剪刀，就剩尺(吃)了。逮什么，吃什么，亏你想得出，好在逮的不是大熊猫！"

马文军讨了个没趣，继续模仿日本兵说："大熊猫的不要，熊掌的凑合。"

武刚下令说："按规定办，要么野外放生，要么交市动物园去，这是国家保护动物，懂吗！我十年前曾在大队的走道里逮到一只野鸟，我发现它的羽毛和眼睛都很美，而双手捧着放飞它的那种感觉更美。"

小黄说："我曾读过一位中国留学生的文章，说在国外发现一只受伤的鸟儿，大家都会想用什么样的疗法让它尽快康复重返大自然，而有不少国人考虑的却是什么样的吃法。"

肖和平说："所以说一只鸟是小事，人的素质是关乎民族振兴的大事！"

大家意犹未尽地发布着"捕蛇者新说"，武刚连忙刹车高声下令道："跑题了，收队！"

数字说明一切，近些年来，消防救助的任务量日益增多，总数已经超出灭火与抢险救援。龙山大队出警记录清晰显示，仅在过去的一年里，就出动救助 226 次，其中，摘除马蜂窝 154 个，帮助开门 25 次，阻止各种原因跳楼、跳河、爬电线杆者 17 人，救助由于不小心导致头、胳膊、手脚被转动门、机器、玩具、自行车卡住者 5 人、被关电梯 2 人，紧急排水 3 次，打捞尸体 4 具，解救树上流浪猫 1 只、卡在墙缝中的狗 1 条……

以上其他被动的遇险者都能与消防员配合共渡难关，唯独这跳楼者需要斗智斗勇，那是他们自己做出的举动，救援难度之大可想而知。跳楼的缘由五花八门，除火灾被困无路可逃之外，还有精神病与抑郁症患者、个人或集体讨薪者、醉酒者、寻衅滋事者、正在闹离婚者、生意场上濒临破产者，等等。剩下还有些奇葩的个例，有一回一个看似什么都正常的大小伙子要跳楼，引来众人围观，消防员问他有什么难事需要救助，得到的答案竟是没找到工作，身无分文，两顿没吃饭了。支队参谋长翟卫东可气又可乐地对他吼道："你这个要求并不高，你下来跟我走，我们那里管饭！"就靠最后这两个字，对峙便解除了。

二十一

“补贴”通常是一个令人眼馋的字眼，但补贴从来都不是随便发放的，因为只有合乎情理的亏耗者才需要并得到“补”，只有异乎寻常的贡献者才会享受到“贴”。消防是一种领受国家高危补贴的行当，这主要是针对灭火救援，危就危在明知山有虎，偏向虎山行，灾害现场就是雷区，可能有火烧、烟熏、踏空、掉落物砸伤、腐蚀品飞溅、爆炸冲击波等等危情。所以，有人说人们千方百计要逃离的场所，正是消防部队要以最快速度赶赴的场所，最最危险的不是眼见为实的灾情，而是有时连他们自己也不清楚现场还蕴蓄着什么新的凶险。

这样说，似乎又变成一种误导，年轻人或许会误读并对消防阵地望而生畏，不敢涉足了。其实，危险归危险，但避险措施还是很到位的，大可不必视危地为禁地，把抢险当冒险。比如各类登高事前都有可靠的绳索保险，为防避热毒烟气侵害必须佩带具有余气报警功能的空气呼吸器，进入各种毒害物质场所均有特种服装的特别防护，即便捅马蜂窝也需着专用的防蜂服。各类场所在消防设计中都有灭火救援的设计要求，如钢质承重构件要喷涂防火涂料，高楼有消防员专用的消防电梯，百米以上的公共建筑还间隔设有避难层，就连消防车道也要设置在五米以外，目的就是防止施救中建筑上方的掉落物对消防员造成意外伤害。

无论如何，消防监督检查相对于灭火救援来说，其处境的危险危害性都是微不足道的，最多就是攀爬垂梯登临绝顶检查大楼的高位水箱，匍匐钻进闷顶查看隐蔽工程，踩一通现场没及时清理的淤泥积水，吸一点送风管道吹出的尘灰，闻一些正在涂刷油漆场所的异味。但偶尔也有出格的情况，给你来一点刺激，让你出一点冷汗。

龙山区华兴大酒店，十楼，杨安保和刘鸣正对全区高层和地下建筑进行专项监督检查。

“乘电梯到四楼检查一下餐厅与后堂，那是酒店要害部位之一。”杨安保对酒店孟经理说。

当电梯显示到达六楼时，猛然间加快速度垂直下落，数米后又猛地卡住。好在孟老板也作陪在电梯内，赶紧打电话通知保安赶到，当电梯门被别开一条缝能够挤过去一个人时，孟老板准备让大家尽快出去，却发现电梯停的位置实在有些尴尬，楼板边沿没有经过收边整理的混凝土块，犬牙交错着正好与大家的眉眼等高。这个高度想要上或者下都很困难，而且不确定电梯是否还会继续下坠，这个心情之下杨安保突然想到两个字“忐忑”，或许当初的出处就与这上下两难有一点关联。

一看老板这种处境，保安慌忙拿来椅子和凳子迭起，大家这才像魔术中大变活人般地从半开的电梯内鱼贯而出。

一番折腾，一场虚惊，刘鸣憋不住对孟老板说：“你这电梯依我看就是个标准的老新。”

“为什么称之老新，你们知道这‘老新’的来历吗？”杨安保见孟老板脸涨得通红，只是想缓和一下气氛。

孟老板连忙接话，说：“我是土生土长的长淮人，就从来没听说有什么来历。”

“那我告诉你，最近我家附近才开了一家门店，店内告示牌上写着他们的业务是：老旧自行车翻新。无论多老多旧都能整成新的，这店里出来的产品就叫老新。”

“别说，有道理。”孟老板附和道。

“刘鸣，依法下一份责令限期改正通知，这是部消防电梯，必须尽快修复保证好用。”

这“老新”二字时常成为长淮人茶余饭后的话题。不知是一切向钱看惹的祸，还是人们的法制与道德观念一同滑坡，当下老新的事物层出不穷，屡禁不绝。老新的建筑是危机四伏的豆腐渣工程，老新的酒让不少人失明甚至丧命，老新的奶粉祸害了多少孩子。消防安全是民生工程，在消防设施和器材方面绝对不能有老新，这类的教训太多太残忍，东北一家医院因为使用老新电缆导致火灾和四十人死亡，还有老新的卡式炉、电油汀甚至灭火器都发生过爆炸事件。

到了会议室，刘鸣在填写检查记录，杨安保又一次告诫孟老板：“我看你们的设备维护保养方面明显跟不上，建议找一家专业单位签订一份维保协议，他们会随时上门提供服务。”

孟老板说：“好的，我会尽快安排。”

会议室正面墙上是泡沫板刻成的一行字“欢迎各位领导光临指导”。杨安保说：“你看那‘指’字下面的‘日’字都掉了，这是你们有意为之的吧，是表明解决问题的时效指日可待吗？”

孟老板又有点尴尬了，连忙说：“惭愧，还是请杨大队长帮助推荐一家维保单位吧。”

“这个不行，我们有四个严禁的规定，不参与招投标，不介绍、不推荐、不指定工程施工检测维保单位，你们自行联系，但要注意维保单位必须具备相应的执业资格。”刘鸣详尽地解释道。

其实，不光是四个严禁，还有三项纪律、八条禁令、六要六不要、十五个不准，总之为了公正执法又自觉践行反腐之则，对于消防工程与产品方面的事，消防执法者一律不介入，不掺和。禁令巍峨如山，多条禁令就是逶迤的群山，在法律的尊严前，合格执法者会当仰止而慎行，行为不端者斗胆以身试法、铤而走险。

“请放心，我安排马上就办，不办好我孟某那就改名叫孟老新。”孟老板自我解嘲地承诺道。长淮这一带，老新和假牙不仅用来描述物件，也可以标定一个人。

安全的地方都是类似的严谨规范，不安全的场所各有各的可能或不能预知的危害与陷阱，执法中除了类似的车辆、设备等物件不安全因素外，还有就是来自人的暴力和动物凶猛的威胁。

刘鸣经历中最为惊险的一幕，当是那一次到一家民营企业检查，刚一进院子，一条德国黑背狼犬冷不丁就到了跟前，刘鸣反应还算快，人没有受伤，但裤子却就此报销了。“幸亏不是藏獒”，什么叫乐观者？就是凡事都往好里去想，但由此刘鸣也落下一个毛病，进单位院门之前总要问一声主人院里是否有狗，拴好了没。现在的他每次在给其他人员讲解消防监督检查注意事项时，除了严、细、实的工作要求外，最后总要认真地把“防犬防暴”作为一条小小的告诫明示大家。

还有更闹心的，在一起违法案件查处中，刘鸣“不幸”遭遇了一位非常强势的老板娘。老板娘死活不愿接受处罚，不仅拒绝在法律文书上签字，还双目圆睁，对着刘鸣怒斥道：“靠，我哪里得罪你们了吗！”

刘鸣说：“你是没得罪我们，你得罪的是国家法律。”

就这一句便引火上身。老板娘骂着脏话，扑上来连推搡带抓挠，这回没有上次遇狼犬那么幸运，刘鸣的手臂顿时被划出两道深深血痕。

史上秀才最怕遇到兵，兵怕谁？兵不畏敌，但最怕强势女人。有人就总结分析说，从年龄上看，男性满十八岁就可以当兵，但也必须满二十二岁才能结婚，说明成年就可以上阵杀敌，但未必应付得了强势的女人。

之后，刘鸣虽没有说出来，但还是按照“好男不跟女斗”的民间通则去做了，撂下一句“不可理喻”上车走人。

谁知老板娘却并不善罢甘休，追至车门边敲着车窗玻璃通牒说：“这是轻的，你们要是再敢来影响我的生意，我就让保安打断你们的腿，信不信？”

当然最终还是老板当家，出面赔了不是，说：“别跟她计较，她没文化！”

刘鸣自然不会计较，多年历练的他已经习惯了各种不理解、不配合的节奏，这是一种很多执法者都必须达到的境界，正所谓：嬉笑怒骂皆消防，殚心竭虑保平安。

一个星期之后，华兴大酒店的孟老板请刘鸣到酒店为全体员工上一堂消防知识课，可能是通过上次“电梯门”事件让他们对平安有了新的认识，同时也显示出管理层对消防工作的重视。员工一口一个刘老师，刘鸣说：“我可不是什么老师，这不是谦虚，一是老师很辛苦，一两个课时都是站着上课，我是坐着说，按照课件照本宣科；二是老师都希望所传授的知识学生们学以致用，而我讲的很多有关灭火、逃生的内容只要求大家作为一种知识储备，技多不压身，但最好的结果是一辈子用不上。”

刘鸣用了足足两个钟头向大家讲述了酒店内建筑消防设施的不同功用，同时对火灾发生的几类常见原因与针对性预防作了讲解。他说，“火灾发生的具体原因不尽相同，但万变不离其宗，防范火灾并不难，你能够控制可燃物、火源与空气三件套中的一件就成”，并拿电影《紧急迫降》为例。这部电影说的是一个真实的事件，当时一架大型客机降落前发现起落架出现了故障，无法正常放下，飞机可能在着地时油箱破裂起火爆炸，但这个问题在消防专家介入后便迎刃而解。还是控制那三样，飞机降落前多飞一会儿，尽量将油料耗尽，这段时间正好留给消防员，他们在机场的跑道上喷洒大量泡沫灭火液，飞机着陆时，一头扎进齐腰深的泡沫中，既没有火，也没有多少油泻出，还没有空气，想让它起火也不可能。没有起落架，机组成员连同乘客一百三十多人照样有惊无险地回家了。当然这过程说起来简单，实际也不简单，一是现场气氛相当紧张，二是消防员们前前后后大干了一场。

有员工现场问，听说有一家单位火灾报警被当成误报，最后延误灭火时机造成重大损失，我们酒店的报警系统有时会发生误报，不知该如何处置。

刘鸣解释说，“狼来了”的故事尽人皆知，羊被狼吃了的主要教训按现在的话说，就是顽童多次假传信息，使得农夫误把儿戏当成警报，屡屡被骗之后，真的警报来了也他们被当做了儿戏。历来人们都认为顽童应承担主责，但很少有人去追问，农夫有没有责任，为什么他们不能再多信任孩子一回？退一步说，既然有狼，农夫们又不相信孩子的话了，那么他们是否考虑过狼真的来了怎么办？实际上故事里还有蕴藏着更多的教训。最后刘鸣告诫说：“农夫们只有一种选择，教育孩子不要说谎，并相信孩子的话。类似地，消防工作中有一条不容忽视，那就是要像保护好孩子那样保护消防设施，加强对其使用中的维护保养，尽量减少误报的出现，不让消防监控设备‘说谎’，并相信它们说的每一句话。”

转眼已是十一月八号，中国记者的法定节日。就在中午很多人忙着去上班的点儿，位居龙山区中心地段的淮风酒楼突发大火，使得本来事儿就多的十一月忙上加忙。

队里，徐辉正在理发，理到一半，闻听警铃响拔腿就跑，一个箭步就上了车。已经在车上的肖和平问：“你怎么理个阴阳头就上来了，也不怕影响市容？”还没等徐辉回答，正开车的马文军接了一句：“不碍事，戴上头盔就看不见了，回来接着整下半场。”

事实上，任何一起火灾都是由小及大的，初期控制不力才会酿成大祸，一般多见于夜间，或现场无人值守，报警迟，或可燃物资大量集中。大白天里，淮风酒楼大火竟持续了近一个小时，整个三层楼基本烧毁，由于没有保险，业主损失惨重。

哪里有火灾，哪里就一定有人围观，就像哪里有火就生烟一样。淮风酒楼居于闹市，围观者尤众，这损失一大现场更是人言啧啧，有人指责说消防车来晚了二十多分钟。经查实，消防大队从接警到抵达火场前后才四分半钟。为何时间上相差这么大，杨安保跟大家解释说一是火灾报警迟，大家在围观时消防队还没有接警出动；二是相对论在起作用，围观的人看着火在蔓延，他们心急如焚，都是在读秒中度过的，就会觉得每分钟都很漫长。

马文军憋了一路，下车就问杨安保："大队长，相对论到底咋回事，从上学到现在我就一直没整明白。"

杨安保说："事物都是相对的，无论时间与空间，美好的时光总是短暂的，你等车半个小时是否感觉比捂被窝睡懒觉半个小时要慢得多，还有电视剧中插播的广告，明明倒计时就那两分钟，有时你感觉差不多了，倒回来三次它还没完。"

马文军说："你说得太对了，所以我看电视时，只要听到广告之后立马回来我就转台，坚决不回来。"

徐辉淡淡地说："那也不对，人家就指那个活着。"

马文军反驳说："扯吧，电视台都有钱，你看哪个地方不是电视塔盖的最高。"

徐辉摸了一把马文军的脑袋说："你真是个大仙，盖矮了，你还能看得见电视吗？"

马文军又问："那在空间相对论又是怎么回事呢？"

"这空间也一样，徐辉刚才说你是大仙，你就是个神仙。毛主席曾跟大家说，有没有神仙，有，相对于外星人来说，我们都是神仙。"

马文军从后面拿去徐辉的头盔问道："大家猜猜看，这是什么仙？"

徐辉一把夺过头盔说："看什么看，不认识吗？能掌握你生死八字的阴阳大仙！"

火因当天查明，祸首竟是一只老鼠，酒店无人的房间内老鼠咬破电线导致短路打火引燃地毯。细项勘查发现那只作祟的老鼠已被电死在火灾现场，七窍流血而亡。火灾起始阶段，大家就发现电灯忽明忽暗，接着是停电，再下来就闻到浓烈的煳味，服务员打开房间时，火势还不足脸盆大小。遗憾的是第一个拨打火警电话的人情急之下，把火警电话号码记成了“911”。按照刘鸣的说法，要是在纽约就对了，那里的火警是911。

火灾教训之一是现场的几个服务员竟然无一人会使用灭火器，有的抱着灭火器不停地摇晃，有的说要倒过来使，有的干脆将灭火器一把砸到疾速弥漫开来的烟火里。

平安之所都是相似的，灾祸之所各有各的祸端。作为不忘却教训的警示和纪念，秦帅在《长淮日报》上发表了关于火灾的详细报道，栏目编辑还专门配发了一条《耗子该当何罪?》的短评，末了写道：

耗子与酒店俱焚矣。无知者无畏，耗子的死是由于它的无知，它目无寸光；酒店的毁灭是否也因为人的无知和目光短浅呢？

第二天，恰逢全国消防日，大队人马兵分两路，分别围绕防患未“燃”和亡羊补牢两个主题展开宣传攻势。

一路由常媛带人走上街头，搭建消防宣传站，设立咨询台，一并发放各类宣传资料万余份，有消防杂志、宣传画册和支队专门编印的《家庭防火须知》、《学生消防安全必读》以及消防知识台历等。有奖的地方总是有超强人气，宣传站最热闹的地方是消防知识有奖问答处，人们争相抢答问题，奖品是印有消防警示语的手提袋、儿童消防象棋和家用灭火器。

另一路则由杨安保负责组织全区餐饮业的管理人来到淮风酒楼召开火灾现场会，通报火灾原因，总结吸取事故教训。会上杨安保严肃告知大家，火灾起因的关键是电线敷设不规范，没有按照消防要求穿上阻燃管，而地毯不阻燃、报警延误时间、人员不会使用灭火器材又“一路绿灯”使得火灾迅速蔓延扩大。言下之意如果有一个环节出现“梗阻”，大火也不会发生，由此可以看出消防安全被漠视淡忘到何等程度，大队就此责成各单位对照检查，严防悲剧重演。

此后在每一次消防培训班上，刘鸣都要认真讲到淮风的教训，传授在消防工作中如何有效设防，怎样瓦解燃烧形成的条件，对火灾隐患整改要切记“当断不断，必有后患”的告诫，千万莫劳火灾帮你整改的忙。如果说把一个坏人放了叫放虎归山，那么任由许多火灾隐患存在，自己还视若等闲，那就跟闯入虎狼的领地差不离了。

最后必要仔细讲解灭火的方法和常用灭火器材的使用方法，并让大家动手操作。刘鸣说了："大家记住，灭火通常有四种方法，即隔离法、冷却法、窒息法和化学抑制法灭火。比利时有个塑像，那个叫做于廉的小英雄机智地撒尿浇灭了侵略者点燃的导火线，避免了可能引起的城市大火，他用的就是冷却法；曾经有个化工厂的女工发现化学试剂桶因为静电起火，急中生智一屁股坐到桶口上把火灭了，那是窒息法。但无论如何，像淮风酒楼服务员那样用灭火器当锤子的'砸灭法'坚决不要用。"

有人说国家消防标准与规范的条条款款，多是蘸着血泪教训写就的，就连关于消防的幽默也都是黑色的。马文军就说去年的几起火灾真是让人长见识了，武刚说你讲来听听。接着马文军一气说出他亲历的三次火事，边说还边作评价。

其一是一个跳晨舞的场子失火了，跳舞的人身手不凡，都迅疾逃离了，但火灾过后，大家发现一个奇怪的现象，窗台上的许多空奶瓶不少都插着两根吸管，官兵们问舞池管理的老板怎么回事，老板回答说都是舞伴们留下的，他们都很亲密，吃的喝的共同分享。有好奇的兄弟还傻傻地问他们都是两口子吗，老板笑笑说："你要问他们肯定不是。"

其二是某洗浴中心起火了，大白天众多浴客成功逃生，但男男女女几十人一人披着一条浴巾或毯子跑到大街上溜达，那场面花钱你都看不到，要多搞怪有多搞怪！

其三说是某个公寓楼夜里发生火灾，但逃出来的多半是妙龄女郎，我现场就纳闷，难不成这是一所女大学生公寓。你猜围观的老百姓怎么说的，说你们恐怕不知道，这栋楼大家都叫它"二奶窝"，她们进出小区要么自驾要么有人接送，基本都是豪车。马文军最后的点评是："信不信由你，反正我信了。"

武刚说："你就对这些奇异事件有悟性，要是把这功夫都用在学习上，你早像刘鸣一样成工程师了。”

话尽管这样说，但大家都觉得马文军没有瞎掰，讲的终归都是真实案例，只是些个特例罢了。凡事一特就吸引眼球，如警察中的特警，士兵中的特种兵，烟酒中的特供，腐败者手中的特权。本是苍白的出警记录，让马文军这么一演绎倒成了令人啼笑皆非的故事了。

二十二

虽然多事之秋并不是特指秋天，但“自古逢秋悲寂寥”，按照中医“春生夏长秋收冬藏”的理论，秋季确是一个阳气回落的季节，人类一般也会由草木的凋零油然生出“悲秋”的情绪来。龙山大队车库对面马路边的一排老梧桐已然抗不住秋风的横扫，枝干像干枯的手臂无力把持任何东西，不住下落的黄叶正没日没夜地将道路满铺。

一个秋风萧瑟、细雨霏霏的上午，杨安保正在起草一份动员全区做好冬季防火工作的通告，突然接到炊事员小黄从外面打来电话，说是他个人遇到了棘手的问题，需要大队出面救援。这是少有的消防员发出的应急求援。

武刚带着肖和平匆匆赶到事发现场。原来小黄在骑三轮车买菜回来的路上发现一位老大妈像是被车撞了躺在路边，现场没有任何人，但救人要紧，小黄顾不了别的连忙拨打了 120 急救电话，并一起将老人送到了医院，还先垫付了几百元的 CT 检查费。

由于老人伤得很重已不能讲话，家属来医院后全都拉着一副上坟的脸，情绪一个比一个冲动。不是一家人，不进一家门，所有人都凭感觉直接推定就是小黄撞的，其中一位大姐竟然说："少装什么慈悲，世界上没有无缘无故的爱，也没有无缘无故的恨，不是你撞的，你会忙着拿钱看病？"

这岂不是现来现的以怨报德，做好事还要被强迫认领责任，良言三冬暖，恶语六月寒，小黄听到这话有些沉不住气了，说："大姐这话我不爱听，那时候救人是第一位的，我犹豫的时间也没有。再说我这个车是脚蹬的，车闸好使得很，撞不到人。"那几个人相互对视了一眼，似乎在说宁可信其有，不可信其无，况且前言既出，覆水不能收，在证据找到之前这就是个疑案，所谓可疑者都是嫌疑人，二者并无本质区别，这事不能算了。

当晚，小黄还在期待着老人醒来说句公道话，令他意想不到的是老人因伤重不治去世了。小黄再次来到医院，文戏演成了武戏，一个留着猫王发型的伙计上来就是一个直拳，当时小黄的鼻血就涌了出来。来者不善，小黄只是招架，并没有还击的意思，而且也不知来者何人，单从年纪上看，似乎比那位大妈的儿子要小，比其孙子又要大，那会是谁呢，难不成是请来的打手吗？

小黄回到队里，痛苦不会被分担而衰减，但窝囊似乎像感冒一样会传播扩散，大家都有一股憋屈感。

徐辉问小黄："我好像在哪个故事里听说过你今天这事？"

肖和平说："你没看过《离开雷锋的日子》那部电影吗？里面一个情节跟你遇到的情况类似。"

说到雷锋又联系到自己被打，小黄说："看过，但遇到那种情形谁会袖手旁观见死不救啊，据说现在就连大洋那边的美国大兵都在学雷锋，更何况我们是中国军人！"

卫生员李长江借用马文军的惯用口气愤愤地说："恶劣，这太恶劣了！都说穷山恶水出刁民，没想到这繁华都市也有小人！"

就连一向淡定的秦帅也收不住了："这样下去，将来再有人栽倒在大街上，别说去搀扶，恐怕连看一眼的人都没了。"

陶明放说："兄弟，主要是因为你穿了这身警服，你不听人说吗，这年头穿制服的都是弱势群体。"

李长江纠正说:“他呀,主要是长得太面善了。我有切身体会,一次我与堂哥骑车上街,我与别人俩自行车碰了一下,那人不依不饶,差点打起来。就在这时,我堂兄已骑过去十几米远,就回头说了俩字‘弄嘛’,那人就闪了,事后我分析主要是我堂兄长得又丑又凶。要我说小黄这次买菜,要是换提辖去兴许就没事了。”

有人疑惑,也有人点头称是,说李长江讲的不是一点都不靠谱,这是个常理,老话说狗咬穿破衣,一般人见到贼眉鼠眼的人,肯定要下意识地捂紧钱包,遇到“光头族”、“文身族”,一般都有意识地选择避让。

陶明放解答说:“这就叫软的怕硬的,硬的怕横的,横的怕不要命的,赤脚的不怕穿鞋的,穿草鞋的不怕穿皮鞋的。”

只有马文军非但没有丝毫安慰的意思,反而添乱道:“世上五个悲催的人,老弟你算一个。这回你死定了,现在你明白窦娥是怎么死的了吧?”

“哥儿们,你就别了落井下石了!”小黄的心绪像这天气一样晦暗到了极点。

马文军临走又不阴不阳地撂下一句:“人都说经历就是财富,经历多了,兄弟你就成熟了!”

“你就善于伤口撒盐!”肖和平一把将马文军拽开了。

就在小黄认为这不白之冤再也无法洗清的时候,一早交警大队那边报来好消息,已经从监控录像之中调出了原始记录,铁证如山,一辆机动三轮货车才是真正的元凶,警方对这起肇事逃逸已经立案调查。

风停雨止,天晴了。小黄如释重负,按捺不住内心的激动,模仿接受改造者的口吻合着双手说:“感谢党,感谢政府,感谢公安!”

徐辉说:“你还应该感谢摄像头!”

真相大白,支队为小黄记个人嘉奖一次。

“猫王”也在一位长者的陪同下专程登门致歉。“大人不计小人过,你全当是狗咬吕洞宾。”未等小黄动怒,长者便用一串谢罪的话打了圆场。经长者介绍,小黄方知眼前这位对自己动粗者是被撞老人的一个远房侄儿,此时的他已没有半点神气，仿佛刚被缴了械的战俘。长者又拿出两千元钱硬要塞给小黄，推搡再三，最后小黄只是收下了当初垫付的检查费。

小黄没有再为这件事纠缠，受到常教导员的当众表扬。常媛借机教育大家说：宽容是一种美德，不懂得宽容，就不懂得生活。一个不宽容的人必然也难以得到别人的宽容，两个都不懂得宽容的人在一起，势必平地起风雷，因为一件小小的分歧都可能冤冤相报，最终干戈相见。社会需要宽容，需要我们怀着宽容之心去扶老携幼、匡扶正义，因为宽容是和谐的催化剂，它能促进社会的祥和稳定。

一周之后，支队的办公会上有人又提及此事，说今后遇到同类问题怎么办，特别是在找不到目击证人时该如何处置。支队长高中原发话说："救人是必须的，没有瓜皮啃，有条件就上，没有条件就不上，那还叫什么危难之处显身手！"

政委洪波说："我想这个问题不用讨论，都说热爱人民，这要看你是否怀有一颗爱心，有爱心才是真爱，真爱是不计自身后果与得失的。过去繁体的'爱'字中间都有一个'心'，字简化了，但爱心不能丢！"

关于老人倒地是否相救的问题，社会上一直在沸沸扬扬地争论，但在消防警营内只是一道单选题，而不是复杂疑难的判断题或思考题。因为一般人认为爱是有前提的，至少不让自己受伤；而官兵们统一的口径是爱需要付诸行动，是有心栽花，而不是无心插柳。患得患失是无心之爱的价值取向，无心之爱的世界是冷漠的，在冷漠的世界中不会有花红满枝、绿柳成荫的盎然春意。

"队长，办公室有你的电话！"有人在楼上朝着院子里的武刚喊道。临下班了，武刚接学校通知让速去一趟。

"上星期才开过家长会，今天又让去学校，不用说肯定是铁蛋这熊孩子又闯祸了。"才二年级就这么多的事，要是当初生个女孩儿就好了。

经武刚这么一说，杨安保也注意到这一奇怪现象，那就是这大队干部包括自己的前任邱文山在内五六家清一色是男孩，他说："要是都像我们大队，这世界男女比例不严重失衡才怪呢！"至于原因谁也说不上来，武刚琢磨说："消防队男人扎堆，火气大。"

武刚并不重男轻女，但在他看来，无论男孩女孩，都是个甜蜜的负担，说"一个都够折腾的了，就是政策允许生二胎，也不会再要了"。武刚忽然想起自己的一个同学，他想不通那位仁兄为了偷生二胎，竟然将自己妻子放到老家的山村去生孩子，然后两个娃娃一并报户口，还掩人耳目说生了个双胞胎。

武刚跟杨安保请假，顺便想着登门请罪的说辞。看武刚一副憋屈的样子，杨安保在态度上表明对他的理解和声援："你没听说过有位退了休的司令员去接孙子，被幼儿园阿姨训得戴不住帽子吗？有位网友就此感慨说，这就叫连未成年人都教育不了，还要教育成年人。"

几乎所有的专家都一致认为孩子出问题，责任在家长，就像队伍里常说的士兵出问题，责任在干部；基层出问题，根子在机关。而杨安保更倾向认同一位权威人士的理论：人的一生都有个特定的逆反期，就像男人女人性征必然到来一样，大多出现在青春期，如果青春期没有这个经历，迟早还要爆发，哪怕是四五十岁。

武刚明白，时代不同了，孩子难管难带确是公认的事实。自己小时候从没有因为调皮让父母亲到学校挨训，甚至上了高中，跟女同学讲不到三句话就脸红心跳。如今的孩子是一家几代人的情感的重心，从胎教开始就受溺爱，一生下来就是小王子小公主，随着年龄的增长，脾气和逆反心理也一起茁壮成长，打不得，骂不得，有的说都说不得，弄不好就要破罐子破摔离家出走，掼门而出时家长脑子里立马会映出夜幕、不良少年、人贩子等幻灯片，那滋味可谓爱恨交加，纠结至极。龙山区两年前就出了一件新鲜事，一位父亲亲自将在外行窃的未成年的儿子绑来公安局，说："警察同志，我承认教子无方，管不了他，现烦劳你们代管。"

在安全方面，孩子们的胡作非为也是致灾的危险源之一，有时还是致命的危险。六年前的一个寒假里，长淮某个县里五名小孩在养猪场里玩火，结果全部不幸丧生。另据山阳区消防大队的人说，就在今年春节期间，两个小男孩去买礼花，买完当场施放，卖炮的老大爷下意识地招呼说："远点儿，可别对着我的摊子放。"这一提醒不要紧，本来朝其他方向的"炮口"当即转了过来，目标正前方，角度三十，落点就是那位老大爷和他守着的炮摊子。这里没有任何空中拦截系统，摊子一下子炸开了花，老大爷死于自己售出的炮仗，官司打到现在还没结束。

果然，知子莫若父。武刚一上楼就看到教室走廊里满地的干粉，像是才救过火，用灭火器打出来的。班主任老师在武刚面前是阿姨级别，见到武刚劈头第一句话就是"你自己看着办吧！"一问才知道，原来铁蛋在同学面前自诩消防队里长大，能识别会使用各类灭火器，为了证明给同学看，他顺手从走道里抄来一具干粉灭火器，三下五除二，拔掉插销，拉开软管，按下压把就是一通扫射，吓得几个同学四下逃窜。找到王者的感觉，铁蛋更来劲了，边喷边追，似乎是上足了发条的机器娃娃，根本停不下来，男生女生一个个都被他喷成了"白头翁"。

就这事，说大不大，说小不小。铁蛋应负全责，武刚还能说什么呢，他找来扫把、拖布先把走道打扫干净，承诺将损坏的灭火器带走送到维修点修复，然后像自己犯了错一样低声问道："老师，我可以走了吗？"这位老师余气未消，且是个得理不饶人的性子，说："你当父亲的孩子是怎么教育的？"武刚被戳痛了，说"学校也有管教的义务啊"，老师或许没有被顶撞的思想准备，气得一拍桌子，说："真是有其父必有其子，都像你家的孩子，学校还能办下去吗？你自己看着办吧！"转身而去。

下楼时，武刚又看到了那几个等待家长来接的小"白头翁"。来的任务就两条：一是接受再教育，二是做好善后工作。于是他找来干毛巾小心翼翼地帮孩子们挨个儿打扫了一番，还小声叮嘱"回家别忘了洗头"。当他们知道这就是那个小混世魔王的爹时，都用一种异样的眼神打量着这位低调的来者。武刚揣测孩子们此刻看自己就像看到红孩儿的爹老牛魔王。但差别就在于武刚一点威风都没有，反而像个窃贼在小心掩盖罪证。

回去路上武刚转念一想，这灭火器里的干粉是化学药剂，对人喷确实是有危险的。想到这里，他不仅理解了老师话语中对他们父子那种怒其不争的意味，而且越想越有点后怕，要是把人家孩子眼弄坏了咋办？现在的孩子都是宝贝，老师又怎么交差？学校还能正常办学吗？消防不好干，当老师也不容易，总之，行行出状元，行行有责任，行行有风险。

凡事都是如此，只要冷静地一换位思考，瞬时就会衍生出人间弥足珍贵的宽容和理解，理解万岁，宽容是金。同理，消防监督员到单位去检查，往往被误解为挑毛病、过不去，其实不然，换位思考，你就会觉得他们是为了我们的安全而来，是大家专业的助手、免费的参谋。

二十三

已经是早晨七点，太阳照常升起，而龙山中队的起床哨还未吹响，楼上楼下一片沉寂，只有武刚一人在楼道里巡视着。当过消防兵的都知道，这只有一种可能，那就是部队才经历夜战。按照消防战勤条例的规定，夜间出动作战时间较长的中队，第二天早上可以视情适当推迟起床。

昨晚八点多，一栋作为工棚使用的两层老建筑发生坍塌事故，十几名施工人员被埋压，令人尴尬的是原在该建筑外墙上悬挂的一条安全横幅"安全生产责任重于泰山"也一同被压在废墟中。

龙山中队、新湖中队和支队特勤中队全体出动，支队长高中原、参谋长翟卫东均临场督战，市长也驱车到场亲自指挥现场和善后处置。由于怕震动引起楼板进一步下压，救援作业动静不能过大，无法动用吊车、挖掘机等大型机械，大队的切割机、液压剪、扩张器、生命探测仪全派上了大用场，剩下的只能依靠肩扛手扒了。

经过近五个小时的苦战，被埋压的现场施工员除一人已经当场死亡外，其他十二人均被成功救出。

对此，武刚最强烈的感受是这城乡确有差别，不光体现在建设上，就工棚坍塌这件事或说事件要是发生在乡村，估计就炸窝了，而翌日的长淮并无异于往常，如同一本书静静翻开全新的一页，仿佛一切都未曾发生，街道一样的车水马龙，上班族一样的行色匆匆，事故就像昨页行间一个多余的墨点，没有多少人去在意它、琢磨它，之后的篇章里仍不断有新的大小墨点出现。消防的任务就是趁墨迹未干尽量擦拭扫除之，以免它肆意扩散开来，因为他们深知那些墨点轻则可能玷污了页面，重则让这每日连贯而流畅的篇章变得残缺、破碎。

在高中原看来，这次救援与地震现场局部救援的情况类似，既是实战，更是练兵的机会，此前高中原已经以市人大代表的身份就加强地震救援装备建设两次向大会递交议案。据地震部门介绍说，长淮处在我国地震发生概率较大的几个地质断裂带上，自上世纪唐山大地震起就从制度建立到建筑设计对震灾防范做了大量工作，唯独对相应的消防救援装备建设的认识直至近年才被提至应有高度。

“参谋参谋，不仅要参与，更要积极谋划”，汶川地震为高中原的工作带来了新的契机，为了从“欲善其事，先利其器”入手，逐步提升消防部队抗震救援能力和装备力量，把“不打无准备之仗”这一必须以务实为前提的方略变为最靠谱的战斗力，高中原多方奔走，终于使这项议案的落实进入政府常务会议议程，市政府专门成立了抗震救灾领导小组和多部门联动的战斗与救灾梯队，资金保障方面也首度被纳入财政预算之列，支队门旁又多了一块长淮市抗震应急救援支队的牌子。

“所谓工作，就是干事，事在人为，完成工作任务就是干好分内的事，开创性地工作则还要善于给自己找事干。”支队政委洪波在季度工作例会上针对此项工作取得的进展如是说。

不知从何时起，消防成了社会的一个焦点，消防队的一举一动自然也容易受到社会广泛关注，主流媒体记者的新闻敏感主要集中在对消防执法活动以及灾难事件抢险救援的报道方面，而一些好事者的眼球则极力搜寻一些负面的哪怕是具有争议性的素材。

“兄弟们，我们大队出名了！”马文军守在电脑前没头没脑地嚷了一嗓子。

“你又做好事不留名被人调查到了？”徐辉听马文军的口气不像什么正事，故意把名分安到他的头上。

“恶劣，支队那边说外网上有个网名叫‘打死也要说’的曝光我们私自动用消防云梯车为华兴大酒店擦玻璃，叫我们自查一下报个情况。看，网上确实有报道，还有照片，不太清楚，像是用手机拍的。”

“报个屁，哪个混球整的假新闻，又想哗众取宠！”徐辉一听说华兴大酒店便想起来前天下午出警的事，这样看来，这张模糊照片里云梯车上留个背影正在“擦玻璃”的人不是别人，正是自己。

也难怪徐辉会生气。那天是华兴大酒店报警，酒店玻璃幕墙上的一块玻璃不牢固，随时可能坠落下去伤及行人，酒店无法自行处理请求消防援助。消防装备除了灭火救援之外，是不得挪作他用的，这本来做的是好事，妄加推测就歪曲成了负面报道，所以毛主席早早就严肃地告诫大家说“没有调查，就没有发言权”，徐辉越想越气。马文军说：“恶劣，这哪儿是新闻自由，简直成了新闻自编了，一定要让随意发布错误信息的人再发一个澄清事实的报道。”

他们气鼓鼓地把这事跟武刚一汇报，不想武队长不屑一顾地说：“区区一件小事，给支队报个情况拉倒，网上的东西你们较个什么真。”不是武刚的认识没有到位，而是对这件事他心里有底，他也知道这个年头网络舆情真的不是一件小事。

全省每年一度的年终总考核就要开始了。考核已进入标准化时代，有着非常明细的工作指标和评分标准，考核结果在客观公正方面让你说不出什么来。全省十几个支队，一年下来对诸如技能比武的每一项比拼的考量都记录在案，每一轮下来垫底的得一分，分值按名次依次增加，全年累计分自动排序,除了发生等级事故的一票否决外,先进后进名次一目了然。

其中的比武也分多个岗位进行,比如灭火救援业务竞技、消防装备操作竞赛、消防理论网上考核、建设工程消防设计图纸审核判定、火灾调查仪器使用、财务技能比拼,等等。就连理论性较强的政工岗位也要同场竞技,政工考核的对象自然是政工干部,从中队指导员、大队教导员到支队政委和机关政工干事,分别组成代表队,现场从题库中随机抽题,现场解答,由聘请的专家教授现场评定打分。今年的长淮支队几位参加考核人员抽中的考题分别是:"新兵小王生性胆小,参加了车辆事故救援后对现场的血腥场面有很大反应,作为中队指导员,请模拟对其进行心理疏导";"大学生士兵小李工作上一点就通,但总认为别人素质不如他,逐渐陷入一种孤独的苦闷,请教导员对其进行心理辅导";"官兵反映机关政治学习枯燥,支队走出去开展特色教育,官兵来到渡江战役纪念馆,请你为大家做现场讲解";"人们常说抓大放小,又有人说小洞不补,大洞受苦,请政委结合当前消防工作实际谈谈该怎样把握这'大'与'小'的关系"。

支队洪波政委在五分钟的准备之后,即兴作答:

涓涓细流抑或就是一条大江大河的源头;多出的一个小小蚁穴可能成为千里之堤崩溃的起始;少掉的一颗螺栓就足以让万吨巨轮沉没海底;一回似乎无关大局的违章却夺走了一座大厦内数百条性命。这些都证明了一个哲理,那就是大与小是辩证的,大能化小,小中见大。

如果说大江截流、南水北调、西气东输是我们国家建设事业中的宏大工程,那么消防事业则是各类事业都不能不夯实的基础性工程。而小处着眼、防微杜渐则是消防安全工作的根本所在,大兴安岭森林火海源于小小烟头火种,长淮一处百货大楼毁之于飞溅的小小电焊火花。所以古人云"见微知著"、"勿以善小而不为,勿以恶小而为之",关于消防安全,正如题中所言"小洞不补,大洞受苦",一语形象地道出了加强消防管理和防患未然的极端重要性。

然而,现实生活中总是有那么几种人对这大与小的概念存有模糊或侥幸认识，他们或认为将消防安全工作提到显赫位置是小题大做，在他们心目中除了经济效益其余皆小事；或认为大千世界，众生芸芸，不相信灾难会真的落到自己头上；或认为一些细小隐患并无大碍，改不改也没什么大不了的；或认为火灾的发生是难免的，出点小是小非用不着大惊小怪。

安全无小事，对持有以上几种观点者，别人在他们遭遇灾害之前能够做到的只是以言相谏，作为消防执法者除了要以法纠偏之外，还要对其进行端正理念的安全教育。这里分别有四句话可供参考，一是安全第一，没有安全作保障的一切都是肥皂泡的幻影。二是水火无情，人不能靠侥幸生存，走错路可以折回头，出了事只有痛苦的泪水没有后悔的药水。三是当断不断，必有后患。切记隐患险于明火，星火亦可燎原。四是法不容情，安全是一种福祉，安全更是一种责任，切莫一失足成千古恨。

全社会都应正视消防安全工作的重要性，而每个人都需要从我做起，“大题小做”，担当起消防任务和责任，从身边点滴小事做起，谨小慎微，恪尽职守，除患务尽，点成线，线成面，形成所谓的纵到底、横到边的“网格化”消防管理。消防事业至此境界，社会稳定和谐，人人乐业安居，才是国之大兴，民之大幸！

一位评委点评，用了“精彩”二字，随后五位评委累计给出了全场最高分。

这年终考核是一场文武双考，既是全年的收官之战，更是得分比例最大的重头戏。文考你书面的政治理论和消防业务，还有就是检查包括作战预案及战评、火灾调查统计、执法案卷在内的各类软件资料。武考的内容主要是队列会操与体能考测，诸如单杠、双杠、俯卧撑、仰卧起坐、单腿深蹲起、立定跳远、中长跑、负重折返跑、设定的火灾等案情处置与现场指挥等。

考核对象按照花名册点名随机抽取，重点项目全体列考一个不落，所以支队平时训练中的一项基本原则就是官兵平等、人人过关，对于“老干部”也历来不予任何特殊照顾。政委洪波给全支队定了基调：“火车跑得快，全靠车头带，机关必须为基层作表率；干部干部，先干一步，更要为战士当表率，在困难与危险面前都应敢于喊出‘向我看齐’的号子。”论兵龄，支队长高中原属元老级别，但他革命从自己头上开始，工作中是领头雁，队列里是排头兵，训练中率先垂范。在一次集训后的讲评时，他既是对别人也是对自己要求说：“当兵练不好武艺，不如回家卖大米。这训练考核谁也不能例外，不存在什么老少之别，要以理服人，以技服人，从来没有以老服人一说。革命年代的老前辈有一句名言：井冈山的驴，再老也得驮炮！”

在司令部组织的各大队、中队负责人参加的迎考动员会上，参谋长翟卫东撂话说：“这次大考，比的是真功夫，看的是硬指标。事实上你们都清楚，功夫不在考时在平时，功夫过硬指标就软。是骡子是马就要遛出来看了，高中原支队长和洪波政委委托我通知各位大队长和教导员，现在是责任到户，哪个大队要是掉了链子，他们将在支队小餐厅个别宴请。到那时，我估计你们不管什么少校、中校，恐怕一个都笑不起来了。”

所有项目中最费体力的还数这五千米跑，这是个大队全员必考的项目，龙山大队所有人唯有马文军是个困难户。他有自己的说法，就是国际现行的这田径赛制不科学、不公平，举重、拳击等大多数项目都分重量级，唯独这跑步不看体重，测评的终点线应按照体重递减。如果跟徐辉、肖和平比较，大级别的马文军相当于背着一袋面的负重跑，吃亏自不用说。

他的这番话听起来似乎在理，但却遭武刚当头一棒：“什么叫公平，规则统一最公平，潜规则才叫不公平。你说现在有些女演员整容后就当上了女一号，那些不愿整的，导演就看不上就没戏，别说一号，七号八号都上不了，你说这公平吗！”

马文军自然就接了下句：“公平，不服也去整呀。”

“那你为什么不去减重呢？”武刚也是自然应接。

马文军无语了。心想真新鲜，当消防员还有潜规则？要说潜规则，就是牙咬碎坚决不掉队，过节了吃饱饭强撑着不想家，守住纪律底线坚持不去驻地找女友，保持着庄严的节操，对岗前流动的美女最多是偷瞄一眼，但一定装作视而不见。

市体育场全天被考核组借用，四百米的标准跑道，五千米足足绕场十二圈半，马文军想想都生畏。发令枪一响，马文军即刻就成了团队的压阵者，接着就被拉开退至第二、第三组团，最后成了孤寂的尾巴。由于天凉，一上场他还穿着厚实的冬季迷彩作训服，两圈下来，满面红光的他一边跑动一边脱去作训服，又一圈，秋裤也被他甩在了草坪上。

才跑了三圈，马文军就半无奈、半自嘲地笑问裁判："请问还有几圈？"

站在起跑线旁掐着表的裁判也笑了，说："你先跑着，我帮你算算！"

赛程过半，马文军比别人慢了近一圈，之后就不断有人从身边超越过去。这"沉舟侧畔千帆过"的滋味不好受，马文军急红了眼，他拼了，困难户的帽子甩不掉了，他可不想再当兄弟们眼中的钉子户。

大家通过终点线后，都聚在场边为马文军加油。总算在规定时间内抵达终点，只是方向有点跑偏，一直在内道的他到达终点时却冲到了右道，大家发现马文军是咬着牙、闭上眼冲线的，由于体能严重透支他顺势瘫倒在草坪上，身体定格成了一个加粗的"大"字，但很快就在卫生员李长江"不可躺下"的喝令中被人架起。

"提辖，感觉如何，是不是很爽？"提着药箱负责现场保健的李长江明知故问。

马文军表情极度痛苦，断断续续地说道："我，我还活着吗？"

喘息平定之后，马文军回头去寻秋衣秋裤，见到徐辉，又恢复了几分神气，扭了扭脖子骄傲地说："怎么样，兄弟关键的时候豁得出去！"

徐辉瞥了他一眼，马上说："还好意思说什么豁得出去，瞧你那个样儿，要我说你那叫活不如死，半死不活。"

马文军说："兄弟，你们拼的是体能，哥拼的是命啊！"

三天的考核尘埃落定，最终长淮连续第三年摘取全省先进支队奖牌，龙山大队作为全省代表队上报参评全国先进消防大队，并被省总队荣记集体三等功。

二十四

一个星期天上午，在大队值班的杨安保忽听到走道里传来常媛的脚步声，但他发现情况似乎有些异样，抬头只见常媛步履匆匆地径直去了办公室，她今天不值班跑来干什么，而且看上去头发好像有些散乱。从自己的办公室门前经过也不打招呼，这不是常媛的风格，杨安保站起身犹疑了片刻，但还是决定一会儿过去问个明白。

一照面就把杨安保吓了一跳，常媛的右眼角有一块明显的瘀青。“怎么啦，伤得这么重，从拳击场上才下来?”杨安保觉得这不像是常媛自己栽倒的。

“我都成熊猫眼了，你还有心情取笑。这帮小子太嚣张了，不按套路出牌，搞突然袭击，打人不打脸的规矩也不守。”常媛接着说出了她今天不幸遭遇的“公交门”事件。

常媛上午从大队离去后上了一趟商场，然后乘公交车回家，由于是周日，车上人比往常多出一倍，已经明显超载，人与人几乎达到亲密无间的程度，尽管车子不停地晃动，但站在车厢中间的人根本不需扶着什么物件也一样能保持稳定，有人在喊“再挤我就成照片啦！”每从前门上来一个人，后门处的人就要顶住被置换下去的压力，“人多力量大”这句话在这里倒是得到了充分验证。

突然间，常媛发现两个人的夹缝中有一只手的动作不正常，从外斜的角度伸向一件火苗一样大红色上衣的口袋，从方向上判断这不是红火苗本人的手。

“各位当心，车上有小偷！”常媛脱口而出，没有犹豫和语言组织的时间，但声音的分贝量完全盖过了车上满载的嘈杂。几乎所有人都是先看自己的口袋，紧接着把目光投向身着警服的常媛，最后又都在不停地四下打量。

几乎与常媛的声音发出同时，那只手迅速地沿来的方向收了回去，顺着手的运动轨迹，常媛对应地发现了它的主人。那人也正向常媛看过来，四目相对，常媛很惊讶地发现这位伸手者并非小品中那种贼眉鼠眼之徒，相反是一个眉目俊秀的青年，发型虽朴实无华但一丝不乱，湛清色的中山装给人以强烈的稳重感，另一只手里还握着一本杂志，乍一看会给你一个上世纪电影中地下工作者的印象。

“人不可貌相”，常媛心想。毕竟时代不同了，过去看电影，小伙伴们看见戴礼帽的就猜测是特务，戴墨镜的十之八九黑社会，剃了光头的多是重新或重重新做人者。

看到常媛，那人只是对着常媛凝视，并没有被激怒或表情异样，淡定得连常媛也难以理解。

然而，正如一句韩国谚语所言“平静的水和不叫的狗最危险”。就在常媛下车时，车上三个青年像保镖一样贴身跟了下来，常媛两脚站稳的刹那，就听见后面有人喊了一嗓子“哎”，她一回头，脸就重重地撞到了一只生硬的拳头上。常媛一下子坐到了地上，只能听见一阵脚步声从身边飞去。车站上有多人目睹了这一幕，抑或是这帮人下手动作太快，抑或是围观者反应过慢没在意，没有人作出任何行动，还是常媛自己起来后掏出手机拨打了110。

杨安保问："要不要喊卫生员小李帮助处理一下？"

"不用了。这是否就是应了人们常讲的那句话，是非只为多开口，烦恼皆因强出头。"常媛自嘲道。

杨安保说："你还记得我说过的关于社会治安问题吗，你当时还说我言重了。实话实说，如果见义勇为者自身安全都毫无保障的大环境不改善，究竟还有多少人会选择挺身而出，实在不令人乐观。就说今天这件事，你一个大小姐能对付得了他们吗？"

常媛说："那就任由他们这样猖獗，难道就不该有人管？别忘了我们都是军人，这种时候怎能视而不见或走为上，你是老党员，我是新党员，党员的先进性教育怎么说的，就是要平时看得出来，关键时刻站得出来。"她的脸上除了受伤的印记之外就是认真。

"不是不该管，而是管不了。这小偷小摸自古以来都是逮了又放，放了再逮，别说你，花木兰在世也灭不绝，就像苍蝇蚊子至今不灭一样，也许这也是生态平衡吧。"

"我不同意你的观点，灭一个少一个，都不去逮不去灭还平衡什么，不泛滥成灾了吗？"

"怎么说呢，你这叫拿着教导员的薪，操着司令员的心。"

"达不到目的就伺机报复，难道你不认为这是小人行径吗？"

"君子乐得其道，小人乐得其欲。小人确实很可恶，但不管你信不信，君子有时会被小人害死。"

"你的意思是对他们要采取怀柔政策，那不成了严对君子，宽待小人了吗？"

"哎，你还别说，哪个国家还有一句谚语叫作'越是小人就越要多给一张饼'。"

一个讲的是大道理，一个说的是小道理，但从头至尾，常媛似乎完全没有领悟到杨安保想表达的真实意思，那便是对她个人"安保"的深深顾虑。

作为大队军政主官，杨安保与常媛对工作与队伍管理中很多问题的认识都是互补性的，性格上一个刚直，一个温婉；管理中一个说一不二，一个循循善诱。尽管他们也曾被支队长高中原口头评价为一对好搭档，但分歧也是常有的。高中原说，有分歧才是正常的，一点分歧没有那是假和谐，君子之交尚有和而不同之说，如果你们所有认识都一致，等于一个人说了算，那么支队就没有必要设置大队长和教导员两个不同岗位了，岂不可以为国家省下一份开支？

武刚的堂弟武健休假来龙山大队探望堂兄，他现在已是东北某省消防总队政治部组教处副连职干事。在他看来，大东北消防装备那都是“咔咔”的，堪称全国消防界的“范儿”，他拿长淮作比较说：“我们那里的配置比你们这儿强太多了，就说你这云梯车，全市就这么一两辆，最大举高只三十多米，我们很多大队配备的都是进口的名牌车，举高五十米，而且每个县区大队都已配齐。”

马文军说：“怎么样，还是我们老家的高大上吧！”

武刚说：“有什么值得骄傲的，你没听人说过先进的装备都是烧出来的，说明你老家火灾烧得多、烧得大！”

武健还说起他在基层中队的战斗经历：大冬天的气温都在零下二三十度，遇到极寒的天气，滴水成冰，在室外吹个肥皂泡便会像电灯泡一样“啪嗒”一声摔落在地上。灭火战斗可谓冰火两重天，水打到围墙上立马挂出冰溜子，梯子放在哪里都会打滑靠不稳，战斗结束收队水带时常被嵌在冰下拿不走，即使动用蒸汽融冰机也不行，因为水带都冻成硬管子了。至于战斗员一个个战斗服外结一层冰渣子，有人战后留了个影，本人都认不出照片中的自己，仿佛作业中的极地科考队员，还有人把它作为邮箱的个人头像，网名就叫“北极仙翁”。

对武健描述的场面，龙山官兵不仅从无经历，而且闻所未闻，听他这么一说头回领教了什么才叫山外青山楼外楼，大家心想跟他们相比，自己在这“常温常压”下的常规作战就算不得什么苦战、恶战了，再叫苦叫累的话，那就叫身在福中不知福了。

龙山大队会议室，电子显示屏上标明了今天的会议议题：反腐倡廉专题教育会。

腐败就像瘟疫，会从内部瓦解一支队伍，甚至毁灭一个国家，有较高的传染性和极强的杀伤力，既败坏党风，影响党群干群关系，又破坏社会的公平和谐秩序。反腐败是任何一个战斗集体都不容忽视的课题，支队的要求这一课必须真刀真枪，人人过关。支队政委洪波专程赶来参会，对这类重要活动，支队党委委员都要分头到各个大队参加，政委洪波的联系点正是龙山大队。

杨安保首先通报了一起消防系统内的腐败案例：一名曾经的消防战斗英雄，多次立功受奖，结果经不住物质的诱惑，一步步滑向腐败的泥沼，成了人民的罪人。据说他的主要问题是收受地方老板贿赂的名人字画，价值上百万，但现在问题出来了，人进去了，字画没收了，更让人无语的是那些字画经鉴定均是赝品。

会议的后半场是大家讨论，讨论会与各类“协会”一样，总要比“正会”松弛而热烈得多。

“都是钱害的，我就整不明白，他们要那么多钱干什么，钱花掉才是自己的，一搞几百万他们能花得掉吗！”马文军眼里这钱是祸水，便率先开出一炮。

常媛接上说：“现在很多人已经不满足于小康了，总嫌钱少，这与当年抗日将士打死一个够本，打死两个赚了相比，是不是太猥琐了些？当下很多人在金钱上栽倒，并非他们的环境艰苦，反而是条件优越，优越得迷失了人生的航标。人一旦成了金钱的奴隶，便无法主宰自己的命运，钱最终成了他们量刑定罪的证据与砝码。这些人在人格上是残缺的，嘴上说着反腐败，做的却是另一套，这在政治信仰上是典型的伪忠诚！”

刘鸣说：“这反腐也同防火一样，更多的是要依靠大家的自律与自警。

就像火灾，光靠消防队是永远也消灭不了的。那些见利忘义的人就是胆子太大了，改革与经济发展要‘胆子大一些，步子快一些’，防腐和消防安全与之正好相反，都应该‘胆子小一些，步子稳一些’。”每次发言，刘鸣总有自己独特的“技术”视角。

“我看主要在于个人自身的免疫力，中医里有一句名言叫‘正气存内，邪不可干’。就像瘟疫流行时，有抗体的人都安然无恙。”李长江也从自己专业的角度谈了个人的认识。

“你们都是三句话不离本行。”马文军一旁插话说。

一直在记录着大家发言的肖和平放下笔说：“刚才听了案件分析，说是那位老板把好多人拉下水了，我不太同意这个说法，自己做的事就应该自己担当。我倒是相信另外一句古语，‘物必自腐，而后虫生’。”

“我说百度先生，拜托您就别整文言文了，说大白话行不？”马文军忍不住嘟囔道。

“这你都不明白，就是说人不会作就不会死！”徐辉自愿做了一回白话文翻译。

杨安保在发言中说：“你们讲的都很在理，廉政问题不用讲大道理，大家应做到三个珍惜，算好三笔账，即珍惜今天，算好经济账；珍惜前程，算好政治账；珍惜幸福，算好家庭账。就说案件通报的那个人，自己的大好前程断送了，家里顶梁柱塌了，老婆孩子的生活受到多大的影响。曾有个人在忏悔书中说，自己现在是一了百了：工作丢了，自由没了，老人无法尽孝了，老婆改嫁了，孩子也跟别人姓了。想想确实是得不偿失，这得与失的关键是没有把账算明白，还是那句话，早知今日，何必当初呢！”

洪波总结说：“忧劳可以兴国，逸豫可以亡身。以古为镜，可以知兴替，历代先贤都把腐败的盛行视为政权覆灭的起始。权力要在阳光下运用，在法制轨道上运行。否则就会发霉、倾覆。反腐不仅仅是针对位高权重的人，我们消防执法者手中也都有一定的权力，但这权力是国家赋予的，是人民赐给的，它是用于为国家和人民服务的，而不是用来牟取私利的。古人说‘涓涓不塞，将为江河；荧荧不救，炎炎奈何’，细小的水流不堵塞可能成为江河，微弱的火星不扑灭，可能酿成熊熊大火。希望大家认真从前面通报的这个案件中汲取教训，保持清醒头脑，在使用我们的权力时既要做到慎始慎独，我认为更要慎微，不以腐小而为之。”

“哦，小马哥，抱歉我又讲文言文了！”洪波怀疑马文军又没整明白。

严肃的会议在轻松的氛围里落幕。

二十五

长淮的秋天很短,就像是夏冬两个厚重篇章中的一个插页,冬天似一个抢跑者在人们还没有尽享秋意时便不期而至。不追求时髦的人仅备一套秋装足矣,因为无需换洗就直接换穿冬装了。

马文军不是不喜欢冬季,是嫌穿上冬衣训练太麻烦,一开始要穿,一运动别人正觉暖和他已经挥汗如雨,衣服必须脱下,一停下汗水就变成凉水,这可是感冒的帮凶。每每别人看他大汗淋漓,他都习惯地自嘲道:“没办法,汗族人。”

考核那一趟五千米下来,感冒就如约而至。咳嗽、发烧、打点滴,一番折腾在所难免,却也因祸得“福”,卫生员李长江鞍前马后地替他服务着不说,食堂里小黄还专门关照了病号饭,青菜鸡蛋面、雪菜肉丝面、三鲜锅、排骨饭,两三天花样不重复,还可以不训练,不出操,连今天马文军已经四天没有见到日出了。

“队长,你看我瘦了吗?”一出门迎着光第一个就见到武刚,马文军眯着眼惴惴地问。

“瘦了，衣服瘦了。”一旁的徐辉抢先答道。

“你的病是不是装的，我看你的胃口一点没减。”就连一向不爱说话的张昌虹也接上打趣地说。

“秦帅，你小子回来了，整得不孬，又立功又拿奖金的，你是不是该请一回客啊？”看到“久别”的秦帅，马文军的注意力就转移了。

“好啊，我请你什么呢，就到新马泰转转吧。”

“太远了，去不了。”

“不远，就在本市，新世界商城，马场路和太平公园。”

“你们听听他恶劣不？看在你为队争光的份上不跟你计较了，干脆你就请我撮一顿吧，病号饭我都吃腻了。”

“三句话不离吃，你还能说点别的吗？”武刚正色说道。

“能！那就说点励志的吧。不经历风雨，就没有彩虹，没有你徐辉，帅弟就不可能随随便便成功！”

“你烧糊涂了吧！”徐辉伸手摸摸马文军的额头。

其实，马文军并非是说胡话，也不是在背歌词，而是突然想起了常媛在前不久一次辅导课中说的一番话：当今一大时弊是浮躁盛行，很多人干事都想走捷径，是的，有的人可以随随便便出名，但没有人可以随随便便成功，出名出彩与成名成家永远是两回事。

沉寂了数日的电铃再次响起，这是马文军病愈后的第一次紧急救援出动，也是陶明放等一批即将复退老兵的最后一次出警。有报警说一名刚会走路的小孩子掉到井里了。

“队里几个体型瘦一些的全部随车出动！”武刚一边奔向车库一边下达调兵命令。这是他实战经验的积累，过去几次井下救人都是瘦子的功劳。

现场在郊区的一个小镇。分开围观人群，武刚带着徐辉与肖和平率先来到近前，一问方知是一个两岁的幼儿在玩耍时不慎落井。围观的人很多，但全都束手无策，一旁撂着竹竿、木棒等，看上去其他的办法都试过了。

武刚仔细一看也傻了眼，这是口细井，井眼比马文军的大腿粗不了多少。秦帅比试了一把，不行，全队最瘦的徐辉穿着冬装也只能伸下去一条腿。

围观的人更多了，大家面面相觑，最后又一齐把眼光投向了武刚一行。武刚看看群众，又看看井，脑子里思索的轮轴在飞转，倒是有一个办法但却无法说出口。

火场上的时间是最为宝贵的资源，而这会儿对现场的所有人来说，时间却像是生命中的多余部分，只能白白耗掉，“办法总比困难多”这句话也显得那么苍白无力。这一刻，大家心里都有一丝不切实际的怪念闪过：人要是能像那孙猴子随意变化就好了。

“叔叔，让我试试吧！”一声清脆的童音虽盖不过现场的嘈杂却让武刚听了个真真切切。武刚定睛一看，一位少年准确地说就是个大男孩已站立在自己眼前。武刚一时愣住了，他毫无思想准备。

消防法律有规定，不得组织未成年人参与灭火，更不要说这样危险性大的救援行动了。当年对赖宁同学救山火牺牲行为的宣传就曾引发很大争议，因为这既是一次临危不惧的勇为，但更是一个令人痛惜的教训。此前武刚还听刘鸣说过，曾经有一所学校组织小学生上山春游引起山林火灾，领队的老师紧急报告校长，校长大概是个法盲，气汹汹地说“自己惹的事自己解决”，结果就这一句话，二十多个孩子没能再走下山去。

“给我系上绳子，实在不行就再把我拽上来。”大男孩仿佛猜出了武刚的心思，反客为主做起武刚的工作来。尽管没有料到会有人自告奋勇，但其实这正是武刚想到没敢说出来的最后的办法。

一旁有位大人也建议说：“就让他下去试试吧。”那人说完又自我补充道：“没事儿，我是他爹，我说了算，绝不让你们担责任！”

“小伙子，你憷不憷？”武刚喊他小伙子，是想用这个称呼让少年自我调适一下心理，找到一些沉稳感。

“只要你们同意，我没啥憷的。”少年的表现欲与干脆的语调让武刚刮目相看，也要比他想象的沉稳得多。

无计可施时，不分上策下策。在确认得到家长的同意后，武刚让少年脱去外套，腿和腰间都系上绳子，然后头朝井底，身子紧贴井壁被缓缓放下去，一尺，两尺，一米，两米……下面突然没了动静。为防止意外，秦帅与马文军一起将少年拉了上来。

“刚才被卡了一下，再往下放一些，我快够到了。”见少年一脸的自信与镇定，武刚紧促的心放松了许多。

少年重返井底。大家拭目以待，空气似乎稀薄了，很多人都在张口喘息。不一会儿，少年扽紧了绳子，那是在发出往回拉的信号。绳子慢慢被拉出井外约五六米，成败就像个未揭底的谜还不得而知，就在这时少年的脚出了井口，紧接着人们听到了小孩的啼哭声，那是落井孩子的声音，救援宣告成功。少年只是胳膊蹭破一点皮，卫生员李长江赶忙为他敷上一片创可贴。不知什么时候，几家媒体记者也到了场，对着少年就是一通连拍。

被救孩子的父亲喜极而泣，一把拉住武刚的手，激动得有些语无伦次：“大恩不言谢，亏得你们搭救，不然我娃儿就没命了，谢谢，谢谢你们了！”

武刚说：“不要谢我们，这是我们的本职工作，要谢你就谢这位姓穆的小伙子。”救援过程中，武刚就已了解到这位大男孩名叫穆杰，年方十三。

“这小子沉得很！”这是少年上来后说的第一句话，他好像完全没有意识到自己就是这英雄壮举一幕的主角，更不知道此后自己会成为一名公众人物。第二天网上有人发了新闻图片，少年得到一个大众封号——“倒挂哥”。

不久，年少有为的“倒挂哥”穆杰被评为本年度长淮市优秀少年，并被推荐参评中国骄傲年度杰出人物代表。

“今日痛饮庆功酒，壮志未酬誓不休……”马文军的京剧唱得有板有眼。凯旋的感觉就是不一样，一路上队员们心情都很好，而这心情的好坏完全取决于救援的成功与否，这是否也是一种后天下之乐而乐的境界，且不评说，但实实在在的是如果救援的结果未达到大家的期望，每个人心底都像被石头压着一样的不爽。就在上月的一次灭火中，大家还因为救人未遂而深深郁闷了一回。

那是龙山区最繁华的一条步行街。一个周末的夜里,街上好几家服装店被一精神病人放了火,其中有一家店内住着一个今年刚刚高中毕业的小伙子。小伙子的父亲将他反锁在店内,其意图显而易见,是让他夜里睡在里边看店的同时,又不能够溜到外边上网或干别的,考虑这考虑那就是没考虑到会失火,结果这一念之差就断送了孩子的性命。大队到场后又是灭火又是砸锁,又是人工呼吸,最终无力回天。

白发人送黑发人,就在现场,孩子的父亲瘫倒在地上,捶胸顿足,痛不欲生,谁也劝不停歇,连火灾调查的问话笔录都无法做下去,一口一句自责都怪自己老糊涂了,早知道就不让孩子看店了。刘鸣正在店内勘查现场,自言自语地说:“哎,又是一个早知道,现在说什么早知道,还有什么用呢!”

一旁配合清理现场的马文军旁若无人地说:“早知道尿炕就不睡觉了!”

刘鸣连忙止住他的话,说:“你小声点,当心人家跟你急!”

悲剧总是与没料到、不知情、太大意相链接。事实上,无论是支队还是大队,在每次的家庭防火宣传教育中都曾反复告诫城乡居民村民,不要外出时将孩子或老弱病残者反锁在屋内。不知者究竟为不为过呢?无需商榷,从安全的角度看,这只能是自欺欺人之说,因为一旦出了事连喊冤叫屈的地方也没有。

夕阳映照着归途,大地撒满金辉。马文军感慨地说:“自古英雄出少年,这个姓穆的小子还真不孬。看来今后消防部队征兵还得特招一批体型瘦小的特勤兵,否则像这样的井下救人任务怎么完成?”

武刚说:“别说你还真是大块头有那么点大智慧,高矮胖瘦各有各的优势,这就叫尺有所短寸有所长,所以遴选特勤队员时,特地高矮兼顾。像你这样的到了特勤,开车就屈料了,你的强项应该是负责破拆或去掌控远程大口径消防炮。”

还没等马文军讲话徐辉接上说:“但你不能去参加水上作业,如果你上救生艇,还没救人估计就超载了。”

“恶劣,不说话没人当你哑巴!”

"唉,忠言逆耳呀!"

"送你五个字:一边凉快去!"

大队这边,杨安保接到一个电话就紧急赶赴长淮第一人民医院,他要探望的不是别人,正是那位自称一直点儿背的周德平,电话是他的女助理小何打过来的。小何说,昨天晚上周德平喝酒后下楼,一不小心从楼梯上滚了下去,头部着地,当场昏迷。送到医院后,按照大夫的吩咐,当即剃掉头发,连夜做了开颅手术,取出小半杯子的淤血来。大夫说问题不大,幸亏来得及时,如果来晚了,可能要留下严重的后遗症,甚至可能成为植物人。大夫指着同病房的另一位病号,说:"这个病人是车祸受的伤,从县医院转来的太晚了,一个星期了还没有恢复神智。"

周德平满头裹着纱布,并不知道杨安保的到来。酒店的老板也十分紧张,主动垫付了医疗费,当晚人也是他派人送到医院的。杨安保问老板怎么回事,老板回答说,客人酒喝得偏高,然后下楼梯没有扶好扶手,一脚踩空就出事了。

杨安保又问:"你的酒店是否经过消防验收合格?"

"手续齐全,只是那个楼梯是螺旋楼梯。"

"螺旋楼梯本身并没有问题,只要距离扶手二十五公分处踏步的宽度超过二十二公分就符合安全疏散的消防要求。"

老板说:"不行,无论如何这回都要把楼梯改造成直角转弯的,连你这朋友今年已经有三个客人摔倒了。"

杨安保说:"安全第一,改成转角楼梯更好,而且下方最好放置一块缓冲的地毯。"

老板认真地说:"谢谢,还是领导考虑的周全。"

这时,周德平醒过来了。或许是麻药的时效过了,他表情痛苦地喊叫着:"我在哪里?我要回家!"

一位护士一边给他换水,一边说:"别吵了,这就是你的家!"

杨安保出门，对送他的小何说："改天等他清醒了我再来看他。我比较担心你们那里的消防安全，没想到差点出了生命安全事故。"

转眼，又到了每年一度的老兵复退时间。

黎明时分，火警电铃响起，人影仿佛离弩之箭在走道里闪过，然后流水作业般地顺滑竿而下直接进入车库、着装、登车、风驰电掣般飞赴火灾或救援现场……

每年老兵复退之前，大队都要按照正常的一日生活和模拟出警的程序拍一套由老兵自当演员的纪实片，请电视台专业摄影师来拍，并经过后续加工刻录成光碟人手一份作为永久性纪念。虽然是表演，大家假戏真做，一样的认真和投入，一样的忙而不乱，一招一式都彰显着消防老兵训练有素的良好养成。

杨安保认真看完碟子后评价说："好家伙，真人不露相，平时没有看出来，你们一个个还都具有演员的天赋。"

其实这里记录的只是灭火救援出动的前奏，而无数一发千钧、动魄惊心的情景，都像纪录电影片一样永远地印在了他们的脑海深处：火海中转移被炙烤得滚烫的液化石油气罐；浓烟里背负着救出轮椅中无法下楼的老人；冰冷的湖底搜救落水少年；手指被夹住的孩子，由于惧怕疼痛不住地哭叫"别碰我"；被惊扰的马蜂，像星球大战里漫天的外星战机在四周盘旋、轰鸣；高速公路连环相撞的车祸现场，大家从令人窒息的现场和死人堆下抢救伤者；化工厂爆炸后，火黄色的蘑菇云下一只物料罐从大家头顶上呼啸而过……

大队已为每个复退的老兵购买好车票，送别的程序简短而温馨。吃一顿饭，留一张影，道一声别，脱了戎装，没有了警衔不便敬礼就来个拥抱。尽管支队特地要求不安排那些个煽情的活动，但这一拥抱眼泪还是有禁不止，毕竟是天南海北来相聚同吃一锅饭的伙伴，毕竟是几年都在一起摸爬滚打的战友，毕竟是一个战壕里荣辱与共、生死与共的兄弟，"男儿有泪不轻弹，只是未到离队时"这句话在军中像个魔咒一样灵。

二十六

大清早，突然有两个人来到大队跟门卫商量要在门厅外张贴什么感谢信。接到报告，杨安保也糊涂了，是否哪个受灾单位对大队灭火救援表示谢意，见面一问，来者两人一个老总一个保安，说他们是对面街上华福超市的，还是大队的双拥共建结对子单位，要感谢消防大队的战士临危不惧，见义勇为。这究竟唱的是哪一出，杨安保问武刚，武刚说我正想向你报告，问问是哪门子的事。

于是他们一起昂着脖子读完信，方知昨日有两个蟊贼，准确地说应该是抢劫犯罪嫌疑人，佯装在华福超市购物，不付款就兵分两路跑了。现场就一名值班保安无法分身，只能去追赶其中的一个，幸亏两名消防战士迎头堵截并出手制服了。来人说只看见他们的服装是消防警服，问他们是谁都没有说，但现场有人认出他们是你们龙山消防的同志，恳请领导帮助查实并致谢。

经过一番排查，昨天大队请假外出购买生活用品的人被锁定，只有肖和平与小黄两个，套用刑事侦查中当事人对犯罪嫌疑人的当面指认法，超市保安一眼就认出了肖和平，说："没错，就是这位帅哥。"

闻听此言，站在一旁徐辉不愿意了，拍着小黄的肩膀说："怎么，我这位弟弟不够帅吗?"

大家都笑了，躺着中枪的小黄摇摇头顾影自怜道："唉，为什么受伤的总是我!"

不知是世事太巧还是世界太小，抑或是应了"冤家路窄"这句话，这两个抢劫者中一人后来供认，他们就是曾经在公交车上作案不成并对常媛下手报复的团伙成员，做讯问笔录时，其中的一个还说真倒霉，这次又栽在消防兵的手里。

他们兴许认为这就是命里注定无法逋逃的一劫。如果说相信劫数是法盲和迷信，但"多行不义必自毙"，自毙注定是不义的归宿，这是无论儒家、道家还是法学、科学都共奉的道理。学术理论总是不很通俗易懂，要是换成消防术语说就没有那么拗口，叫作玩火自焚。

虽然远从西伯利亚起飞，但寒流比人们御寒的准备还要快，半夜里长淮气温骤降。十二月六日，长淮的第一场瑞雪纷纷扬扬地撒了开来。将军山上原址重建的瞰翠楼披上银色盛装，很多路人都要驻足打量一番，感觉仿佛是自家的孩子出远门归来，换了发型和衣装，显得既惊诧又惊喜，既熟悉又有那么一丝丝陌生。

"将车库的炉子生起来，三辆消防车和指挥车全部加注防冻液，先头出动的两部车加装防滑链!"武刚对中队强降雪降温天气出警作了周密安排。

物极必反，连续强降雪及低温天气不仅煞了风景，还对长淮造成较严重的灾情，境内多条高速公路被迫关闭，部分城区道路结冰，群众出行受阻，部分工厂、加油站以及市郊蔬菜大棚、养殖大棚乃至民房倒塌或损坏，大面积田间作物受到侵害，群众的生产生活受到较大影响。与此同时，全国多地持续的降雪也使各种建筑设施被雪压塌的事故持续发生。

为了防止类似事故，龙山大队按照市应急办的部署，每天顶风冒雪、深入细致地排查安全隐患，不放过每一个可能发生危险事故的细节。田间的大棚里、被大雪封路的高速公路、高压电塔下、路边广告牌下、中小学校……到处有消防大队官兵的身影。大家常常一出去就是忙碌的一天。特别是到郊外的两组队伍早上喝两口稀饭，提上面包、方便面和一瓶矿泉水，中午官兵们宁肯躲在车里干啃两口面、喝一口水也不去农家吃一口饭。雪再大，压不垮他们的斗志和精神；天再冷，也冻不住他们那颗火热的心。在他们一连数日的努力下，全区没有发生一起建筑坍塌致人伤亡的事故。

大队全体官兵把群众安全、生活放在第一位，全天候坚守执勤岗位，保证随时拉得出、冲得上、打得赢。二班班长郑小龙已经五年没有回家探过亲，今年本打算和家人团聚，但一想到还有几十万群众正在遭受雪灾，自己的战友正不畏艰苦、英勇奋战，毅然坚持要留下来和战友们一起将战斗进行到底。“我一个人回不了家没什么，我要让千百万的人回得了家。”二十几天来，尽管没有下达战备命令，也没有一名官兵请假，充分保证了部队的战斗力。

早上踏雪出完操回来，眨眼工夫马文军就不见了。冰天雪地，徐辉猜测他去不了别的地方，一定又回老窝了。徐辉一掀被子，发现他果然睡上了回笼觉。看到徐辉朝他投递过来的眼神不太对劲，马文军哼唧着说：“你倒计时，就两分钟！啊，新岁寒三友，你懂吗？”见徐辉不吭声，马文军又睁开眼补充道：“你 out 了吧(网络流行语，意为“过时”了)，火锅空调热被窝。”

徐辉说：“是四友，你还落了一个。”

马文军连忙问：“是什么？”

徐辉说：“还有你呀，被窝仔。”

马文军睡意去了一半：“没时间跟你闹，都一分钟过去了，好吃不如饺子，舒服不如倒着。”

徐辉顺嘴说：“倒着吧，有你总倒着的一天！”

此话一出，徐辉马上感觉这玩笑话重了。这话破了大家共守的一种避讳，正如胖子面前忌言保重、渔民吃鱼时从不说把鱼翻过来一样，谁要是不注意说了就是失言。

“全体出动，备好笤帚、铁锹去扫雪。”走道里武刚的命令传来，马文军哀叹道：“排着队搅局！”

长淮市委、市政府大院就坐落在龙山区内，每逢大雪天帮助扫除院外道路积雪已经成了龙山大队的惯例。一名出租车经过，突然在路边停了下来，打车的恰好是长淮电视台的一名记者，摄像机就在手中，扫雪的情景被他悄悄拍下，看到马文军，记者停下想请他说几句话。马文军本来就有点人来疯，越是大场面越能找到感觉，根本无需商请，对着话筒就嚷开了：“革命战士一块砖，哪里需要哪里搬。我们消防部队就是要为人民排忧解难的，赴汤蹈火都不怕，扫雪对我们来说就是五个字，那都不是事！”

此言一出，记者一边笑一边收拾机器什么也没说，倒是一旁的出租车驾驶员闻听此言从车窗里朝马文军伸出了大拇指。

看到马文军在电视上秀了一回，江南俊说：“提辖就是提辖，扫个雪你就成公众偶像了！”

马文军有些自鸣得意，狡黠地笑着说：“哎，小鬼，不要搞个人崇拜嘛！”

徐辉看不下去了，说：“说你胖你就喘，做人不要嘚瑟。”

江南俊说：“这社会好多时候，听起来顺耳的话未必就是真夸你。”

马文军问：“举个例子听听。”

江南俊说：“例子多了去了，如果外面有人喊你帅哥美女，千万别当真；称你为神，其实是想说你神经；说你上相，那就明着告诉你长得不好看；夸你如含苞待放，意思是说你根本就没长开！”

他们说说也就算了，在马文军看来那都属于羡慕嫉妒恨，不想那边还被大队长杨安保泼了一头冷水，其论据是毛主席的光辉语录“不要做了一点好事就生怕别人不知道”。说是现在风气不好，很多单位、很多人干屁大一点事都要留个影、宣个传、报个道，今后大家都要学着高调做事，低调做人，一支队伍是不是受人拥戴，是靠踏踏实实干出来的，把事情做好了就行，是非自有公论。

马文军有些转不过弯来，称自己就是要让大家更加了解消防部队，提高对消防的关注度，这对安全对社会都有益无害。再说有时也需要适当宣传自己，其论据是："常言道：光说不练假把式，光练不说傻把式。"他说："眼下那么多的小说、电视剧，从小姨子到小姑子，从公公婆婆到岳父岳母，从青春期到更年期，有几个是写我们消防官兵生活的，主要是别人不了解我们。我们自己再不吆喝，都快成只会战斗的天兵天将了。"马文军的辩词虽然直言不讳，却非生性硁硁者的无端妄语。

这扫雪本是一桩小事，被电视台从"先人后己"这个角度拔高报道后，不仅马文军成了新闻人物，而且在长淮激起了不大不小的涟漪。在第二天上午市常委会一个关于市容整治的会议上，市委俞书记讲话一开始就借了扫雪这个题，他先是表扬了消防队，然后接着说："我们有关部门就缺乏这种大局观念和敢为人先的气魄，养成阳奉阴违和办事拖沓的坏风气，习惯于自扫门前雪。一些人干劲儿不足官味儿足，热情不洋溢酒气洋溢。上月劳动路上一条水管破了，水哗哗地流了近一天，我的一位朋友上下班来回四次都趟着水过，晚上电话里跟我戏称今天他'四渡赤水'，你们说这不是衙门作风是什么？这种效率我们自己都不满意能让群众满意吗？"

接着，由此引发的一场围绕"解放思想，改进作风，提高效能"的整肃活动在全市各机关和部门展开。涟漪几日就成了壮阔的波澜，它正以一股强劲的正能量，荡涤着长淮大地上霉斑一样顽固的污浊与腐朽。

快速行动是一种执行力，长淮消防支队积极响应市委市政府的号召，在全市公安系统率先启动。在第二天的动员大会上，支队政委洪波提出了"创新消防服务"的新理念。接着又邀请十余位市人大代表与政协委员做客支队，观看消防工作汇报专题片，视察消防装备与营房建设情况，征询并谋求推进改进消防工作的意见。

一位在市民政部门工作的政协委员说："上次湖滨幼儿园火灾后，我就在着手准备一个提案，当前的福利院、养老院以及城市空巢老人、农村留守老人等弱势群体消防安全如何保障，是一个值得我们认真思考的问题。"

高中原说:“您讲到点子上了,去年全市火灾伤亡二十六个人中十九个是老年人。我国人口老龄化问题已经显现,高龄老人将保持年均增长百万人,此外全国残障人数已逾五千万,弱势群体的消防安全问题应引起社会广泛关注。”

曾在消防上走过弯路的骆老板说:“我的浴场审批时龙山大队的同志前后去了六七趟,但没抽一根烟、喝一杯水,服务到位,执法到位,虽然过程有些弯折,但结果我很满意。”

有代表说:“刚才看到专题片上介绍说搞了个‘五进’宣传,进企业、学校、农村、社区和家庭,这非常好,我个人意见还要增加一进,就是进机关,很多政府部门还没有真正按照《消防法》的要求,把消防管理实实在在地纳入本部门的工作范畴。”

水利系统的一位委员深有感触地说:“我看公共场所的消防安全最令人担忧,必须严管严治。前年我们单位一位全国知名的水利专家去外地开会,住宿在宾馆,结果宾馆发生火灾没能走出来,实在让人痛心。”

一位教育界的代表转头问道:“到目前为止,全国还没有将消防安全教育作为规定课时纳入义务教育,可不可以编制一本试用教材在全市进行消防知识教育?”

高中原解释说:“目前我国从小学到大学都没有开设系统的消防教育课程,所有人都是走向社会后再去零零星星地补课。这也是我们想要向各位代表委员汇报的,希望大家共同呼吁一下,因为教育部门是落实这一举措的责任主体,光靠我们敲边鼓唱不了大戏。”说完,高中原安排人员将仓库里堆积的《中小学生消防必读》拿出来分发给与会人员,这还是前年龙山大队编写的书籍。

有位花白头发的代表说:“这个很好,拿回去我与孙子一起看。”一位满头银发者接上说:“在消防安全方面,我们真的需要从头学起呀,我就再当一回小学生吧!”

大家有感而发,消防人乘势而为。龙山大队很快研究制定了十项消防监督执法创新服务举措，包括推进消防执法公开，实行消防审批一站式服务，出台廉洁公正规范执法十不准，推广公众聚集场所“消防提示”标识，开通“96119”消防举报投诉专线电话，施行火灾隐患举报奖励制度，执行执法首问负责制与过错追究制，定期听取社会各界对消防工作的意见和建议等。

消防举报投诉电话一开通，专线就成了热线，市民反映问题无需再鸿雁传书，更不用登门表达自己的诉求。电话里小到反映消防通道堵塞、小区消防设施缺失的，大到投诉消防规划不合理、建议加强突发事件消防应急联动处置等等，且大多都是实名举报投诉，一个月下来，隐患举报奖金就发放了两万余元。

在一次大队执法例会上杨安保说：“消防行政许可一头连着政府，一头连着百姓，而且是很多重点建设项目的前置程序，我们的效率在一定程度上关系着社会的效率，只能积极应对，不能消极应付，我们要当牵引机，不要当瓶颈。服务方面也不能只满足于一般的热情接待，微笑待人，倒一杯热茶或者用专车送来队的老人返回等。要换位思考，减少环节，精简程序，缩短时限，跟踪问效，高质量、高效率地办事才是最好的服务。”

虽然提法上还是“严格执法，热情服务”，但为了更好地服从服务于经济建设大局，把好事办成、办好、办快，龙山在消防执法中总是将这两句话倒置，把服务提到了顶前面，做到“说一不二”，在消防许可方面承诺做到一次性告知所有事项，不让当事人办理中跑两趟路。

二十七

十二月二十四日，狂风、暴雪、低温三剑客同时登场显威，长淮天气预报当日为入冬以来最冷的一天。看上去细白的雪，落地后比鹅毛般的雪片更不易消融，夜幕垂落时分长淮再次成为粉妆玉琢的世界，似乎天公在着意为节日营造童话氛围。

严寒并没有冻结人们迎接西方大节的热情，临近黄昏，华灯初上，马路上仍然人头攒动，许多交通警察在加班执勤。在众多商家的精心策划下，圣诞树、圣诞帽、圣诞老人和圣诞礼品为街头巷尾陡增了一派异国景致。要不怎么说商家最精明，他们知道，只要动一动心思，随便打打节日牌、亲情牌、明星牌就能赚个盆满钵满。

龙山大队的小小爱心电话间里，七八个人在排队往家中打长途电话。

徐辉的家人告诉他今年是个丰收的好年景，收入也比往年多不少，按照家乡的老观念，“早生孩子早得福”，问什么时间能请假回家跟小丽把婚事办了。徐辉却说：“不急，过了年再说吧，订过婚我就不是剩男了。”

肖和平电话里说：“妈，奶奶和你身体都还好吗？放心，我这里一切都很好。明天是外国的圣诞节，后面紧接着就是元旦、春节、元宵节，我们部队的执勤任务重，等明年春暖花开的时候我再请假回家看望你们，祝你们节日快乐！”

那边的寝室里，不愿去排队的马文军向大队驾驶员马于乐借手机用，因为按照支队规定，只有大队指挥车驾驶员才可以携带手机，目的是便于联络。

马于乐死活不愿借，说：“二楼不是有爱心电话吗？”

马文军有些不悦，说：“别那么抠门，一笔写不出两个马字，我就发个短信，使不坏你的宝贝。”见马于乐还犹豫，马文军急了：“别磨叽了，不就是一个破手机嘛，你记住等我以后大发了，我会送你两部手机，并免你三年话费。”

马于乐心想，见过许愿的没见过你这么乱许愿的，还嘴说：“等你发了，估计手机都淘汰了。”

圣诞平安夜，胡本耀旗下的大东方夜总会已蜕变成全新的新东方夜总会，面积扩大了近一倍，功能更加齐全，内部装饰陈设更加炫目，连服务员也都换了盛装，男的全着黑褐色缲金边唐装，女的清一色大红旗袍，尽管室外已是寥廓冰封，墙内却是鲜花吐艳，春光满园，人人展露笑颜，春风满面。

董事长胡本耀依然是一身长衫，与以往的变化是蓄起了长长的须髯，他拖着长腔，拿捏着音调抑扬顿挫地说：

“女士们、先生们，新东方有今天的发展，全仰仗大家多年来的厚爱；今夜的新东方格外的蓬荜生辉，那是因为有你们各位上宾的光顾。为了答谢各位，新东方特地盛情请来我省著名的演出团体——乐无边艺术团为大家献艺三天，而且今晚首场光临新东方的贵宾全部免费。”说话间，几乎看不到他的口型变化，只有下巴底下的那绺山羊胡子随着话语有节奏地抖动着。为了突出品牌，胡本耀的讲话主语不说“我”或“我们”，而是一口一个新东方。

时尚的歌舞、前卫的服装、令人捧腹的段子让在场的所有人如痴如醉，观众互动的掌声也给演员们鼓足了劲，演出高潮迭起，现场喝彩声一片，呼喊声一片，尖叫声一片，新东方一时间成了狂欢的海洋。

两个贼眉鼠眼的人左顾右盼地走上台来。报幕员的旁白说了这个段子就叫《警察与小偷》。

昏暗的灯光中，小偷甲对小偷乙说：这回我们大发了，这家伙保准是个贪官，看看家里有这么多的金条、银条、粉条。

乙问："咋的还有粉条？"两人都是东北口音。

甲答："笨死了，金条藏在粉条里比放在保险柜里安全。"

乙说："我们这叫什么来着，叫替天行道，劫富济贫。"

甲说："别啰唆了，快走吧，慢了主人回来把你一网打尽。"

乙说："那他也不敢报警。别慌，我把这粉条也带上，咱俩晚饭也有着落了。"

就在两人携着一个大包裹四处张望准备逃离现场时，上来一个英武的"警察"。

"东西这么多你们累不累，要不要帮忙啊？我跟踪你们多时了！"警察讲的是广东话，神情得意洋洋的，语气上有些慢条斯理。

甲乙闻声拔腿就跑。

"站住！""啪！"警察突然从腰间拔出家伙朝天鸣枪示警。

那是一把特制的烟花枪，打出来的子弹便是节日里燃放的礼花弹，头顶的天便是夜总会的天花板，这警察虽有几分帅气，但单从他的胆大无知来判断便知是个冒牌。室内表演室外戏，有着很多局限和不同，最大的不同是在室外朝天放枪上不着天下不着地，而在室内却能轻易打到天花板上；最大的局限便是安全并没有百分百的保障。

在政府设立的政务中心消防窗口，装修审查和开业前的检查发证是两个独立的程序。按理，这样的场所天花板应当是不燃的材质，但新东方的二次装修天花板所用材料均为易燃性的聚氨酯泡沫吸音板，墙面原定的彩纹装饰板本是一种豪华矿棉板材，又被装修单位偷换成了因面层一样而无法判别的刨花板。整个装修设计根本就未拿去申报消防审查，胡本耀又以试营业为由擅自开张，埋下弥天的隐患。

人所共知，大火源自小火，起火燃烧的两个主要条件是能够着火的可燃物和能够点燃可燃物的火源，这是火魔登场两张必备的通行证。新东方的违规装修已经做了一次全面铺垫，随着这枪声一响，两证齐全，火舌应声而起。

故事并未结束，按常理好戏还在后头，全场观众都在翘首以待。

甲乙二人明知戏里没有这一出，却怕道出真相乱了阵脚，万一大家散去后要求退票，这损失老板肯定不会认账，弄不好这个月都白干。想到这里，二人慌忙从舞台边上各自拿来一只灭火器，对准天花板想来个当机立断。不想已经年久失修的灭火器丝毫没有配合的意思，根本喷射不出一点药剂来。三人面面相觑，都是一脸的惶恐，一句话也说不出来，汗却刷地下来了。

或许是惊慌失措，他们仍没有及时发出疏散指令。愈燃愈烈的火势携着浓烟如同一头外星魔兽，在头顶上方恣意地咆哮着、大口地吞噬着……

虽然这一节三人没说一句话，但似乎是一段设计好的哑剧表演，哑剧的精彩就在于它的无声胜有声，观众浑然不知这看似喜剧的故事，即将被颠覆演变成真切的悲剧事故。现场不仅无一人离座，反而还用异常热烈的掌声对演员们这种“逼真”而丝丝入扣的表演给予了充分认可。掌声没有湮灭火势的噼啪声，几十秒的功夫，他们亲眼目睹了一头魔兽的孳生、疯长，然后像钱江大潮般地呼啸着从头顶上方扑袭过来……

二十时三十八分，龙山中队刺耳的警铃声让长淮所有人对节日里平安的守望陡然间化作了破灭的泡影。

“东方夜总会大火，现场有大量人员被困，火速前往灭火救援！”

“东方夜总会不是说已经停业了吗？”武刚在车上向随车的徐辉等人发问。

“听说今天重新开张试营业。”不知哪个不确定地接了一句。

“麻烦大了!”凭多年的作战经验,武刚已经深深预感到形势的不妙。

第一批出动的两辆战车飞驰而至,整个新东方已被罩在浓浓的烟幕里,火情侦察报告很快证实了一切猜测,大家的表情一致是难以置信又不得不信。

“水枪手内外各出两支枪夹击灭火,徐辉带人进入现场用开花水流全力掩护人员疏散,江南俊带一个组负责破拆窗户排烟配合救人,秦帅、肖和平各自带领一人佩戴空呼器分别从东西楼梯进入纵深地带搜寻被困人员!”武刚扯起嗓子下达了作战命令。

“支队战勤值班室,龙山大东方夜总会发生大火,火势猛烈,现场被困人员较多,请求增援。”杨安保在赶往火场的途中意识到支队增援已成必然。

窗外的防盗铁栅栏被液压钳撕开,窗户玻璃被消防斧击碎,消防拉梯靠向窗台。走道内,在喷雾水枪的强力掩护下,人们蜂拥而出,很多人携着一身泥水从徐辉身边飞一般地掠过……

电断了,但在火光的映照下可以清楚地看到股股浓烟翻滚着,像水墨色的花蕾在快放的镜头中竞相绽放。现场能见度不到一米,多数人是在跟着感觉走。惊恐的尖叫声、哭喊声裹着燃烧发出的炸裂声,合成一片令人战栗的喧嚣,顷刻,新东方就堕入了恐怖的深渊。

几分钟后,支队特勤大队以及邻近的新湖区、山阳区等五个大队增援队伍迅速抵达,集结的消防车辆已达十余辆,有登高作业的云梯车、大功率水罐车、高喷车、火场照明车、抢险救援车以及120出动配合的救护车。两辆照明车将新东方前楼的广场照得通亮,云梯车高高伸起长臂,开始从楼上解救被困人员,地面上每个方向都有灭火力量向纵深推进。政府应急办紧急启动多部门协作联动预案,市、区两级政府领导已陆续到场,交警在场外实行了交通管制,临时调集来的挖掘机破拆部分墙体进一步打开进攻通道,环卫的洒水车成了远距离运水车,根据现场水压不足水源吃紧的情况,火场指挥发出了通知附近居民临时限制用水的指令。

虽是风雪夜，广场上的人还是越聚越多，脸上都挂着惊愕、焦虑和一丝绝望。有人拿出手机远远地朝火场拍照，更多的人在窃窃私议，有人说怎么不早不晚地偏偏平安夜起火了，一旁有知情者说，那是因为大东方重新装修后赶在今天开的业！有人叹息，这么大的火怎么救啊！还有像是两口子模样的一男一女明显比别人高门大嗓，男的毫不隐讳自己的观点，说："我就知道这里迟早要出大事！"女的说："好了，你就会事后诸葛亮。"

近四十分钟过去，火势得到初步控制，但这似乎更加激怒了烟，它呼啸着挑衅般地漫卷开来，新东方墙上所有的窗户和墙上外开的孔洞都成了排放不息的烟囱。

突然，一个满脸烟尘的女孩踉跄着从烟雾深处跑了出来，她利用自己咳嗽的间隙断断续续地说："赶快救人……我叔叔还在里边……他死活不愿意走！"说完便一头栽倒在徐辉面前。

"赶快送出去急救！"徐辉一个人掌着水枪，一名战士麻利地将女孩背起下楼出了门厅。当他们来到广场上，正在场外指挥的杨安保看这女孩虽然蓬头垢面但还是能够认得出来，"那不是胡若兰吗！"

晕过去的胡若兰连同另外几名被救者一起被送上停在场外的救护车。

徐辉一直坚守在自己的阵地上，他在等待现场最后一个人的撤离。突然，一块带着火焰的天花板"欻"地朝着徐辉砸了下来，徐辉感到脸上像被一股热辣的汤水浇过，他用战斗服潮湿的袖子抹了一把脸，扶正被打歪了头盔，像一尊雕塑般地伫立着，继续用发散的水流驱散着过道里的浓烟。

三楼，肖和平正在四下极力搜索寻找被困者。隔着空气呼吸器面罩他隐约中突然发现楼梯间处一个人影上了四楼。"别上去，快往下来！"说着跟了上去，那影子径直上了六楼，当肖和平赶到时，影子却醉酒般摇摇晃晃地卧倒在了地上。

"坚持住，我背你下楼！"肖和平抓住了影子，是一只瘫软无力的胳膊。

"别管我，我哪里也不去。"声音微弱得几乎听不见。

肖和平试着背起影子。不知是由于过于臃肿或是空呼器的加载作用，还是自己火场滞留时间过长，影子的沉重完全出乎肖和平的意料，虽然双手发力竟然没有将其从地上拉起来。空呼器气瓶中的余气已经不多了，再耗下去两人都会有危险。面前是一道难题，但答案只有一个：救人。想到这儿，肖和平迅速用胳膊挎起气瓶，扯下呼吸器的面罩，快速地罩在影子的面部，转身再次使出全部气力背起影子，这时的肖和平才感觉烟气不仅浓烈得令人窒息，而且温度高得灼人心扉，凭着多年出入火场的经验，他清楚火情已经越过初期进入猛烈燃烧阶段。肖和平渐渐意识到自己现在遇到的是一个死结，一边为火场的大忌，就是吸入有毒和令人窒息的烟气，一边又要不由自主地吸入，而且是大口地喘吸着，有生以来他头一回感受到了自己步伐的重量，他甚至发觉自己的精神变得有些恍惚……

经过一个小时零十分钟的鏖战，灭火总攻开始了，十余支水枪像一条条水龙扑向火海，恶火元气大伤但困兽犹斗。接下来便是短兵相接，近身肉搏，银色的水柱利剑一般直插向魔兽的心脏。随着这利剑的飞舞，魔兽被肢解成首尾不能相顾的体块，只有分分钟的功夫，每个体块又像被戳破的气囊陡然间萎缩，成为一片片零落的余烬，直至最后魄散气绝、灰飞烟灭。

战斗平息，徐辉因面部烧伤被紧急送进长淮中心医院救治。秦帅与张昌虹、江南俊都在身边，杨安保和武刚环顾四周却并没有发现肖和平，一种不祥的预感在高频率地扯动着他们的每根神经。

“全力搜寻！”武刚眼睛血红，一向不吸烟的他伸手从张昌虹那里要了一支烟猛吸起来。

不一会，有人报告在三楼发现两人，其中一人身着长衫但却戴着空呼器，生命体征极其微弱，而另一人还穿着战斗服，身上的呼救器还在发出微弱的声光呼救信号。这呼救器是消防员随身携带的救生装置，保持静止三十秒就会自动发出报警求救信号，遗憾的是现在使用的呼救器只是单机，还没有开发出相应的信息接收终端，无法随时掌控每个人的呼救信息。他不是别人，正是龙山消防的一号战斗员肖和平。

两人很快被抬了出来，生死未卜，大家一起围了过去。

身着长衫的正是新东方夜总会的老板胡本耀，他在医院里醒来并最终脱离了生命危险，醒来的第一句话就是“若兰在哪儿”，看得出他对自己在火场的最后时刻并无记忆。

医护人员几乎哽咽着告知杨安保，肖和平已经完全没有了生命的气息。杨安保一言未发，眼睛血红地说：“再给我抢救！”

“有消防员牺牲了。”噩耗像一颗无声的心灵炸弹在人群中引爆，现场所有人全部被这一突发情况惊呆了，同时感到头皮发紧，心底猛地一阵震颤。秦帅腿一软，一下子坐到了一旁张昌虹的脚上；武刚挥起拳头，重重地砸在消防车门上……

火劫后的新东方很快被警戒带圈起，现场已是满目疮痍，在四周积雪的映衬下，仿佛一块展开的巨型白布上被啮咬出一大片残破不堪的窟窿。随着最后一辆消防车和现场监护队员的离去，夜市复归了原有的宁静。当晚新东方内的演员和顾客二百六十多人无一伤亡，仅消防官兵直接营救出的就有九十多人，长淮人在不幸与万幸之中度过了不同寻常的又一个平安夜。

二十八

本年度的最后一天，天空在沉沉大雾笼罩下似乎小了一圈。长淮万人空巷，肖和平同志的追悼大会在市中心广场隆重召开，群众闻讯都纷纷自发前来吊唁。肖和平的父母双亲来了，省公安厅与省消防总队领导来了，政府相关部门的代表来了，消防支队官兵代表来了，其中龙山大队官兵都来了，为了防止临时接警出动，他们将消防车开到了追悼会现场。

“壮士一去兮不复还”，面对泪眼中肖和平同志神情一如往日的遗像，龙山大队的官兵们无法相信眼前这是一场真实的永别，床铺还在、鞋子还在、脸盆牙刷毛巾还在、就连音容笑貌都还在，而这些物件的主人却在悄无声息中作了永世不归的辞行。大家心底抽搐着，他们不能承受这一活生生被强加的事实，他们无法理解这一切的一切怎么就成了自己亲眼见证的事实，他们惊愕这个世界竟然有这等让人痛彻心扉的诀别与悲离！

最终，肖和平的母亲还是没到追悼会现场，因为悲伤不已引发心脏不适，被紧急送到医院诊治。

让全体官兵再受教育和感动的还有肖和平的父亲，来之前大家一直认为他是一位小学老师，这个信息是肖和平自己在别人问起时说出的。他的真实身份也是一名军人，而且是解放军某部的一位师长。他一身戎装，眼里噙着泪对现场的每一个人说："肖和平是我的儿子，但他首先是一个兵，他走了，他牺牲在自己的岗位上，就是战士战死在坚守的阵地上，是死得其所。有战斗必然会有牺牲，选择了当一名战士，就应该随时有作出牺牲的准备。和平，你安心地走吧，你没有什么遗憾，为了人民利益而牺牲是当战士的一种最高境界！"他始终没有流泪，他的话却让现场每个人无法做到不泪挂双颊。

长淮市委俞书记动情地说："肖和平同志是长淮人民的好儿子，他是一名来自异乡的热血青年，是为了护卫长淮的一方平安而牺牲的，市委市政府决定立下一块碑，镌刻上他的英勇事迹，我们更要在心中为他树碑立传，永远记住他！都说人自从生下来后，发一次烧就增强一分免疫力，希望我们全体市民都能从这起火灾的高烧中获取超强的防灾减灾意识，那就是只有结缘于防，才能绝缘于患。

……

肖和平同志走了，他也用年轻的生命唤醒我们每个人，时时刻刻切记水火无情，不要再麻木不仁，不要再无视安全，无视法纪，不要再乐极生悲，不要再有人为你们少数人的无知和不负责任而付出鲜血与生命的代价！"

天公垂泪，大雪无痕。人们用集体静默的方式在向肖和平作最后的道别。

徐辉的治疗取得初步成功，医生说不会太严重，以后再进行一到两次小的整容手术，基本可以恢复原貌。

战友们挤满了医院病房，说的多是慰藉的话。

杨安保带来了一个令人振奋的消息，市政府决定破格安排徐辉退役后到市公交公司上班，市委俞书记对此作了专门的批示，批示核心精神就是不能让英雄流血再流泪。

马文军这回没有再像以往那样跟大家掐，但还是有些不着边际地说：

"敝人我研究过姓名学,发现每个人的事业都与他的名姓有关联,不信你看古有三国中的凤雏死于落凤坡,近有国民党戴笠的乘坐飞机失事于戴山;还有毛主席恩泽东方,小平同志为无数人平反昭雪,就说我们杨大吧,一看名字就知是为安全保卫而生的。辉是什么,辉就是光军,你辉哥注定要成为一名光荣的军人,然后还要创造出属于自己的辉煌。"

大家没想到马文军还有这样一个偏门的研究,也没有人愿意为这套理论跟他掐,他所谓的这姓名学算不算一种学术不知道,不过大家倒是头回听到这样的"成果"发布。

令徐辉倍加感动的是,之后又有不少不相识者带着水果、鸡蛋慕名来到医院探望。一位大娘说"起火那天,她家的儿子就在现场,死里逃生"。人们发现,病房里徐辉身边除了穿警服的卫生员之外,还有一个年轻的姑娘一直在悉心照料着他,她便是胡若兰。

胡若兰说,她从小最敬佩的人就是军人,能吃苦而且诚实可靠,有责任感。她还透露说当初她举报新东方夜总会的意图很明确,就是要让他们不要冒险经营,让大队来督促他们及时改正问题,求得安全。后期改造期间夜总会前门始终是关上的,所有的装修进料都是从后门走的,她并不清楚重新改造还需办理消防审批手续,否则,她会提醒她叔叔主动去办的。最后她自己打住话题,深深地叹了一口气说:"什么也不说了,现在说啥都晚了,都是自己造的孽!"

一连几日,徐辉除了肌肤的伤痛还有内心的沮丧。人的生命只有一次,而痛的感觉会伴随人的一生。痛有很多种,有的痛是必须的,有时痛觉意味着一个崭新的到来,就像新生命的诞生,母体就必须经历阵痛。有的痛则是无谓的,是为错误的行止而付出的代价,痛是一种信号,那是人体一种本能的警示机能。而徐辉所受的疼痛,正是火灾教训刻骨铭心的警示,是火灾诸多代价的一项,只不过这一切都是在替人分忧,代人受过,因为他在关键时刻站了出来,顶了上去。

痛定须思痛,只有找到痛根,剔除病因,才能彻底走出痛苦的阴霾。"前车之覆，后车之鉴”，要避免火灾带来的伤痛，唯一的法子就是不让火灾发生。

专程从老家赶来的女朋友小丽来医院探视，但前后只照料了两天。她近距离地看到了徐辉脸部手术后的疤痕，也敏感地注意到了胡若兰在细心地忙前忙后。从小丽的眼睛里，徐辉看到的只是一潭死水，没有一点久别重逢、悲欢离合激荡下的涟漪。

第三天小丽提出要回去了，临走时小丽对徐辉说：“你就要在这边安排工作了，我们相处已经不合适，我看你们俩挺合适。”

小丽的离去加重了徐辉的心思，他甚至开始拒绝进餐。胡若兰试图安慰徐辉，但并无明显效果，最后她急了，朝徐辉嚷了起来：“你还是个打不垮的消防兵吗？你这点伤算什么，你想过肖和平的家人吗，你想过我吗！”望着胡若兰泪水满眶的双眼，徐辉什么也没说，用拿起筷子吃饭的实际行动作了无声的回答。

胡若兰这一照顾就是三个月。

铁打的营盘流水的兵，新年伊始，龙山大队又有八名结束新训生活的新兵补充入队，他们将接过离队老兵手中的水枪，沿着秦帅等人的足迹，将保一方平安的职责与使命不停息、无间断地传承下去。

杨安保大队长在所致欢迎词中说：“从你们踏进警营这一刻起，你们就不再是父母身边的孩子，也不再是老师面前的学子，营区内你是个新兵，走出去就是一名受人敬仰的消防卫士。从今天起，长淮就是你们的第二故乡，龙山大队就是你们的家，每位战友都是兄弟，与有肝胆人共事，从无字句处读书，消防部队就是一所大学校，你们要学好武艺，强壮体格，热爱生活，爱戴人民，关爱战友，活出自己，做个既坚强不屈又有智慧的人，像猎手那样去战斗，拿出战绩为这身警服增光，也向日夜牵挂着你们的父母报喜！”

龙山中队一如往常进行全体晚点名，每当点到肖和平的名字时，全班齐声回答“到！”

人琴俱亡，悲恸难抑。在整理肖和平同志的遗物时，大家都注意到了那个大红色的平安结，这是当初那位女大学生分手时送他的一件寄托着祝福的纪念物。颜色仍然鲜亮如新，但在此刻看来，祝福终究是祝福，再美好的祝愿和虔诚的祈福与现实之间无论如何也不能画上等号。

还有一件分量不一般的物件便是那本记得厚厚满满的日记，它让大家的心灵在悲切中再一次受到洗礼与感动：

5月22日，多云。说实话，我思想斗争了一两天，最终把上学考试的名额让给了小广西，对家在农村的他来说，这次考试是个难得的机会。小广西，希望你能好好把握这个机会，并让它成为你军旅人生的新起点。（顺利通过本年度入学预选并参加全国统考的“小广西”，最终因为文化课分数不达线，浪费了一个名额，已按其个人志愿转为一期士官并调往其他大队）

6月18日，阴。转眼来部队一年半了。今天是父亲节，老爸，我在这里向您敬礼了！自小爸爸就是我最崇敬的人，今天我虽然还是普通一兵，但我至今仍记得您在我入伍时对我说的话：“当兵了就应该有兵的样子”，请您放心，我不会辜负您的愿望，一定努力做一名无愧于人民、无愧于共和国的好兵。

10月7日，晴。今天是国庆长假的最后一天，旅游黄金周，支队接总队命令，部队进入二级战备，所有人员停止休假。我们大队全体官兵也都坚守在队里，整整一星期除了四次出动灭火、三次出动救援外，其他时间连院子都没出去。旅游，确实是一件让人向往的事，此时此刻，我很想到海边去看看，在沙滩上走走，说来惭愧，长这么大了还没有见过大海和轮船。来日方长，等我有时间了，一定要背上行囊像徐霞客那样去历览祖国的大好河山。

……

日记的末页是一首题为《当兵》的自传体短诗：

游戏在年轻的指尖风行时
你却踏进直线加方块的营地

心怀庄严举起右手的你
决意坚守在自我心灵的净土

“向前”被偷换成“向钱”时
奉献被视作“犯傻”的代名词
博弈死神征尘未洗的你
再无意于那轻如鸿毛的得失

万家团圆华灯弥望时
卫士更加领略幸福的含义
一身戎装打磨得泛白的你
将青春无悔载入平装的日记

消防卫士心目中的幸福究竟是什么？支队开展了一次以幸福为题的大讨论。幸福指数已成为全民的谈资，每个人心中都有自己的答案。你要是不分场合与对象笼统地问“你幸福吗”，未免有些无厘头，甚至是自找尴尬。因为如果发自肺腑地回答，答案自然各有千秋，所以面对此类追问的街头调查人，有人根本不愿回答，有人接不上来就说“姓啥，我姓张”，还有人坦率地说，刚刚出门我还感觉幸福，这一会没找着厕所就不幸福了。

武刚说：“有人认为有钱就幸福，其实未必，甚至相反。小时候就听过一个故事，说一财主的邻居是个穷人家，但兄弟几个整天欢声笑语的，财主老婆搞不明白他们为什么总比自己活得开心。财主说了，要让他们不开心容易得很，你扔一块金砖到他们家院子里就成。”

马文军问：“后来呢，扔了没？”

秦帅说：“什么意思，提辖你想去拾吗？拾到这辈子你就基本告别幸福了！”

常媛说：“幸福指数是个大概念，应该将其分解为多个分指数，诸如安全指数、健康指数、和睦指数，对一个人民卫士而言，一定还应包括责任指数、荣誉指数等。”

杨安保接上说：“可以想见，肖和平同志看到‘万家团圆的华灯’时，他的心中充盈着一种莫大的释然，这种释然何尝不是一种幸福！”

长淮还是那个长淮，龙山还是那个龙山。除夕夜，礼花绽放而迸发的声音从长淮的不同角落竞相传出，一元又将复始，新年的钟声已进入倒计时。

夜里十点钟刚过，市委俞书记一行来到龙山大队看望消防官兵。俞书记风趣地说：“有你们这支队伍在执勤，我们全市人民就能过上放心年，睡上安稳觉。今晚我们不是来查岗的，是专程来给大家拜年，也希望你们都能像在家一样过好吃好玩好，不要太想家！”尽管领导到大队慰问已不是一次，但此时此刻俞书记的到来还是让大家一时间都感受到了一股融融暖意。

一旁的武刚还没开口，马文军就口无遮拦地说：“有书记这样的话，就是没日没夜坚守岗位，我们也高兴。”

俞书记拍了一下马文军的肩膀，说：“这话不但我爱听，我相信长淮的百姓都爱听，但身体是革命的本钱，大家也一定要注意劳逸结合。”

武刚说：“这小子属人来疯型，越是见到大领导就越来精神。请书记放心，我们有一套完整的执勤战备与作息方案！”

俞书记这边一走，秦帅说：“提辖，我发现你现在的觉悟提高了，那话听起来怎么不像你平时的口气，倒像是大队长说的呢？”

“都是受你们的影响，跟着你们想不进步都难呀，这就叫什么，近朱者赤，近墨者黑吗！”这可能是马文军来队说的第一个成语，大家没想到他对文言文竟也不那么排斥了。

春节过后，长淮市政府在市委大礼堂对全市消防工作进行总结表彰，并对新一年的消防工作进行全面部署。根据会务组安排，市消防支队高中原支队长和全体大队长作为代表参会。以往受表彰的先进名单上都是地方各企事业单位，今年破天荒地把职业队伍也纳了进来，结果龙山消防大队位列五十家先进榜首。

会上，刘建雄副市长在讲话中首先高度肯定了一年来市消防支队的防火监督与灭火救援工作，他说："去年我市的消防安全一路坎坷，消防部队经历了几次大考，他们的行动充分证明这支队伍是过硬的和完全值得信赖的。"

在针对全市消防工作的任务落实方面，刘副市长依旧没有去读讲话稿当秘书的"代言人"，而是引用了东汉时期政论家、史学家荀悦的话："先其未然谓之防，发而止之谓之救，行而责之谓之戒。防为上，救次之，戒为下。"他说："这一告诫是千古箴言，在负面的事情出现之前防止是上策；事情刚发生时补救次之；事情发生后再惩戒为下策。在当前的形势下，还必须坚持防、救、戒三者并举，消防安全要抓整治和综治，我看关键是要'真治'。今天只对先进单位和个人作出表彰，下一步政府还要专门出台消防安全工作考核办法，对年度考评后进和发生等级事故的单位予以通报，对其主要负责人给予相应党纪政纪处分。责权必须捆绑，赏罚必须分明，要让吃苦者吃香，实干者得实惠，优秀者被优待成为一种风尚。"

二十九

三月的长淮不算绚丽，地表还裹着料峭的寒衣。春雷还没有敲响，春雨却已经连绵了几个昼夜。

大队学习室的灯下，秦帅等人正在加紧复习文化课，因为全国消防院校招生统考即将开始，但窗外淅淅沥沥的春雨一再牵走他的思绪。人说“春雨贵如油”，实际上春雨更是一种意境，在不同的场景下，对于不同的人，会产生不同的心绪，也因此诗人获得了“润物细无声”的绝句，作曲家琴键上的封冻会就此化作蓝色的河流。秦帅目不转睛地盯着那一颗颗雨点，它们前仆后继地打在玻璃上，在生命的最后怒放成一朵朵跳动的花儿，如同凤凰一样壮烈地涅槃，最后着一袭清莹的外衣，从从容容，从从容容地离去，去了它梦中的远方，那里是再次孕育它生命的海洋。秦帅起身，似乎要追寻这一个个短暂生命离去的足迹，他像着了魔一样走出学习室，静静地扑进了细雨的怀抱……

春天里的长淮是美艳的，三山泼黛，两湖如碧。两会结束不久，《长淮市消防工作考核办法》历史性地出台了，这虽是政府将消防工作全面纳入绩效考核的一部处女作,但却是一部力作。从今往后,消防安全管理人将被戴上紧箍咒,失职渎职者不再仅受舆论谴责,还将在铿锵的法槌声下过堂。消防安全责有攸归,火灾防控到了该厘清全部责任的时候了。

美好的时光总是带着匆匆的步伐,百花未谢,暗香残留,夏天像追逐春姑娘的痴情郎风风火火地循芳而来。

流火的暑季再一次将训练场烤得热烫,除了热火朝天的训练场面外,这天又多了个火遍警营的消息。两份大红的录取通知书由支队转来,秦帅顺利考取了武警消防学院消防指挥系,龙山大队同时被录取的还有"萤火虫"江南俊。

秦帅和江南俊已买好上学的火车票。会议室里,杨安保面对大队全体官兵说:"他们俩是好样的,我们大家都见证了他们的成长,为他俩感到骄傲。读万卷书,行万里路,他们就要迈向自己新的人生里程,心情一定也很激动,一定有很多话要对我们说,下面的一点时间就欢迎他们为我们大家发表告别感言,好不好!"

秦帅看看江南俊,江南俊有些腼腆地说:"帅弟,你代表吧。"

"就要出发了,还真是舍不得,舍不得离开兄弟们,舍不得离开长淮这一方水土。我们都还年轻,刚才大队长鼓励我们说要读万卷书,行万里路,由此我想起社会上我们很多同龄人的人生格言是'赚万贯钱,做万人迷',网上还有人说我们是最可爱的人,是因为傻得可爱。过去我也曾迷惘过,但经历了这么多次的战斗,可以说每次战斗结束都会有复杂的情感交织在一起,我想那应是荣誉感、成就感和一种越积越重的责任感,特别是湖滨幼儿园和肖和平同志牺牲的新东方大火,让我两次彻夜不眠,我们是在战斗中成长起来的。看到灭火救援那么艰巨,又是那么光荣和自豪,想想我们在群众的围观中,用我们练就的功夫和视死如归的精神出色地完成战斗任务,解救群众于危难之中,说实话有时我自己都有点崇拜自己。"(掌声)。

"在这里,我还要特别感谢一个人,他就是翟卫东参谋长,是他把我带到部队,让我有幸成为一名消防兵。说句心里话,我们未必都能成为金子,将军梦也未必都能如愿以偿,但正是消防部队使我第一次感悟到了自己的生命价值,这辈子干消防我无怨无悔。……最后,我要把我自己写的两句小诗送给大家:倘若我只是一块砖石,我希望被嵌在长城上。如果我就是一块铁,这绿色警营才是赐予我力量的磁场。"(热烈与共鸣的掌声)

一个月后,杨安保收到江南俊家里寄来的一封信,那是江南俊父母亲的心声。信中写道:

尊敬的杨大队长:您好!

江南俊告诉我们他就要去上学了,得知这一好消息后我们全家人都非常高兴和激动。高兴之余,我们觉得还是应该及时地表达一下对消防大队领导和江南俊全体战友的感谢之情。

部队就是孩子的第二故乡,作为家长,看到孩子取得的每一份成绩和成长,都会感到无比欣慰。考上军校,既是江南俊自己努力进取、孜孜以求的回报,更是部队领导严格要求、辛勤关怀的结果。成功与进步,使他更加懂得一分耕耘一分收获的道理。过去,我们对江南俊的要求一直较为严苛,期望的标准较高,但正是这种教育方法有时也给孩子带来很大压力,如果掌控不好,操之过急,作用往往适得其反。进入部队后,紧张有序的集体生活与学习氛围给孩子们提供了一个健康成长、历练心智的平台,在这里,他们长大了,短短两年时间明显增强了自我约束能力,长了骨气,少了娇气,他们也用珍惜机遇,努力拼搏的行动和优异成绩证明了自己。部队领导履职尽责、亲如兄弟的风范为他们树立了良好的榜样,榜样的力量是无穷的,你们既是领导,更是良师益友,在这里我们也代表众多孩子的家长向呕心沥血、无私奉献,日夜坚守在消防阵地上的全体官兵表示衷心的感谢!

全国武警消防部队在大幅增加消防官兵编制的同时,轰轰烈烈地开展将消防部队打造成为新时期铁军的大练兵活动,目标是锻造铁的纪律,铁的精神,铁的力量,"铁军"也许正是这支红门劲旅特别的番号。

省消防总队随即出台《打造消防铁军三年规划及考核方案》，全省官兵积极响应，以打造铁军和“学习肖和平，苦练基本功”为契机，掀起新一轮声势浩大的练兵习武竞赛热潮。根据规划，各个支队建立灭火救援攻坚组，各大队成立尖刀班，训练的目标是确保在任何险恶环境中，部队的战斗力量都能够“纵深前进一百米，坚守阵地一小时”。

接总队通知，常媛作为代表本省的唯一选手，启程赴京参加全国“打造消防铁军，忠诚履行使命”主题教育演讲比赛。常媛的演讲功底扎实，在全省举行的预赛中就博得了总队领导与评委的赞誉。在支队组织的演讲辅导课上，她说演讲既要有激情，更要用真情，事例最好用身边的实情实例。有人问大赛中克服紧张有什么窍门，她说要把注意力与情感全部放在演讲的内容上，不要过度关注台下听众的身份、职务与反应，归纳起来就八个字：“心中有情，目中无人。”

尊敬的各位领导、各位评委老师，亲爱的战友们：

大家好，我演讲的题目是《大爱之美》。

高山有壮丽之美，湖水有阴柔之美；小溪有涓涓之美，大海有包容之美；阳光的温暖是给予之美，严冬的风雪是凛冽之美；绿树新芽是春风中的绽放之美，金色的麦浪是让人流连的丰收之美；嫦娥卫星近月绕行是放飞的翩翩之美，神舟飞船返航是遨游九天的凯旋之美。

人类还有一种独特之美，那便是爱。父爱、母爱、友爱……爱是无形、无私、无畏的美。“国家兴亡，匹夫有责”，这是有识之士对国难当头的奋起之爱；“俯首甘为孺子牛”，透视出鲁迅先生爱的胸襟是多么博大；孙中山先生提出了“博爱”，体现的是对国家、对人民可以抛却一切的无限挚爱。

废墟残垣上，烟波火海内，毒气弥漫里，湍急洪流中，有一种色彩总是在危难降临和人们最期盼的时刻如期而至，其速似天降神兵，其情如雪中送炭，那就是你，是你们——气如山、势如虹的消防兵。没有人知道你们的名和姓，却能一眼认出那一抹亮丽的、永不褪色的橘红。

……

“如果我不能回来，就在这里道别”，这就是汶川地震救援现场，很多消防官兵在失去信号的手机中留给亲人的短信。我们和普天下的人一样，有情！可消防兵的情是无悔的忠诚；我们也有爱，消防兵的爱是崇高的责任，是如山的大爱！

不错，消防部队是一支钢铁之师，但我们的身体并非铜浇铁铸，每个人也都是血肉之躯。也许你们都已闻听新东方夜总会火难，熟悉了肖和平这个光辉的名字。肖和平，我亲爱的战友，他年轻，兵龄不足五年；他热情，活力奔放；他热爱生活，千里之外也有他不能割舍的父母亲人；他更崇敬消防事业，当人民最需要的时候，在生死存亡抉择的最后一刻，他义无反顾地选择了用战斗和生命坚强捍卫一名消防卫士的尊严，他以这个世界上最壮烈无比的行动——牺牲，神圣地践行了党旗下“为党和人民牺牲一切”的铮铮誓言。

……

消防兵火样的青春、火样的热血，正汇成一股爱的铁流，铸就一支前赴后继、所向披靡的铁军，为祖国、为人民勇担起守护每一片沃野蓝天的重任！

比赛结果出来，最终常媛不留悬念地摘得了全国第一，凭借的是她的个人功力和演讲中列举的真实情节，还有一位消防兵对人民那赤诚似火的真情表露。然而桂冠在首，并没有为常媛带来多大的喜悦与激动，相反整个比赛的数天里，一想到肖和平的牺牲，她就忍不住想哭。

肖和平被追认为革命烈士，并被公安部授予“一级消防英模”荣誉称号。长淮市烈士陵园中多了一尊新碑，正面镌刻的碑文为“危难显身手，烈火中永生——一级消防英模肖和平”。

龙山大队迎来了新一任大队长杜瑞峰，是一位由外地平调过来的交流干部，杨安保已完成了他在龙山的使命升任长淮支队副支队长。刘鸣由副营职晋升至正营，被省总队任命为山阳区消防大队大队长。小田以其突出的贤内助姿态高调当选为全省首届“十佳消防警嫂”。

从龙山大队复退的老兵中有三人被长淮当地的企事业单位直接跟支队联系要了过去，他们说看中的是消防兵纪律性强、作风优良，有爱心而且具备吃苦耐劳的精神品质。

一年后的一天，有人在报纸上看到一篇报道，长淮等三地警方联手一举端掉了一个特大非法集资团伙，在三个主犯名单中，凌云深的名字赫然在列。武刚不确定那是否就是本中队原指导员凌云深，于是赶紧打电话联系，一直都是无法接通，最后还是从检察机关一位朋友那里证实了一切，尽管这不是他愿意接受的事实。

金秋的一个晴日，徐辉的婚礼在龙山区华兴大酒店简约而庄重地举行，大厅的正面悬挂着一个超大号的平安结，一袭洁白婚纱的靓丽新娘正是胡若兰。婚礼没有钻戒，没有乐队，没有接送宾客的高档车队，也没有口若悬河的司仪。胡若兰不追求那些表面的奢华，并安慰徐辉说钻戒虽美丽，但并不耐火。确实，钻石原本就是一粒炭，置身烈火就会殒灭。徐辉听出来胡若兰的潜台词是消防员的品质优于钻石。消防员与钻石确有着很多相似之处，他们历经磨砺，引人注目，有着极高的强度与硬度，消防员不是神，他们也都是血肉之躯，如果失去保护，在火灾的侵袭下也会同钻石殒灭一样壮烈地取义成仁。

支队长高中原应邀出席婚礼并担任证婚人。身在看守所的胡本耀，从踌躇满志走到万念俱灰，得知若兰的婚讯，委托家人送来鲜花、一万元礼金和一对布娃娃，并带话说徐辉所有的后续治疗费由他个人承担。

这个平安结是徐辉自己要求挂的，本来酒店按照常规是挂大红双喜字，但被徐辉执意要求改换了。既因为他对肖和平的记忆中就有那只抹不去的平安结，更多的是在他看来，“平安”二字的分量最重，而且最难以放下，正应了“曾经沧海难为水”那句诗语，经历、见证了无数次的战斗与灾难之后，才会这般刻骨铭心地领悟平安的意义。

还有一层意思，也许对一般人而言，这平安结就是个祈福的装饰物，而徐辉认为对于他乃至全体消防人而言，社会的安全祥和与千家万户以及家人、战友的平安注定是一个永远无法释怀的心结。在他们心中，消防工作也有个“共产主义”，那便是社会消防设施极大地完善，人们的安全意识极大提高，进而达到天下无患的高度祥和，但现实的一切都还停留在初级阶段，对理想的至高境界只能是“虽不能至，心向往之”。

喜宴一共只有六桌，酒桌呈梅花状设置。宴会厅正中的一张桌子的台面上摆着“龙山消防”的席卡。这一桌就座的除了杨安保、刘鸣和秦帅、江南俊外，还有已经脱去警服专程从外地赶来的陶明放等五位战友，另有三位妇女儿童代表是小田、代武刚赴宴的梅艳和他们家的铁蛋。出于战备，武刚本人则带着马文军等两个战斗班的兵力在队里留守。新任大队长杜瑞峰发话，明日把徐辉和胡若兰以及徐辉的父母都请到大队来，集体会餐为他们祝福。

高中原用带有河南与长淮话夹杂的口音致证婚辞。

“首先请允许我代表新郎新娘以及他们的家人向各位嘉宾的光临表达最真挚的谢意和最热烈的欢迎！我的普通话很普通，但今天的新郎官徐辉同志却很不普通，他是我们龙山消防的杰出代表，他虽然受了伤，但他的心是完美无瑕的，在去年平安夜的那场战斗中，他为了保护他人将自己安危置之度外；今天他已经离开消防部队了，但他的血液里始终蕴含着消防军人的无畏品质；他即将走上新的岗位，我相信是金子到了哪里都会发光，因为他的胸中永远承载着一名战士对人民的热爱和对社会的责任……

现在，让我们共同举杯感谢他们，祝福他们，同时也期望他们在未来的工作和生活中创造更加辉煌的业绩，给我们带来更多的惊喜，其中当然也包括早得贵子！”

席间，新郎新娘按程序过来向高中原敬酒。徐辉问：“支队长，要不要象征性地来一杯酒？”

高中原回答道:“禁令不可违,一杯也不行。不是说只要感情有,喝啥都是酒嘛!”

有人听说后赶忙递过来一杯白开水,旁边的梅艳临时扮演起司仪的角色,抢镜献词:“白开水,好,有意义!预示着他们白头到老、笑口常开,幸福细水长流!”

高中原笑着说:“好家伙,你不当媒婆都可惜了。你把我的话都抢了,我就剩下干活的份儿了。”说完举杯,拉起一饮而尽的豪迈架势,但只呷了一小口就放下了杯子,解释说:“抱歉,我也得细水长流,这一杯我还真干不了,度数太高!”

胡本耀的判决出来了,他因新东方夜总会未经消防安全审批擅自营业并引发火灾构成失火罪,被龙山区法院依法判处有期徒刑三年。对于这一判决结果,胡本耀与律师一番沟通后没有选择上诉。

一年后,胡若兰生下一个男孩,徐辉给他取名叫徐红卫,意在期盼他长大后子承父业成为一名红门卫士,为中国消防注入新鲜血液。

常媛将自己的经历与对消防的感悟结集出了一本书,取名为《火样年华》,述说消防卫士防火、灭火的故事,颂扬他们在消弭火患、保护人民生命财产安全中表现出的奉献和牺牲精神。其中,她用这样的一段文字对消防战警作了全景式的素描:

这是一支能征善战的威武之师,更是一支党和人民信赖的正义与文明之师。夏天,训练场、火场上他们身上的战斗服一律汗透,腰带上下结出盐珠;冬日,激战之后的棉衣能拧出水来,有时一天几上火线,衣服湿了换、换了又湿。化工厂爆炸了,必须在遏制二次爆炸的较量中占得上风,他们深入虎穴,危险区内的熊熊的火光映照着每个人焦灼的脸庞;全封闭的车间在猛烈燃烧,为了不让一个人被困火海,搜救进入浓烟如乌云垂布的厂房腹地感觉就像进到人间地狱。他们是人民子弟,披肝沥胆,无私奉献出爱心、青春

乃至生命；他们是英勇的战士，每个人都出生入死，身经百战，战热浪烟波、战死神恶魔，他们的梦里也有烟与火。

遭受火劫的新东方成了一块鸡肋，它占据着极佳的商业地理位置，经专家鉴定楼盘还可以加固后继续使用，但外面的流言蜚语都在传说该楼在风水上有问题。有人甚至建议龙山区改名字，说是叫龙潭比较合适，因为这龙与山基本不搭。虽说信则有不信则无，毕竟这里是个曾被烈火焚身的“是非”之所，这与诸多商家都讲究“吉利”二字完全相悖，尽管大楼招租条件的底线一降再降，这座火灾遗址般的建筑却一直黯然闲置无人问津。

龙山区政府万般无奈之下决定将其整体拆除。地块终被拍卖，外来的房地产商另起炉灶开发新建了生活小区，起名“居安苑”，大门楼旁还塑有四个启体金色大字“平安是福”。小区业主们都清楚小区这名字的来由，也明白其中的寓意，它表达的既是对每一个家庭的殷殷祝福，更是一种温情满满的安全贴士。

特别声明：

本文中所有人物、单位以及建构筑物名称均系作者创作中杜撰，如有雷同，纯属巧合，并非特指。